KAFFEE. MOKKA. TOT.

ANJA MARSCHALL (HRSG.)

KAFFEE MOKKA TOT.

KURZKRIMIS

Mit Beiträgen von

Sina Beerwald, Ulrike Bliefert, Oliver Buslau, Jürgen Ehlers, Christiane Franke, Frank Friedrichs, Petra K. Gungl, Carsten Sebastian Henn, Regine Kölpin, Beate Maly, Anja Marschall, Hannes Nygaard, Kirsten Püttjer & Volker Bleeck, Heidi Ramlow, Regina Schleheck, Heidi Troi, Jürgen Vogler, Fenna Williams, Klaudia Zotzmann-Koch

emons:

Bibliografische Information der Deutschen Nationalbibliothek
Die Deutsche Nationalbibliothek verzeichnet diese Publikation
in der Deutschen Nationalbibliografie; detaillierte bibliografische
Daten sind im Internet über http://dnb.d-nb.de abrufbar.

© Emons Verlag GmbH
Alle Rechte vorbehalten
Umschlagmotiv: Evelina Edreva/Arcangel.com,
shutterstock.com/Kittyfly
Umschlaggestaltung: Nina Schäfer
Gestaltung Innenteil: DÜDE Satz und Grafik, Odenthal
Lektorat: Marit Obsen
Druck und Bindung: CPI – Clausen & Bosse, Leck
Printed in Germany 2021
ISBN 978-3-7408-1329-1
Kurzkrimis
Originalausgabe

Unser Newsletter informiert Sie
regelmäßig über Neues von emons:
Kostenlos bestellen unter
www.emons-verlag.de

Wo Kaffee serviert wird, da ist Anmut,
Freundschaft und Fröhlichkeit!

Scheich Ansari Djerzeri Hanball Abd-al-Kadir (16. Jh.)

Liebe Leserinnen, liebe Leser!

Um kaum ein Getränk ranken sich mehr Geschichten als um den Kaffee. Die Legende, wonach ein Hirte in Äthiopien bemerkte, dass seine Ziegen wild herumsprangen, sobald sie eine bestimmte Kirsche gegessen hatten, kennen viele. Tatsache jedoch ist, dass Kaffeegenießer im Osmanischen Reich des 16. Jahrhunderts verfolgt und bestraft wurden, wenn sie sich in den Tavernen und Kaffeehäusern trafen, um zu diskutieren und Nachrichten auszutauschen. So manchem Kalifen waren diese freien Reden ein Dorn im Auge. Doch der Siegeszug des Kaffees ließ sich nicht mehr aufhalten. Reisende brachten ihn als Souvenir mit nach Europa, wo er sich bald größter Beliebtheit erfreute, sodass Kaffeehäuser in Venedig, London, Wien und Paris entstanden. Das erste deutsche Kaffeehaus öffnete 1673 in Bremen seine Pforten. Hamburg folgte nur wenig später.

Man zelebrierte diesen Trank, der stets mit Geselligkeit, aber auch mit Politik und Wissen einherging. Und viele Anekdoten unserer Tage wären ohne den Kaffee undenkbar.

Wussten Sie übrigens, dass Beethoven eine eigene Kaffeemaschine besaß? Oder dass viele Künstler, darunter Honoré de Balzac, bis zu ihrem Tod der Kaffeesucht frönten? Dass Kaffee dem Körper unmöglich Wasser entziehen könne, hatte bereits Kafka festgestellt, der meinte, er wäre sonst längst zu Staub zerfallen.

Der unscheinbare Kern der Kaffeekirsche – denn genau genommen handelt es sich nicht um eine Bohne – hatte die Macht, Regierungen zu stürzen, Kriege zu verhindern oder auszulösen. In Amerika galt es vor allem während des Unabhängigkeitskrieges als patriotisch, Kaffee statt (britischem) Tee zu trinken. Kaffee war in diesem Sinne schon immer ein Spiegel seiner Zeit.

Auch heute ist er, in all seinen phantasievollen Darreichungsformen, nicht nur ein Genussmittel, sondern auch ein Versprechen auf Geselligkeit, denn man trinkt ihn gern in Cafés, nach dem Essen mit Freunden oder am heimischen Küchentisch. Dereinst Luxus, dann Massengetränk, wird Kaffee in unserer Zeit wieder zunehmend als Genussmittel verstanden, dessen Qualität sinnliche Freuden bereiten soll und unserem hektischen Leben die bittere Note entreißt.

Lassen Sie sich von mir und meinen Kolleg:innen auf eine kleine Reise zu den manchmal tödlichen Geheimnissen des Kaffees mitnehmen. Lernen Sie etwas über »Cupping« und Werbung, Spionage und Schmuggel, tödliche Wirkung und Lagerung der himmlischen Bohne. Reisen Sie mit einer Filmcrew nach Afrika und erfahren Sie mehr über den Sylter Kaffeewecker. Diese kleine morbide, heitere, hintersinnige, spannende und, ja, auch informative Sammlung krimineller Kurzgeschichten ist in all ihrer Vielfalt jedoch vor allem eins: eine Hommage an den Kaffee.

Ihre Anja Marschall

Inhalt

Oliver Buslau

Beethovens Kaffeemaschine

Ta-ta-ta-taaa!
Josie hatte gerade die Füße hochgelegt und sich einen Prosecco eingeschenkt, da wurde sie von Orchesterklängen aufgeschreckt. Hämmernde Töne. Beethovens Fünfte. Sie hasste klassische Musik, verstand nicht das Geringste davon, aber dieses Stück erkannte sie. Notgedrungen. Adam hörte es nahezu täglich, wieder und wieder.

Die »Schicksalssinfonie« tobte in dem Bereich der Wiener Altbauwohnung, in der ihr Ehemann seinem krankhaften Beethoven-Spleen frönte. Adam, den sie am liebsten als Noch-Ehemann bezeichnen würde. Der aber leider auch das Geld in ihre Ehe mitgebracht hatte.

Josie war der Ansicht gewesen, einen dicken Fisch an Land gezogen zu haben, als sie sich kennenlernten. Adam war der Erbe einer alteingesessenen Fabrikantenfamilie. In ihren Produktionsstätten wurde irgendetwas hergestellt, wovon Josie ebenso wenig Ahnung hatte wie Adam. Deshalb hatte man nach dem Tod der Eltern alles verkauft.

Endlich! Josie hatte gejubelt.

Aber dann war es doch anders gekommen. Keine Partys. Kein Haus im Süden. Adam hatte einen neuen Lebensinhalt entdeckt. Dieser Komponist, der vor zweihundert Jahren mal in den Charts gewesen sein musste. Für den sich nur glatzköpfige Professoren und irgendwelche pickligen Musterschüler interessierten. Und Josies Mann. Ausgerechnet.

Das Orchester donnerte weiter. Adam musste bis hintenhin aufgedreht haben, denn es waren mindestens drei dicke Mauern zwischen ihr und den Räumen, in denen er seinem bizarren Interesse nachging.

Es waren zwei Zimmer, fast ein kleines Apartment für sich.

In einem davon hatte Adam seine Musiktechnik untergebracht, eine monströse Anlage mit sehr teuren Boxen. Das konnte Josie ja noch verstehen. Aber in dem anderen, viel größeren Raum ...

Sie war nur einmal in diesem zweiten Zimmer gewesen, vor Ewigkeiten, aber die Erinnerung daran ließ sie immer noch frösteln. Adam war verrückt, daran gab es keinen Zweifel.

Wenn er wenigstens still wäre! Die Shoppingtour war wirklich anstrengend gewesen. Da hatte sie doch wohl das Recht auf ein bisschen Ruhe, bevor sie sich heute Abend mit ihrer Freundin Bibi im »Bermudadreieck« traf.

»Adam«, rief sie und schlug die flache Hand gegen die Wand. »Jetzt mach schon den Krach aus, du narrischer Depp! Hearst? Gib endlich a Rua!« Wenn sie sich aufregte, verfiel sie immer ins Wienerische.

Warum konnte er sein Geld nicht für Dinge ausgeben, die Spaß machten? Clubs, Partys, Reisen in die angesagten Gebiete, vielleicht auch mal hier und da ein paar Szene-Drogen, aber auf jeden Fall Alkohol. Und natürlich Sex!

Sie beneidete die Bibi, deren einziges Problem es war, dass ihr Freund Rico unbedingt mal mit ihr in einen Swingerclub gehen wollte. Josie hätte sofort mit der Bibi getauscht. Sie musste ihr heute Abend die Augen öffnen. Sie würde ihr schildern, wie es war, mit Beethovens treuestem Fan verheiratet zu sein. Der einen außerdem noch mit einer ausgeklügelten Gütertrennung klamm hielt. Adams verknitterte Mutter hatte darauf bestanden. Mit dreiundneunzig war sie in einem Wiener Nobelaltersheim gestorben. Zwei Jahre nach ihrem Gemahl, der sich zeitlebens mit »Herr Generaldirektor« hatte ansprechen lassen. Sogar von seiner Schwiegertochter.

Sie hatte knapp fünf Minuten ihr schweres Schicksal bedauert, da klingelte ihr Handy, das auf dem gläsernen Wohnzimmertisch lag. Wenn das die Bibi war, konnte Josie ihr gleich mal vorführen, wie es hier tagtäglich zuging ...

»Georg«, stand auf dem Display.

Ein warmes Gefühl durchfloss Josie. Ihre Stimme zitterte,

als sie sich meldete. Georg wusste, dass sie auf ihn stand. Leider konnte sie nicht darauf eingehen. Die Herrschaften Generaldirektor hatten vor ihrem Abtritt dafür gesorgt. Wenn sie fremdging, war sie pleite.

»Hey, Süße, alles klar?«

Puh, schon diese Stimme … Sie musste sich auf die Lippe beißen. »Ach, Georg, du weißt doch …«

»He, telefonieren darf man ja wohl noch, oder?«

Sie schwieg einen Moment und räusperte sich. »Ja, das darf man. Dürfen wir, meine ich.«

»Geht er dir wieder auf die Nerven?«

Josie war kurz davor, innerlich zu zerfließen. Diese Fürsorge … dieses tiefe Verständnis … Und dazu diese dunkle und raue, aber doch weiche Stimme …

Sie hatten sich an der Bar eines Fitness-Studios kennengelernt. Vor einem Jahr hatte sie sich dort angemeldet, war aber nur drei Monate lang hingegangen. Geblieben war die Bekanntschaft mit Georg. Sechs Mal hatten sie sich seitdem getroffen. Sehr diskret. In einer Wohnung in Mariahilf, die Georg gehörte und gerade nicht vermietet war. Dazwischen hatte es ein paar Besuche an Georgs Arbeitsplatz gegeben. Weil sie ihn einfach hatte sehen *müssen*. Wenn sie es gar nicht mehr aushielt, gab es in dem Laden so ein Hinterzimmer …

Wenn sie nur daran dachte, wurde ihr schwummrig. Ein Jahr lang kannte sie Georg nun schon. Ein Jahr ihres Lebens – fast völlig vergeudet …

»Es ist furchtbar«, sagte sie und genoss es, wie hilflos sie klang.

»Nennt er dich immer noch Josephine?«

Sie seufzte nur. Ja, das tat er. Klar, es war ja auch der Name, der in ihrem Pass stand. Aber musste man sie deswegen unbedingt so nennen? Es hatte wohl in Beethovens Leben eine Josephine gegeben. Eine Geliebte dieses Namens. Beethoven hatte seine Gefühle ihr gegenüber geheim halten müssen, denn diese Josephine war eine Dame von Stand. Dass Adam sich nicht nur in eine Welt von vor zweihundert Jahren hineinsteigerte, sondern sich auch noch für solche Schmonzetten interessierte, zeigte Josie, was für ein Idiot er war. Welcher Mann machte denn so was?

»Ich glaube fast, dass er sich selbst für Beethoven hält«, sagte sie leise.

Sie hörte Georgs Lachen, das wie alles an ihm unglaublich männlich und überlegen auf sie wirkte. »Er geht aber nicht so weit, wie Beethoven taub werden zu wollen, oder?«

»Keine Ahnung, wo das noch hinführt«, sagte sie düster.

»Glaubst du, er ist verrückt? Du könntest versuchen, ihn für unmündig erklären zu lassen.«

»Natürlich ist er verrückt, Georg. Aber das würde nichts ändern. Sogar das ist im Ehevertrag geregelt. Es würde ein Vormund bestimmt, und der wäre nicht ich. Von dem Geld würde ich gar nichts sehen. Falls es überhaupt ginge. Er kann sich ja kaufen, was er will. Und wenn es die Ausstattung für ein verdammtes Beethoven-Museum ist, das niemand braucht.«

Während sie das sagte, flammte unvermittelt ein heftiger Schmerz in ihr auf. Ein weiteres Jahr würde sie das nicht aushalten. Auf keinen Fall.

»Bitte hilf mir«, jammerte sie. »Ich vertrockne hier. Im Jänner werde ich zweiunddreißig!« Sie konnte gerade noch verhindern, hemmungslos loszuheulen. Währenddessen ging hinter den Mauern das sinfonische Getöse weiter.

»Deswegen rufe ich an«, sagte er mit einer Festigkeit, die sie tatsächlich für einen Moment aus ihrem Elend riss.

»Wie meinst du das?«, schniefte sie.

»Ich meine, du solltest dem Adam einen Wunsch erfüllen.«

»Das ist nicht dein Ernst.«

»Oh doch, ist es.« Er machte eine Pause, bevor er weitersprach. »Hör mir genau zu. Hast du schon mal von Beethovens Kaffeemaschine gehört?«

***

Adam hielt die Augen geschlossen, während Beethovens fünfte Sinfonie an ihm vorüberzog.

Diese gewaltige Musik klang nicht nur einfach großartig und schuf mit Tönen ein gewaltiges Seelengemälde vom Ausmaß eines Universums. Nein, sie schien sogar die Welt der Töne zu sprengen, indem ihre Vibrationen in der Luft nachschwangen. Adam konnte sie auf seiner Haut spüren.

Er war vor einem halben Jahr darauf gekommen, dass es neben den vielfältigen anderen auch diese Wirkung von Beethovens Schöpfungen gab. Seitdem saß er immer nackt auf dem Sofa, wenn er Musik hörte. Die Schwingungen umgaben ihn wie Elektrizität. Oder wie ein Kraftfeld, das ihn einhüllte. Es wirkte wie ein Panzer, der ihn gegen alles wappnete, was diese schreckliche Welt für ihn bereithielt. Ein Bad im Klang.

Der Schmerz über seine Eltern, die nie verstanden hatten, was ihm die Musik bedeutete. Die Kälte der modernen Städte. Die Verlorenheit, die ihn ergriff, wenn er über die Dächer von Wien sah. Diese Gefühle der Verzweiflung waren in der Musik, als hätte der große Meister Beethoven das Leid der modernen Menschen bereits gekannt, aber sie halfen ihm gleichzeitig auch über den Schmerz hinweg. Jedes Mal, wenn er Beethovens Musik hörte, war ihm, als würde er ein zweites Mal geboren.

Schon war der letzte Satz verklungen. Er schlug die Augen auf, und sie lag vor ihm, die schnöde Welt des 21. Jahrhunderts. Hinter der Fensterscheibe erhob sich ein Wohnblock aus Beton, Satellitenschüsseln reihten sich aneinander. Verkehrslärm drang durch die Scheibe.

Adam hatte es noch immer nicht raus, wie er nach dem Musikhören, das ja nur in seinem dafür ausgestatteten Zimmer möglich war, ohne Sinnesverlust in den anderen Raum wechseln konnte. In seine Biedermeierinsel, die ganz und gar im Stil der Zeit um 1820 gehalten war. Und zu der es ihn nach dem Musikgenuss hinzog.

Es war immer ein Bruch zwischen dem Musikhören mit der heutigen Technik und dem anschließenden Ankleiden mit dem Wechsel in die andere Zeit. Er hatte es auch noch nicht geschafft, originale Garderobe aus Beethovens Epoche aufzutreiben. Aber er hatte sich etwas schneidern lassen, das ziemlich echt aussah. Die Männer hatten damals nach der früheren Kniebundhosenzeit lange Hosen getragen. Außerdem weite Hemden, die man mit einer Weste bedeckte. Dazu einen Rock und – wenn man das Haus verließ – einen Hut. Die Zeit der Perücken war zum Glück vorbei gewesen. Sich so eine zu besorgen und zu tragen wäre sicherlich kompliziert geworden. Und Adam wäre aufgefallen, wenn er in seinem Aufzug durch die Stadt spazierte.

Er zog sich an und verwandelte sich nach und nach in einen Mann des Biedermeier, ehe er schließlich die Tür zum angrenzenden Zimmer öffnete und die Stube nebenan betrat. Hier war es deutlich kälter. Es roch nach altem Stoff, Staub, Leder und Holz. Die modernen Heizkörper hatte Adam ausbauen lassen. An ihrer Stelle gab es nun einen Ofen, der gegenüber der langen Regalwand mit Büchern, Notenfaksimiles und ein paar nachgebauten Hörrohren stand. Raumbeherrschend war ein riesiger Flügel. Es war der perfekte Nachbau eines Klaviers aus Beethovens Zeit.

Sollte er den Ofen einheizen? Adam fand, dass die herbstliche Kälte noch erträglich war, und nahm auf dem mit grünem Samt bezogenen Sofa Platz. Beethoven selbst war sehr sparsam mit allem gewesen – auch mit dem Holz.

Er schloss die Augen und versuchte, sich in Beethovens Welt hineinzudenken. Es gelang ihm nicht. Stattdessen stürmten wie so oft die Erinnerungen an seine Jugend auf ihn ein. Wie er verstohlen um die Konzertsäle herumgeschlichen war. Wie es ihm manchmal gelungen war, eine Eintrittskarte zu ergattern und den einen oder anderen großen Klassik-Künstler im Musikverein oder im Konzerthaus zu erleben. Wie er bei den Schulaufgaben Radio gehört hatte – heimlich, denn der strenge Vater hielt dieses Treiben für überflüssig und der persönlichen Entwicklung nicht gerade förderlich. Adam erinnerte sich an seinen Schulfreund Karl, der Klavierunterricht bekam und ihm auf sein dringliches Bitten hin ein bisschen was beibrachte. Dafür hatte Adam allerdings durch die halbe Stadt fahren müssen. Und es ging nur, wenn Karls Eltern nicht zu Hause waren. Kein Wunder, dass es ihm nie gelungen war, auch nur das leichteste Stück seines so heiß bewunderten Komponisten zu spielen.

Das sollte sich jetzt ändern. Obgleich diese Zeiten schon dreißig Jahre zurücklagen, war es nicht zu spät. Der Flügel stand seit einem Monat hier. Adam würde sich einen Klavierlehrer suchen und endlich anfangen.

Ein Glück, dass er Josephine hatte. Sie war ihm eine große seelische Stütze, seine Muse, sein innerer Halt. Dass er sie getroffen hatte, war ein Zeichen gewesen. Ihm war bewusst geworden, dass er auf dem richtigen Weg war. Dass er jetzt endlich seine Träume verwirklichen konnte, nein, *musste*.

Beethoven hatte seine Josephine gehabt, seine »Unsterbliche Geliebte«, wie man sie nannte. Und für Adam war sie wiedergeboren worden. Auch wenn sie ihm zuerst nicht ihren wahren Namen hatte sagen wollen.

Unwillkürlich richtete er seinen Blick auf die Bilderwand, an der auch die Reproduktion einer Zeichnung der schönen Josephine von Brunswick hing, später verheiratete und schließlich verwitwete von Deym, danach Baronin Stackelberg – und über all die Jahre die heimliche, ferne Geliebte Beethovens. Dieser weiche, aber dennoch selbstbewusste Blick unter den ausdrucksvollen Bögen der Augenbrauen! Dieser kleine Mund, der einerseits so anziehend wirkte, dem Gesicht aber andererseits etwas Nobles und Zurückhaltendes verlieh!

Mein Engel, mein alles, mein Ich …

Der Anfang des berühmten Briefes, den Beethoven seiner Angebeteten geschrieben hatte, summte wie ein ständiger Refrain durch seinen Kopf, wann immer er dieses Bild betrachtete.

Doch das eine war, Josephine zu verehren und Klavier spielen zu lernen. Das andere, im Alltag in Beethovens Welt einzutauchen. Mit dieser originalen Biedermeierstube. Und auf Spaziergängen.

Der Komponist war ruhelos zu Fuß durch Wien und Umgebung gestreift. Adam, der auf seinen Pfaden wandelte, war diese Wege des Meisters abgegangen, aber vergebens. All die nüchternen Bauten, der Verkehr, die rastlosen Menschen, der Lärm ... In den Parks waren Drogenhändler unterwegs. Man war seines Lebens nicht mehr sicher. Dieses Wien war ein anderes. Damals, zu Beethovens Zeit, hatte es noch die gewaltige Bastei gegeben, die die innere Stadt wie ein breiter steinerner Gürtel umschloss, auf dem man flanieren und die Aussicht genießen konnte – über das breite freie Glacis hinweg bis hinüber in die Vorstädte.

Adams Spaziergänge hatten allesamt im Desaster geendet. Einmal fand er sich jenseits des Gürtels irgendwo in Ottakring wieder. Mitten im Trubel der Stadt, zwischen Autos, Passanten und lärmenden Straßenbahnen, hatte es ihn aus seinen Träumereien gerissen, und die Verzweiflung war über ihn hereingebrochen. Weil hier zu Beethovens Zeit, wie er von historischen Karten wusste, freies Feld gewesen war. Die Welt der ländlichen sechsten Sinfonie mit ihren klingenden Naturbeschreibungen. Eine Welt, die jetzt untergegangen war.

Wieder und wieder hatte er versucht, beim langsamen Gehen der Meilen etwas davon wiederzufinden. Doch statt in Beethovens Zeit einzutauchen, war er an einen parkenden Wagen gestoßen, vor einem Haus mit einem grünen Kreuz daran. Und er hatte geglaubt, Josephine auf der Straße entlanggehen zu sehen. Zumal der Wagen, daran gab es gar keinen Zweifel, ihr kleiner Sportwagen gewesen war – so grün wie das Kreuz an dem Haus.

Adam war es vorgekommen, als sei er von einer Felskante gestürzt. Voller Schrecken hatte er die Flucht ergriffen. War blindlings davongerannt, zwischen hupenden Autos hindurch, weg von dem grünen Kreuz und weg von Josephine, deren Auftauchen ihn zutiefst überrascht hatte.

Erst als er wieder bei Sinnen gewesen und schwer atmend stehen geblieben war, hatte er sich daran erinnert, dass sie eine

Freundin besuchen wollte. Und die wohnte in Klosterneuburg, nicht hier im 16. Bezirk.

✳✳✳

Zwei Tage später saß Adam wieder in dem kalten Zimmer. Diesmal hatte er Beethovens letzte Streichquartette gehört, alle fünf von Nummer 12 bis 16, und war hinüber in das Biedermeierzimmer gegangen. Die abgründigen Töne klangen noch in ihm nach, als er von nebenan Schritte vernahm. Jemand hatte den Raum betreten, in dem er immer Musik hörte. Im nächsten Moment ging die Tür auf, und da stand sie – Josephine. Die letzten Reste der Illusion, sich im 19. Jahrhundert zu befinden, fielen von Adam ab. Josephine trug Kleidung, deren Anblick einen zuckenden Schmerz in der Brust verursachte. Das gehörte nicht hierher! Und ihre Piercings, ihre Tattoos am Arm und ihr Make-up sorgten für weitere schrille Dissonanzen. Wie konnte sie ihr wahres Wesen nur so verleugnen? Sie war dieselbe Frau wie die auf der Zeichnung. Die Augen sagten es ihm. Seine Josephine würde er immer und überall erkennen.

»Es tut mir leid«, sagte sie und rieb sich über die Arme. Sie schien in der kalten Stube zu frösteln.

»Was tut dir leid?«

Sie war auf der Schwelle zwischen den Räumen stehen geblieben. »Na ja … dass ich deine Interessen nicht so teile, wie du es dir wünschst. Ich möchte dir etwas geben.« Erst jetzt bemerkte er das Paket, das zu ihren Füßen stand. Ihre Jeans mit den ausgefransten Löchern steckten in Wildlederstiefeln, und daneben befand sich ein Karton, der Josephine bis zu den Knien reichte. Die Pappe trug das Logo eines bekannten Online-Versandhändlers.

»Was ist es?«, fragte er mit Misstrauen in der Stimme. Er wollte diesen neuzeitlichen Kram nicht hier haben.

»Du wirst dich freuen«, sagte sie und lächelte. »Es ist Beethovens Kaffeemaschine. Ein Geschenk für dich.« Sie sah zur

19

Wand hinüber, ehe sie sich zum Gehen wandte. Dort war auf einem Gemälde Beethovens Porträt zu sehen, das dem Betrachter grimmig entgegenblickte. »Damit du noch besser in seine Welt eintauchen kannst, wie du immer sagst. Das willst du doch, oder?«

Natürlich wusste Adam, was mit »Beethovens Kaffeemaschine« gemeint war. Jeder, der sich mit der Biografie des Komponisten beschäftigte, wusste das. Aber es vergingen ein paar Sekunden, bis er verstand, was Josephine meinte. Dass er darauf nicht selbst gekommen war! Diese Maschine, auf die Beethoven einst schwor und die ihn täglich mit seinem geliebten Heißgetränk versorgte – sie konnte Adam tatsächlich helfen, seinem Idol noch näherzukommen. Vielleicht war sie sogar genau das Detail, das ihm noch fehlte.

Seine Hände zitterten, als er den Karton auf den Beistelltisch mit den geschweiften Beinen stellte und begann, das Geschenk auszupacken.

Im Jahre 1822 hatte ein gewisser Rabaut in London das Patent für diese Kaffeemaschine angemeldet. Sie bestand aus zwei runden Glasbehältern, die übereinanderstanden und durch eine ebenfalls gläserne Röhre miteinander verbunden waren. Man gab das Wasser in den unteren Ballon, das Kaffeemehl in den oberen. Beethoven hatte immer exakt sechzig Bohnen pro Tasse verbraucht. Diese Anzahl war sozusagen sein Geheimrezept gewesen.

Nun erhitzte man das Wasser, indem man unter der Maschine eine Ölflamme entzündete. Es stieg nach und nach die Röhre hinauf, passierte dabei einen Filter in der Röhre und vermischte sich im oberen Ballon mit dem Kaffeepulver. Nahm man die Flamme weg, sank alles bis auf den Kaffeesatz wieder nach unten, und das Getränk war fertig zum Genuss.

Natürlich war Josephines Geschenk kein zweihundert Jahre altes Original, sondern ein Nachbau, wie man ihn auch im Wiener Kaffeemuseum besichtigen konnte. Aber das Prinzip war dasselbe.

Ein Gefühlsgemisch aus Liebe und Dankbarkeit durchflutete Adam, als er in dem Karton ein kleines Päckchen fand, das Josephine dazugelegt hatte. Ein Zettel mit ein paar Worten in ihrer Handschrift haftete daran.

Kaffeemehl aus hundertachtzig Kaffeebohnen –
für die ersten drei Tassen.
J.

Adam nahm den Zettel und presste einen Kuss darauf. Das Papier trug den Kaffeeduft, der eine besonders scharfe Note zu haben schien. Hatte Josephine sogar eigens eine Kaffeesorte aus der Biedermeierzeit besorgt?

Sie schien wirklich an alles gedacht zu haben. Was für ein Glück ihm hier widerfuhr!

Minuten später war alles bereit. Adam hatte das Gerät zusammengebaut und auf den kleinen runden Tisch neben dem Flügel gestellt. Im unteren Teil befand sich genau so viel Wasser, wie drei Porzellantassen fassen konnten. Oben hatte er das Kaffeemehl hineingegeben. Jetzt fehlte nur noch die erhitzende Flamme.

Am liebsten hätte er sofort mit der Zubereitung angefangen, aber das ging nicht. Es war ein besonderer Moment, und der musste angemessen zelebriert werden. Er ging also in den anderen Raum zurück, wo es viel wärmer war, zog sich aus und setzte sich in den Sessel. Sekunden später flutete die Klaviermusik der »Mondscheinsonate« den Raum. Als der letzte Ton verklungen war, fühlte er sich innerlich bereit.

Er trug wieder seine Biedermeierkleidung, als er sich der Maschine näherte. Mit einer Kerze, die auf dem Flügel brannte, entzündete er den Docht an dem kleinen Ölbehälter. Gebannt beobachtete er, wie das Wasser erst Schlieren bildete, dann zu brodeln begann und nach oben drängte. Dort verwandelte sich das braune Mehl langsam in einen dampfenden Sumpf. Und dann erlebte Adam etwas, das er in dieser Intensität nicht erwartet hätte: Der Konstruktion entströmte ein so intensives Kaffeearoma, wie er es noch nie gerochen hatte. Bald füllte es den ganzen Raum aus und schien alle anderen Ausdünstungen fortzunehmen, überlagerte den Staub, das Holz und das Leder. Adam atmete tief ein. Das war der wahre Duft der Beethoven-Zeit!

Endlich war das Wasser vollständig nach oben gewandert. Er wartete noch eine Weile und nahm dann die Flamme weg. Die braune, scharf riechende Flüssigkeit sank nach unten. Nun konnte er den unteren Behälter abnehmen und den Inhalt direkt aus dem Ballon in eine Tasse gießen.

Wie hatte Beethoven eigentlich seinen Kaffee genossen? Schwarz, ohne Milch und Zucker? Adam wurde klar, dass er das nicht wusste. Davon stand in der Quelle, die von den sechzig Kaffeebohnen berichtete, nichts. Für große Forschungen blieb auch keine Zeit. Er entschloss sich, das Getränk jetzt, beim ersten Mal, schwarz zu sich zu nehmen.

Auf dem grünen Sofa sitzend, nahm er den ersten Schluck. Puh, war das bitter. Und auch sehr stark. Eigentlich sogar zu stark. Aber das hier war ein Experiment, bei dem es nicht darum ging, ob es ihm schmeckte.

Ihn streifte die Erinnerung an eine Fernsehsendung, die er vor vielen Jahren gesehen hatte. Darin war es um experimentelle Archäologie gegangen. Forscher hatten versucht, die Menschen der Steinzeit zu verstehen, indem sie mit denselben Mitteln, die den Vorfahren zur Verfügung gestanden hatten, Hütten bauten, Kleidung, Werkzeuge und Waffen anfertigten und sogar – dies nur zum Schein, denn man war ja in der heutigen Welt und hatte Tierschutzgesetze zu berücksichtigen – auf die Jagd gingen. Das hatte Adam fasziniert. Und seither beschäftigte ihn der Gedanke, dass Beethovens Musik einerseits zwar sehr alt, aber doch so lebendig und allgegenwärtig war, dass die Grenze zwischen damals und heute sicher nur aus einem sehr feinen, dünnen Schleier bestand. Und dass der Schritt in die Welt von Beethovens Musik, die ständig in den Konzerthäusern erklang, die im Radio, im Internet, auf CDs und jedem Kanal, über den man überhaupt akustische Signale übertragen konnte, verbreitet wurde, geradezu winzig sein musste. Es konnte doch nicht so schwer sein, diesen Schleier wegzuziehen! Eigentlich brauchte man nur wie die experimentellen Archäologen das richtige Umfeld zu schaffen, und dann ...

Dann würde man Beethoven endlich *verstehen*. Seinem Geist begegnen. Seinem Genie, das ja immer noch hier war. Und als unsterbliche Kraft die Menschen in ihren Bann zog. Er nahm einen zweiten Schluck, dann einen dritten. Es verbrannte ihm die Zunge, aber der Schmerz war nur im ersten Moment heftig. Sofort verschwand er wieder, als habe der Kaffee neben dem bitteren Geschmack und der brühenden Hitze auch eine betäubende Wirkung.

Während Adam trank, vernahm er im Geiste eine Passage aus der »Mondscheinsonate«, die Harmoniewechsel zogen an ihm vorüber. Und dann geschah es. Die Musik wurde zu einer Art dunklem Nebel, der sich im Raum ausbreitete. Der sich vor alles legte, was sich um ihn herum befand. Die Stube mit dem Flügel, dem Ofen, den Regalen und den Bildern versank darin.

Eine plötzliche Schwäche zwang Adam, sich zurückzulehnen. Schnell trank er noch einmal. Das Gefühl, dass sich gleich einer hereinbrechenden Nacht etwas über ihm zusammenzog, wurde immer stärker. Ganz von ferne hörte er ein Klirren. Das musste die Tasse gewesen sein, die ihm wohl aus der Hand gerutscht war. Dann, auf einmal, stand er im Freien.

Kopfsteinpflaster glänzte im Schein einer Öllaterne. Etwas rasselte und zog wie ein riesiger Schatten an ihm vorbei, begleitet von Stallgeruch. Der nasse Leib eines Pferdes. Adam wurde bewusst, dass er sich in einer nächtlichen engen Straßenschlucht befand. Linker Hand erstreckte sich eine mehrstöckige Häuserzeile. Hinter manchen Fenstern flackerten Lichter. Auf der anderen Seite der Gasse erhob sich eine riesige dunkle Mauer.

Adam hatte genug Bücher über das alte Wien gelesen, hatte Unmengen Bildbände mit historischen Darstellungen der Stadt studiert, sodass er wusste, wo er war. Die gewaltige Mauer war die Bastei. Die alte Stadtmauer, die einst Wiens Zentrum begrenzte.

Die Erkenntnis hätte ihn eigentlich wie ein Schock treffen müssen, aber er empfand sie als eine Selbstverständlichkeit. Das hier war das Wien seiner Sehnsucht. Der Dreh- und Angelpunkt all seiner Bemühungen. Kein Grund, Angst zu haben. Was er fühlte, war eher Vorfreude. Denn seine innere Stimme sagte ihm, dass er nur noch ein paar Dutzend Schritte von seinem Ziel entfernt war.

Niemand begegnete ihm, als er diesem Ort entgegeneilte. Er spürte, während er lief, dass sich hier gerade ein Schicksal erfüllte. *Sein* Schicksal.

Die Wohnung, die er für sich und Josephine gekauft hatte, befand sich keine hundert Meter vom Schwedenplatz entfernt. Denn dort, auf der freien Fläche mit der Bahnstation und dem vorbeiführenden Franz-Josefs-Kai, von dem aus man unverstellte Sicht auf den Donaukanal hatte – dort hatte es zu Beethovens Zeiten ein riesiges längliches Haus gegeben. Ein wahrer Prachtbau, der längst verschwunden war. Aber jetzt ...

Adam bog um die Ecke. Und tatsächlich, dort stand es, von der Bastei nur durch einen schmalen Vorplatz getrennt, von leuchtenden Fackeln beschienen und von wartenden Kutschen umsäumt: das Palais der Grafen Deym. Die festliche Beleuchtung war das Zeichen, dass an diesem Abend ein besonderes Ereignis stattfand.

Adams Herz klopfte ihm bis zum Hals. Und seine Vorfreude erreichte ihren Höhepunkt, als er aus der Gegenrichtung einen Mann auf sich zukommen sah. Die Gestalt eilte gebückt voran. Eine Mappe mit Papieren unter den Arm geklemmt, starrte sie beim Gehen wie in Gedanken versunken auf das Pflaster. Den Kopf des Mannes bedeckte ein dreieckiger Hut, aber seitlich stand eine Fülle von wirrem Haar heraus. Mit festen Schritten eilte er auf den Haupteingang des Palais zu, wo ein Mann in Livree den Ankömmling einließ.

Beethoven, dachte Adam. Das ist Beethoven, und er ist ins Palais eingeladen. Er wird hier ein Konzert geben. Josephine wird dort sein. Ebenso ihr Ehemann, Graf Deym, der aber nichts ahnt von dem, was sich zwischen seiner Frau und dem Komponisten abspielt. Beethovens Musik wird alles sagen, was zu sagen ist. Deym kann es nicht verstehen ... Der Meister wird nur mit seinen Tönen zu ihr sprechen ...

Adam war auf dem Platz stehen geblieben und blickte an der Fassade des Gebäudes empor. Hinter einem der Fenster sah er eine Bewegung. Da stand eine Frau und sah zu ihm herunter. Es war unverkennbar, wer sie war.

Konnte sie ihn sehen?

Ein, zwei Atemzüge später war sie fort. Dann drangen Klavierklänge aus dem Haus.

Beethoven spielte!

Adam hielt den Atem an, damit sich nicht der kleinste Misston in den Genuss mischte. Die Musik war sehr leise, aber er konnte die leidenschaftliche c-Moll-Sonate erkennen, die »Pathétique«.

Stocksteif blieb er stehen. Da näherte sich etwas mit großer Geschwindigkeit. Das Geräusch wurde lauter. Adam erschrak. Er wollte zur Seite springen, aber er kam ins Straucheln und stürzte. Im nächsten Moment drückte etwas Dünnes, sehr Schweres gegen seinen Hals.

Die Musik verschwand, und alles wurde dunkel.

＊＊＊

»Mein herzliches Beileid«, sagte Oberstleutnant Gruber.

Josie nickte und murmelte dazu: »Ich danke Ihnen.«

Das hatte sie extra vor dem Spiegel geübt – in der schwarzen Trauerkleidung, die sie dafür gekauft hatte. Einen halben Tag lang war sie durch die Stadt gelaufen, bis es ihr gelungen war, etwas zu finden, das dem Anlass angemessen war, sie aber trotzdem nicht wie eine alte Fregatte aussehen ließ.

Sie bot dem Kripo-Beamten in dem grauen Mantel mit einer zurückhaltenden Geste einen Platz auf dem Sofa an und setzte sich dann ebenfalls. Mit Genugtuung bemerkte sie, dass Grubers Blick, bevor er zur Sache kam, für einen Moment an ihren schwarz bestrumpften Beinen hängen blieb.

»Die Todesursache steht fest«, sagte er und richtete den Blick wieder auf Josies Augen, die trotz des trüben Wetters von einer Sonnenbrille abgeschirmt wurden. »Sie hatten wohl recht mit Ihrer Vermutung. Ihr Mann hat kurz vor seinem Tod halluzinogene Drogen zu sich genommen. Der Rechtsmediziner vermutet, dass sie mit einem Streckmittel versetzt waren, auf das Ihr Mann allergisch reagiert hat. Ich will Ihnen die Details ersparen ... Allerdings muss ich Ihnen noch eine wichtige Frage stellen.«

»Eine Frage?« Ihre Stimme klang auf einmal brüchig, aber das würde der Beamte sicher ihrer Trauer zuschreiben.

»Nun ... Wissen Sie vielleicht, wo Ihr Herr Gemahl die Drogen erworben haben könnte?«

Josie ließ sich ein paar Sekunden Zeit, ehe sie langsam den Kopf schüttelte. »Er hatte diesen Beethoven-Spleen. Ich habe es Ihnen ja schon erklärt und Ihnen auch seine Zimmer gezeigt.« Jetzt stockte sie und sah in Richtung Decke. Auch das hatte sie einstudiert. Es sah so aus, als würde ihr gerade ein Gedanke kommen. »Wissen Sie ... Teil dieses Spleens war es, dieselben Spaziergänge wie Beethoven zu unternehmen. Also im heutigen Wien. Es könnte doch sein, dass er dabei in Parks oder wo solche Drogendeals sonst ablaufen gewisse ... Bekanntschaften gemacht hat. Wahrscheinlich ist er dadurch überhaupt erst auf die Idee gekommen, seinen verrückten Wünschen mit solchen Mitteln nachzuhelfen.«

Oberstleutnant Gruber nickte beifällig. »Ich verstehe«, sagte er. »Das könnte ein Hinweis sein. Wir haben tatsächlich Zeugen gefunden, die sahen, wie Ihr Herr Gemahl in altertümlicher Kleidung durch Wien gelaufen ist.«

»Studieren Sie doch auch Beethovens Leben und seinen Alltag«, schlug Josie vor. »So wie er. Und dann gehen Sie die Strecken seiner Spaziergänge ab. Vielleicht begegnet Ihnen dabei der Händler, der Adam diese Drogen verkauft hat.« Sie erlaubte sich ein Lächeln, das aber nur kurz über ihr Gesicht huschte.

»Eine sehr gute Idee«, sagte der Beamte.

»Es freut mich, wenn ich Sie auf neue Ideen für Ihre Ermittlungen bringen kann.«

Gruber hob die Augenbrauen. »Das ist allerdings der Haken an der Sache: So neu ist die Idee auch nicht. Haben Sie eigentlich heute schon Zeitung gelesen?«

Josie schüttelte den Kopf. Sie las keine Zeitungen. Eigentlich las sie gar nichts. Ihre einzige Nachrichtenquelle waren die sozialen Medien und gewisse andere Internetkanäle, die einem die Dinge in kleinen Filmen erklärten.

»Das dachte ich mir.«

Der Beamte griff in die Innentasche seines Mantels, entnahm ihr eine zusammengerollte Zeitung und legte sie offen vor Josie auf den Glastisch. Eine Schlagzeile sprang ihr entgegen.

Apotheker in Ottakring
wegen Drogenhandels festgenommen.

Darunter prangte ein Bild, das fast dieselbe Größe hatte wie der ganze Artikel. Der Zeitungsfotograf war wohl bei der Festnahme dabei gewesen. Zwar versuchte der Mann auf dem Foto, mit den Händen sein Gesicht zu verbergen, aber es gelang ihm nicht ganz. Georg war klar zu erkennen. Jedenfalls für Josie.

»Ihr Wagen wurde mehrmals in der Nähe dieser Apotheke gesehen«, sagte Gruber. »Und die Substanzen, mit denen dort illegal gehandelt wurde … Es sind genau die, die man im Körper Ihres Mannes gefunden hat.« Er lehnte sich zurück und sah Josie auffordernd an. »Könnten Sie mir diesen Zusammenhang bitte erklären, gnädige Frau?«

Kirsten Püttjer & Volker Bleeck

Pulver im Kaffee

»Ist der Alte da?«

Inge Hansen, Chefsekretärin des Hamburger Kaffeegroßhändlers Victor Vebrando, blickte auf und sah ihn mit einem Hauch von Mitleid an. Sie kannte ihn, seit er auf der Welt war, und eigentlich hätte er längst ihr neuer Chef sein sollen, dem sie ebenso verlässlich zuarbeiten würde wie seit mehr als dreißig Jahren seinem Vater. Doch der konnte »den Laden« so wenig loslassen, wie er aufhörte, Inge weiterhin penetrant »Fräulein« und »Sekretärin« zu nennen. Nämlich gar nicht. Sie deutete auf die geschlossene Bürotür. »Natürlich, Andreas, geh gleich rein, ich gebe ihm Be–«

In diesem Moment knarzte eine Stimme aus der altmodischen Gegensprechanlage: »Fräulein Hansen, stellen Sie mir bitte die Unterlagen zu dem neuen Produkt zusammen, diesem Kapselkram. Mein Sohn wollte das machen ...«

Andreas Vebrando hob den Stapel Papiere, der unter seinem Arm klemmte, und rollte mit den Augen, während die knarzige Stimme ergänzte: »... aber der kriegt das ja wohl wieder mal nicht hin!«

Inge Hansen drückte schnell auf die Sprechtaste: »Ihr Sohn ist schon hier. Mit den Unterlagen.«

Aus dem Lautsprecher war ein verächtliches Schnaufen zu hören. Dann knurrte der Chef: »Rein mit ihm.«

Sie deutete mit entschuldigender Miene auf die Tür und sagte halblaut: »Ärgere dich nicht, du weißt doch, wie er ist ...«

Andreas Vebrando atmete tief durch. »Du kannst ja nichts dafür«, meinte er und fasste den Stapel so fest, dass seine Knöchel weiß hervortraten. »Aber manchmal könnte ich ihn umbringen.«

Sein Mobiltelefon ließ einen kurzen Signalton hören, und

Andreas öffnete die eingegangene Nachricht: *Alles OK, Ernesto im Hotel, Wagen in Tiefgarage. Bis später! Kuss, K.* Er lächelte zufrieden, steckte das Telefon wieder in die Jackentasche und betrat entschlossen das Büro seines Vaters.

Die Säcke warteten darauf, ausgeladen zu werden. Die Containertüren standen weit offen, das Gas, das vor dem Transport gegen Schädlinge eingeleitet worden war, hatte sich verflüchtigt. Bevor der Rohkaffee jedoch weitertransportiert werden konnte, musste die Qualität geprüft werden, schließlich stand der Name Vebrando für Eins-a-Ware. War man mit der Güte der Lieferung nicht einverstanden, würde sie sofort zurückgeschickt werden. Der zuständige Mitarbeiter des Hamburger Traditionsunternehmens zückte seinen Probenstecher, ein an der vorderen Kante schräg abgeschnittenes Rohr, mit dem er in den Jutesack stach, um eine Probe der Kaffeebohnen zu entnehmen. Die erinnerten rein optisch eher an ungesalzene Erdnüsse, ihre frische, ansprechende braune Farbe würden sie erst durch die Röstung erhalten.

Als der Prüfer das Rohr zurückzog, rieselte neben einigen Bohnen weißes Pulver auf den Boden. »Was ist das denn?«, fragte er irritiert.

Der Zollbeamte blickte ihm nur kurz über die Schulter. »Also, ich habe da so eine Ahnung.« Er griff zu seinem Funkgerät. »Und der zufolge brauchen wir die Drogenfahndung.«

Der Prüfer sah ihn erschrocken an. »Drogen? Sind Sie da sicher?«

Der Zollbeamte wies auf das Pulver. »Im Fernsehkrimi lecken die da immer dran. Das würde ich an Ihrer Stelle aber lieber nicht tun, vielleicht ist das ja das reinste Gift.« Er grinste. »Um Kaffeeweißer handelt es sich jedenfalls nicht, so weit würde ich mich getrost aus dem Fenster lehnen.«

»Gut, Werner, dann kümmerst du dich um die Einkaufsstraße und die Rentner, die dort immer so gern in den Schaufenstern parken.« Morgenkurier-Chefredakteur Karsten Bollmann kippte sich das dritte Döschen Kaffeesahne in seine Tasse. Die Straße, um die es ging, war mittlerweile sogar außerhalb Hamburgs bekannt dafür, dass zumeist Hochbetagte gern mal Gas und Bremse verwechselten und direkt in die Geschäfte bretterten, oft mit erheblichem Sachschaden. »Und bring mir bloß ein paar schöne O-Töne mit. Renitente Rentner und besorgte Anwohner, die sich gegenseitig anpöbeln!« Er lachte. »Und Fotos natürlich. Wenn's keine guten Bilder gibt, musst du halt selbst schlecht einparken.« Grinsend sah er in die Runde. »Oder muss ich dann eher eine Frau schicken?«

Zwei Kollegen lachten pflichtbewusst, der Rest übte sich in betretenem Schweigen. Bollmanns Blick blieb an Annalena Glantz hängen, der einzigen Frau unter den Journalisten. »Frau Glantz, wie sind denn Ihre Einparkfähigkeiten?«

Annalena, die mit Ende zwanzig auch die mit Abstand Jüngste im Raum war, verzog kurz das Gesicht. Dann entgegnete sie mit einem müden Lächeln: »Danke, ich bin bis jetzt noch in jede Parklücke gekommen.« Da sie schon einige ihrer Kollegen auf dem Parkplatz rangieren sehen hatte, wusste sie, dass man das von der Mehrheit der Anwesenden nicht behaupten konnte. Außerdem fuhr sie meist mit dem Rad.

»Was haben wir noch?« Bollmann wirkte gereizt.

Der Lokalchef blätterte hektisch in einem Wust von Zetteln, der vor ihm auf dem Tisch lag. »Also, wir bräuchten noch jemanden im Hafen, Kokainfund im Kaffee. Die Polizei lädt zur Pressekonferenz am Containerterminal.«

»Macht das nicht der Küsters?« Bollmann blickte sich suchend um. »Wo ist denn überhaupt unser Herr Polizeireporter?«

»Auf Fortbildung im Sauerland«, kam es aus mehreren Mündern.

»Ach ja.« Bollmann schwieg nachdenklich, was bei ihm selten vorkam. Er nickte. »Na gut, dann übernimmt eben Frau Glantz das Koks im Kaffee.« Er sah Annalena an. »Da können Sie beweisen, was Sie draufhaben, bringen Sie mir einen Knaller!«

Annalena war alles lieber als die ewigen Modenschauen oder C-Promi-Termine, zu denen sie sonst geschickt wurde. Sie signalisierte ihre Zustimmung, und Bollmann wandte sich erneut dem Lokalchef zu. »Wann geht das los?«

Der Ressortleiter suchte erst wieder den Zettel, dann sah er auf seine Uhr: »Äh, nach meiner Kenntnis ist das sofort, unverzüglich, äh, vor fünf Minuten, wenn ich das hier richtig sehe …«

Annalena sprang auf, riss ihm das Papier aus der Hand und stürmte nach draußen zu ihrem Rad.

In Rekordzeit erreichte sie den Hafen, die Pressekonferenz hatte gerade begonnen. Der Pressesprecher der Polizei hockte hinter einem Klapptisch, auf dem einige Kokainpäckchen lagen. Eines war aufgerissen, weißes Pulver quoll heraus. Neben dem Polizeisprecher saß ein offensichtlich schlecht gelaunter Mann in einem gleichermaßen schlecht sitzenden Anzug. Er wurde als Hauptkommissar Max Rahmer vorgestellt, der freundlicherweise für den eigentlich zuständigen, aber leider erkrankten Beamten eingesprungen sei.

Rahmer brummte eine Art Begrüßung, steckte die vor ihm liegende Zigarettenschachtel in seine Jackentasche und schwieg. Man sah ihm an, dass er jetzt eigentlich lieber eine Zigarette geraucht hätte.

Der Polizeisprecher erklärte, der Fund sei nicht so spektakulär wie die Viereinhalb-Tonnen-Sensation letztes Jahr, trotzdem lasse sich der Straßenwert auf einen sechsstelligen Betrag beziffern. Die Drogen würden im Labor noch genauer untersucht. Mehr könne man »aus ermittlungstaktischen Gründen« momentan nicht dazu sagen.

Als sonst niemand eine Frage stellte, meldete Annalena sich zu Wort. »Annalena Glantz vom Morgenkurier. Können Sie schon etwas über die Herkunft der Ware sagen?«

Der Polizeisprecher lächelte süffisant. »Also, der Kaffee kam aus Brasilien.«

Annalena verzog keine Miene. »Ich meinte eigentlich das Pulver.«

»Ja, sicher.« Er schaute zu Kommissar Rahmer, der aber keine Anstalten machte, sich einzuschalten. Interessiert, ja fast aufmunternd, da sie sich nicht hatte einschüchtern lassen, sah er Annalena an.

Dem Pressesprecher blieb nichts anderes übrig, als die Antwort selbst zu geben: »Zur Herkunft des Kokains können wir noch keine Angaben machen.«

Damit war die Pressekonferenz beendet. Ein Repräsentant der Firma Vebrando, deren Kaffeebohnen-Lieferung als Versteck für die Drogen gedient hatte, lud die Damen und Herren von der Presse noch zu einem Kaffee ein, »gratis«, wie er lächelnd hinzufügte.

Annalena trat zu dem Mann, den sie von einigen Veranstaltungen mit hoher Promidichte, die seine Firma gesponsert hatte, bereits kannte. Jetzt erwies es sich als vorteilhaft, dass sie sich schon mal länger mit ihm unterhalten hatte.

Erfreut schüttelte er ihre Hand. »Frau Glantz, wie schön.« Er drückte ihr einen Becher in die Hand. »Nehmen Sie sich einen Kaffee, solange er noch heiß ist.« Mit gesenkter Stimme und einem bedeutsamen Blick auf die drängelnden Journalisten fügte er hinzu: »Und solange welcher da ist.«

Sie nahm den Becher entgegen. »Danke, das ist nett von Ihnen, Herr …«

Erst jetzt wurde ihr klar, dass sie seinen Namen nicht mehr wusste, doch er schien das gar nicht zu bemerken.

»Furchtbar, nicht wahr?«, redete er weiter. »Drogen im Kaffee! In was für einer Welt leben wir denn eigentlich?« Er schloss übertrieben theatralisch die Augen, ehe er Annalena fragte: »Aber wieso sind Sie denn hier, Frau Glantz? Mit Verbrechen haben Sie doch höchstens zu tun, wenn es um die geschmacklose Abendgarderobe der Damen geht.« Er amüsierte sich köstlich über seinen Scherz; Annalena gelang ein höfliches Lächeln.

»Unser Polizeireporter ist unterwegs, ich springe für ihn ein.« Sie stellte den Becher zur Seite und strahlte ihn an. »Daher wäre es gut, wenn Sie mir noch ein bisschen was Exklusives verraten könnten, Herr, äh …«

Er rückte näher und senkte die Stimme zu einem Raunen. »Das haben Sie aber jetzt nicht von mir.« An seinem Atem konnte sie riechen, dass ihm das Prinzip des italienischen Caffè Corretto – also Kaffee mit Schuss – durchaus vertraut war.

Er blickte sich um. »Die Ladung war, nun ja …« Er suchte nach Worten. »Sie war insofern ein Novum, als …« Er sah sich verstohlen nach allen Seiten um. »Als dass dieser Import nicht über unsere Einkaufsabteilung gelaufen ist, sondern …« Wieder blickte er um sich. Annalena musste an diese Figur aus der »Sesamstraße« denken, mit Trenchcoat und Hut, die Ernie und Bert irgendwelche Buchstaben verkaufen wollte, streng geheim.

Jetzt rückte er noch näher an sie heran und flüsterte: »Es war das erste Geschäft, das José Nascimento für Vebrando abgewickelt hat, und es soll nicht das letzte gewesen sein.« Er atmete geräuschvoll aus, als sei er froh, eine Last losgeworden zu sein.

In Annalenas Kopf ratterte es. Nascimento? Sie sah den Mann irritiert an, jetzt fiel ihr auch sein Name wieder ein. »Irren Sie sich auch nicht, Herr Schierke? Nascimento arbeitet für Ferdinand Althopp, und das ist doch Vebrandos größter Konkurrent!«

Er nickte und legte einen Zeigefinger auf seine Lippen. Dadurch erinnerte er sie noch mehr an die Figur aus der Sesamstraße. Und dann sagte er es sogar: »Genau!«

Zurück in der Redaktion, machte Annalena eine schnelle Hintergrundrecherche. Zum Glück wusste sie schon einiges über die konkurrierenden Kaffeeimporteure Vebrando und Althopp. Sie hatte selbst einige Artikel über die beiden Familien verfasst, schließlich gehörten sie zur Hamburger High Society.

In etlichen Archivberichten ging es um die Frage der Nachfolge. Andreas Vebrando, der im Unternehmen seines Vaters für den Bereich Marketing zuständig war, erinnerte Annalena ein wenig an den britischen Thronfolger Prinz Charles, von dem im Grunde jeder wusste, dass er nie König werden würde. Bei José Nascimento sah die Sache etwas anders aus. Aus Angst, kinderlos zu bleiben, hatten der Kaffeegroßhändler Ferdinand Althopp und seine Frau einst entschieden, einen der Söhne ihres brasilianischen Zulieferers nach Hamburg zu holen und den Jungen an Kindes statt bei sich aufzunehmen. Zehn Jahre später war dann doch noch überraschend eine Tochter zur Welt gekommen, Katharina, die aktuell in Althopps Firma den extra für sie geschaffenen Posten des »Digital Officer« innehatte. Ausgemachte Sache war aber, dass José der Nachfolger in der Geschäftsführung werden sollte, auch wenn Katharina damit wohl nicht wirklich glücklich war. Wie bei fast allen konservativen Hamburger Kaffeehändlern kamen Frauen auch in der oberen Etage von Althopp so gut wie nicht vor. Nach Ferdinand Althopps Meinung war José der geeignetere Kandidat, ein geborener Kaufmann, der sich federführend um den Einkauf und die Verhandlungen mit den Lieferanten kümmerte und bei Geschäftspartnern als harter Hund galt. Das wusste auch die Konkurrenz, und deshalb bemühte sich Vebrando senior ebenfalls um ihn und hatte schon mehrfach scherzhaft angedeutet, dass er José gern adoptieren würde.

Der zuständige Wirtschaftsredakteur pfiff leise durch die Zähne, als Annalena ihm erzählte, was sie von Vebrando-Mitarbeiter Schierke erfahren hatte. »Hossa, solche Gerüchte kursieren ja schon länger, aber alle haben immer gedacht, es sei weiter nichts dran.«

Nachdenklich ging Annalena zurück in ihr Büro. Zum Thema Gerüchte hörte sie als Klatschreporterin auch so einiges. Zum Beispiel, dass die beiden übergangenen Kaffeeerben einander nahestanden. Angeblich sehr nahe.

Ein paar Tage später stand Kriminalhauptkommissar Max Rahmer in der Küche im Präsidium, um sich einen Kaffee zu machen, und goss frisch aufgebrühtes Wasser auf das Granulat. Seit er für einen Einsatz in Hannover an die dortige Dienststelle ausgeliehen worden war, trank er löslichen Kaffee. Wobei »ausgeliehen« schmeichelhaft klang, tatsächlich war er strafversetzt worden. Wegen seiner zuweilen recht robusten Verhörmethoden nannten sie ihn »Rambo-Rahmer«, wenn auch nur hinter vorgehaltener Hand, das wusste er. Damit hatte er kein Problem, er war nun mal ein Einzelgänger und hatte seine eigenen Mittel. Doch leider stand er hier unter besonderer Beobachtung.

Ein Kollege kam in die Küche. »Max, gut, dass ich dich sehe, da kann ich dir das ja gleich geben.« Er hob einen Stapel Ausdrucke und legte sie auf den Tisch. »Ich hab dir ein bisschen was über diesen Kaffeefritzen zusammengestellt.« Breit grinsend ergänzte er: »Ich weiß ja, dass dir Papier lieber ist, raschel, raschel …«

Rahmer sah ihn ausdruckslos an.

Der Kollege nickte ihm zu. »Ich muss dann auch wieder.« Sein Blick fiel auf das Glas mit dem Instantpulver. »So was trinkst du? Ich hab mich schon oft gefragt, wer heutzutage noch das lösliche Zeugs kauft. Ich hab ja so eine schicke Kapselmaschine – schmeckt wie von George Clooney persönlich aufgebrüht!« Er ging glucksend weg.

Rahmer nahm Becher und Papierstapel und ging in sein Büro. Manchmal war es besser, zu schweigen. Zurück an seinem Schreibtisch klingelte das Telefon. Er griff nach dem Hörer und knurrte so etwas wie ein »Ja?« hinein, lauschte einen Augenblick und notierte dann etwas auf dem obersten Zettel des Stapels. »Keine Bremsspuren? Interessant. Und wie heißt der Tote?« Er kritzelte weiter. »Nascimento, mit s und c. Also wie Pelé?« Er hörte einen Moment schweigend zu und verdrehte die Augen. »Nein, Pelé, das ist ein berühmter Fußballer, oder er war es mal, früher … Ach, ist egal, vergiss es. Gut, hab ich. Bin auf dem Weg.«

Grußlos legte er auf, steckte den Zettel ein, nahm seine Jacke und verließ das Büro.

Victor Vebrando ärgerte sich über seinen Sohn, der auf den Zug mit Pads und Kapseln aufspringen wollte – etwas, das er selbst immer abgelehnt hatte. Etliche Manager und Marketingfachleute hatten ihm schon ähnliche Vorschläge unterbreitet, aber das passte einfach nicht zum Image seiner Firma. Selbst wenn im überteuerten Trendkaffee enorme Renditen zu stecken schienen.

Vebrando seufzte. Er wusste ja, wen er an Andreas' Stelle zum Nachfolger aufbauen wollte, und hatte dies vor Kurzem endlich auch seinem Sohn mitgeteilt. Der war natürlich nicht erfreut gewesen und stinksauer abgehauen. Ein kleines Hindernis gab es jedoch noch bei der Verwirklichung seiner Pläne: Da die Satzung vorschrieb, dass der Geschäftsführer der Familie Vebrando entstammen musste, plante er, José Nascimento zu adoptieren. Eine reine Formsache. Allerdings erreichte er ihn gerade nicht.

Vebrando drückte die Wiederholtaste seines altmodischen Mobiltelefons. Wieder sprang nur die Mailbox an.

Das alte Bootshaus lag versteckt hinter den Schuppen und Lagerhallen in einem nicht so stark frequentierten Bereich des Hafens. Andreas Vebrando kontrollierte den Vorrat an Wasserflaschen und blickte sich noch einmal prüfend in dem schummrig beleuchteten Raum um. Dann ließ er die Tür einrasten und achtete darauf, dass sie auch richtig verschlossen war. Er sah sich nach allen Seiten um, konnte aber niemanden entdecken, der sich für das interessierte, was er hier machte.

Früher hatte er hier an Booten und alten Schiffsmotoren herumgebastelt, und kaum jemand würde vermuten, dass das Bootshaus inzwischen anderen Zwecken diente. Es sah aus wie immer, das einzig Auffällige am schiefen Schuppentor war ein neues goldfarbenes Vorhangschloss. Er duckte sich unter ein paar Zweigen hindurch, folgte einem Trampelpfad, der an einigen Gebäuden vorbeiführte, und gelangte so von der rückwärtigen Seite zur Straße. An der Bushaltestelle stand ein weißer Lieferwagen. Vebrando öffnete die Beifahrertür, stieg ein und nickte dem Fahrer zu. »Alles in Ordnung, das Paket ist gut verschnürt. Du kannst losfahren.«

Rahmer sprach kurz mit dem Streifenbeamten, der ihm die Informationen zu dem Autounfall durchgegeben hatte. Der schwarze Sportwagen war auf schnurgerader Strecke aus ungeklärter Ursache von der Fahrbahn abgekommen und ungebremst in eine Bushaltestelle gekracht.

Nachdenklich ging der Kommissar zur Absperrung, an der schon ein paar Fotografen und Reporter warteten. Offensichtlich war sonst nicht viel los, nachrichtenmäßig. Er las noch einmal, was auf dem Zettel notiert war, den sein Kollege ihm ausgedruckt hatte. Der Artikel aus dem Morgenkurier hatte ganz oben auf dem Stapel gelegen.

In einer der Spalten streifte sein Blick den Namen »Nascimento«. Er schaute auf die Autorenzeile: Annalena Glantz. Der Name sagte ihm was. War das nicht die unerschrockene Journalistin von der Pressekonferenz im Hafen?

»Moin, Herr Kommissar!«

Rahmer blickte hoch und sah direkt in das Gesicht der jungen Reporterin. »Was machen Sie denn hier?«

»Meinen Job.« Annalena deutete auf das zerstörte Auto. »Was können Sie mir dazu sagen?«

»Äh, nichts«, antwortete Rahmer reflexhaft und tippte auf den Ausdruck in seiner Hand. »Und was können *Sie* mir *dazu* sagen?« Er hielt die Seite so, dass sie einen Blick darauf werfen konnte.

»Das ist ein Zeitungsartikel.« Sie grinste.

Rahmers Miene verdüsterte sich. »Das sehe ich selbst. Da ich ihn aber gerade erst bekommen habe, konnte ich ihn noch nicht lesen.« Er sah sie erwartungsvoll an.

»Na gut, dann fasse ich das mal für Sie zusammen. Tenor der Story ist, dass beide Kaffeepatriarchen, sowohl Vebrando als auch Althopp, ein Problem damit haben, die Führung abzugeben, sozusagen loszulassen. Übrigens geht das vielen mittelständischen Firmeninhabern in Deutschland so.« Sie lächelte

Rahmer an.»Und der Tote da vorne«, sie nickte in Richtung Unfallstelle,»ist José Nascimento?«

Rahmer starrte sie einen Moment lang verblüfft an. Er schloss kurz die Augen, als Annalena stumm auf seinen Zettel wies, auf dem er in Großbuchstaben den Namen des Toten notiert hatte. Dann hob er kapitulierend die Hände.»Gut, ich sag Ihnen was. Aber nicht hier und nicht jetzt. Heute müssen Sie sich mit den offiziellen Statements zufriedengeben.«

Annalena nickte.»Wie wäre es morgen um fünfzehn Uhr in der ›KaffeeKlappe‹ am Hafen? Finden Sie das?«

»Klar.« Rahmer notierte den Namen, steckte den Zettel in seine Jackentasche und gab ihr die Hand darauf.»Aber dann erzählen Sie mir auch, was Sie wissen, okay? Quid pro quo.«

»Mal sehen, Latein hab ich immer geschwänzt.« Annalena grinste und ging zurück zur Absperrung.

Die»KaffeeKlappe« war einer dieser neuen Designtempel, die den Kaffeegenuss regelrecht zelebrierten. Viel Messing, viel dunkles Holz, viele Glasbehälter, in denen Kaffeebohnen aller Röstgrade und Schattierungen ruhten. Rahmer sah fasziniert einem der Angestellten dabei zu, wie er mit Hingabe heißes Wasser über den gemahlenen Kaffee goss, der sich in einem kleinen Papierfilter befand. Der metallene Wasserkocher, den er dafür benutzte, hatte eine lange Tülle und sah aus wie eine altmodische Gießkanne. Mit kreisenden, fast beschwörenden Bewegungen ließ er das Wasser in das Kaffeepulver einsickern, es hatte eindeutig etwas Meditatives. Rahmer dachte gerade, dass er ihm dabei den ganzen Tag zusehen könnte, als sich Annalena Glantz auf den Hocker neben ihm setzte.

»Moin, Herr Kommissar. Haben Sie schon was bestellt?«

Er nickte ihr zu.»Ja, das da. Ich dachte, dass Filterkaffee am schnellsten geht. Aber jetzt befürchte ich, dass der junge Mann jedes Pulverkorn einzeln anfeuchten will …«

Annalena nickte verständnisvoll.»Seien Sie froh. Ich hatte mal einen Freund, der schwor auf diesen Kaffee aus Bohnen, die erst von einer Affenart gefressen und dann wieder ausgekackt werden.« Sie grinste. »Kostete ein Vermögen.« Rahmer schüttelte sich bei dem Gedanken.

Der Barista stellte einen großen Becher mit Filterkaffee vor ihn hin. »Bitte schön.« Er wandte sich an Annalena: »Um genau zu sein, ist es eine indonesische Schleichkatzenart, kein Affe.« Er deutete hinter sich. »Haben wir da. Möchtest du?« Annalena lachte. »Muss nicht sein. Ich nehm den Tages-Espresso.«

»Kommt sofort.« Er machte sich an der großen Maschine zu schaffen. »Übrigens gibt es auch Elefanten, die das machen. In Thailand.«

Rahmer seufzte und probierte vorsichtig den Filterkaffee. Er war heiß und schmeckte gottlob weder verdächtig nach Affe noch Schleichkatze oder Elefant.

Annalena erzählte Rahmer, was Vebrandos Mitarbeiter ihr über Josés Rolle bei dem Kaffeeimport aus Brasilien verraten hatte.

Rahmer war gestern Abend noch bei Familie Althopp gewesen und hatte Josés Angehörigen die Todesnachricht überbracht, seine Schilderung der mehr als kühlen Reaktion auf diese Hiobsbotschaft wunderte Annalena allerdings nicht.

»Das ist so ein hanseatischer Quatsch, bloß keine Gefühle zeigen und so.«

Rahmer nickte, obwohl es ihm persönlich lieber war, wenn die Leute, die er vom Tod eines geliebten Menschen in Kenntnis setzen musste, nicht gleich schluchzend in Ohnmacht fielen oder schreiend auf ihn einprügelten. War alles schon vorgekommen. »Wirklich berührt schien nur die … ja, wie soll ich sagen … Ziehschwester zu sein …« Er blätterte suchend in seinen Unterlagen.

»Katharina Althopp«, half Annalena aus. Sie schüttelte den Kopf. »Obwohl die am meisten von dem Unfall profitiert. Wahrscheinlich wird sie jetzt die Nachfolgerin vom alten Althopp. Und von José.« Nach kurzem Überlegen ergänzte sie:

»Vielleicht bekommt Andreas Vebrando nun doch noch seine Chance auf den Firmenvorsitz.«

»Die Familie meinte, José sei die letzten Wochen unterwegs gewesen, auf Geschäftsreise, und ein paar Tage Urlaub hat er wohl auch drangehängt.«

»Vermutlich hat er währenddessen heimlich mit Vebrando die Übernahme der Geschäfte klargemacht.« Annalena bestellte noch einen Espresso.

»Jedenfalls hatte er bei dem Unfall nachweislich Kokain im Blut, und nicht eben wenig.« Rahmer blätterte weiter in seinen Unterlagen. »Was ich nicht verstehe, ist, wieso jemand, der im großen Rahmen in ein konkurrierendes Kaffeeunternehmen einsteigen will, alles gefährdet, indem er in einer Ladung Kaffee ebendieses Unternehmens Kokain nach Deutschland schmuggelt?« Er stand auf und schob ihr die Akte rüber. »Die haben Sie natürlich nie gesehen. Ich geh dann mal für kleine Schleichkater ...«

Als er zurückkam, rührte Annalena Zucker in ihre Tasse. »Ist das eigentlich kein Problem, wenn man Drogen im großen Stil nimmt, aber wie José Nascimento laut Obduktionsbericht nur eine Niere hat?«

Rahmer stutzte, dann zog er sein Mobiltelefon aus der Tasche, hob entschuldigend einen Finger und verzog sich vor die Tür.

Nach einem kurzen und einem etwas längeren Telefonat kehrte er zu Annalena an den Tresen zurück. »Laut seiner Familie hatte José noch beide Nieren, sie waren völlig überrascht.« Er hob sein Telefon hoch. »Aber die Rechtsmedizin hat auf meine Nachfrage bekräftigt, dass der Tote nur noch eine Niere hatte, und das sicher schon länger.«

Annalena schlug noch einmal den Obduktionsbericht auf und stieß den Zeigefinger auf das Foto. »Aber das ist doch José Nascimento, oder?«

Nachdem Annalena sich mit den Worten »Ich hab eine Idee, ich muss da mal was nachprüfen!« verabschiedet und auf ihr

Rad geschwungen hatte, fuhr Rahmer zu Victor Vebrando. Zuvor durfte er noch die Rechnung begleichen, die ihn überraschte. Hatte man früher nicht eine Mark fünfzig für eine Tasse Kaffee bezahlt? Gut, so hatte die dann auch geschmeckt. Aber fast fünfzehn Euro für zwei Espresso und einen Filterkaffee?

Inge Hansen führte ihn umgehend ins Büro ihres Chefs. »Furchtbar, das mit dem jungen Herrn Nascimento. So ein höflicher Mann ...« Sie verstummte.

»Ach, Sie kannten ihn?« Rahmer sah sie unschuldig an. »War er nicht der Sohn des größten Konkurrenten Ihres Chefs?«

Die Sekretärin zog ein Taschentuch hervor. »Ziehsohn. Aber höflich war er trotzdem.«

Rahmers Unterhaltung mit dem alten Vebrando brachte keine neuen Erkenntnisse. Der Firmeninhaber leugnete die Adoptionspläne nicht, stellte sie aber als »eine von vielen Möglichkeiten« dar, die er in Betracht gezogen habe.

Im Rausgehen sagte Rahmer: »Ihren Sohn Andreas hätte ich auch gern gesprochen, aber ich erreiche ihn nicht. Haben Sie eine Ahnung, wo er sein könnte?«

Victor Vebrando hob bedauernd die Schultern. »Nein, er ist in letzter Zeit öfter weg.«

Inge Hansen, die die letzte Frage mitbekommen hatte, meinte: »Vielleicht ist er in seinem Bootshaus.«

Rahmer registrierte Vebrandos strafenden Blick, ganz offensichtlich war er der Meinung, dass man der Polizei nicht mehr als nötig erzählen sollte. Umso freundlicher lächelte der Kommissar nun die Chefsekretärin an. »Ein Bootshaus? Und wo finde ich das?«

Auf dem Weg zum Hafen klingelte Rahmers Mobiltelefon. Es war Annalena. »Moin, Herr Kommissar, ich habe Neuigkeiten.«

Rahmer schmunzelte. »Ich auch. Aber Ladies first.«

Die Verbindung wurde kurzzeitig schlechter, anscheinend war Annalena unterwegs. »… krrz … Südamerika. Da kommt José ja ursprünglich her. Und eben nicht nur er …«

Rahmer hörte ihr gespannt zu, dann hatte er eine Eingebung. Wahrscheinlich würde das wieder Ärger geben. Und er freute sich fast drauf. »Kommen Sie zu der Adresse, die ich Ihnen gleich schicke. Aber warten Sie, bis ich da bin, kein Alleingang, klar?«

»Alles klar, Herr Kommissar!«

»Wenn wir Glück haben …«

»… retten wir José das Leben!«, ergänzte Annalena.

Rahmer nickte zufrieden, beendete das Gespräch und schickte Annalena die Adresse. Er liebte es, wenn Leute mitdachten. Es passierte nur so selten.

Der Morgenkurier brachte Annalenas Story groß auf der Titelseite – schließlich hatte sie alles, was man von einem Aufmacher erwartete: Drogen, Promi-Dynastien, Erpressung und eine tragische Liebesgeschichte.

Kaffeeimporteur Victor Vebrando wollte den Ziehsohn seines größten Konkurrenten Ferdinand Althopp abwerben und adoptieren, um ihm die Leitung seiner Firma zu übertragen. Womit er nicht gerechnet hatte, war, dass sein eigener Sohn das nicht einfach hinnehmen würde. Und Andreas Vebrando war nicht allein. Schon länger unterhielt er eine heimliche Liebesaffäre mit Althopps Tochter Katharina. Als das Paar von den Plänen des alten Vebrando erfuhr, entschlossen sich die beiden zu handeln. Katharina wusste, dass José einen Zwillingsbruder hatte, Ernesto, der immer noch in Brasilien lebte, in eher ärmlichen Verhältnissen. Es war wohl nicht schwer gewesen, ihn mit Versprechungen von einem besseren Leben nach Deutschland zu locken, um Ernesto als Doppelgänger einzusetzen und Josés Ruf zu beschädigen. Aus demselben Grund versteckten sie leicht aufzufindendes Kokain in Josés Kaffeelieferung für Vebrando. Ernesto aber wurde abtrünnig und begann, die beiden zu erpressen. Also manipulierte Andreas Vebrando die Bremsen des Sportwagens, und Ernesto fuhr mit Höchstgeschwindigkeit in den Tod. Damit war klar, dass nun auch sein Zwilling verschwinden musste, und zwar für immer, denn jeder hielt den Toten für José. Doch ehe das mörderische Paar den Plan in die Tat umsetzen konnte, fand die Polizei den gefesselten und geknebelten José im Bootshaus im Hafen. Katharina Althopp und Andreas Vebrando wurden bald darauf an der dänischen Grenze gestoppt und verhaftet.

Die Meldung zwei Wochen später schaffte es nicht auf die Titelseite, aber immerhin auf Seite drei:

Vebrando-Althopp-Fusion für September geplant

Hamburg: Die Unternehmer Victor Vebrando und Ferdinand Althopp, Inhaber zweier traditionsreicher Hamburger Kaffee-Importhäuser, haben die Fusion ihrer Firmen bekannt gegeben. Geschäftsführer des neuen Unternehmens soll José Vebrando-Nascimento werden, der kürzlich Opfer einer Entführung wurde (wir berichteten).

Hannes Nygaard

Der Fluch des Pharisäers

Er hasste seinen Namen. Hansi! Die Großeltern hatten es gut
gemeint, wenn sie den kleinen Bub so riefen, irgendwo in
einem Tal im Schwarzwald. In einem Weiler zwischen dichtem
Tannengrün und romantischem Fachwerk war er groß geworden. Mit dem Älterwerden hatte sich manches verändert.
Eines aber war geblieben: Hansi. Alle Welt nannte ihn so. Sein
Arbeitskollege Kevin – ausgerechnet Kevin! – hatte Schuld
daran, dass er seinen Namen hasste. »Hansi – so nennt man
bei uns Kanarienvögel«, hatte Kevin in seinem unaussprech-
lichen sächsischen Dialekt erklärt.

Und der Zuname war auch verbrannt. Niemand mochte seinen Klassenlehrer Schräuble, den Quadratkopf mit dem kahlen
Schädel und der runden Nickelbrille. Wenn Hansi die Augen
schloss, tauchte das Bild dieses Mannes vor seinem geistigen
Auge auf. Schräuble grinste und wedelte mit der Klassenarbeit
vor Hansis Gesicht herum. »Das war nichts. Wieder eine Fünf.
Wer hat dir bloß deinen Namen gegeben, Siegerle?«

Hansi Siegerle. Für ihn war ein tristes Leben in der Schwarz-
wälder Einöde vorgezeichnet – bis Dörte auftauchte. Sie war
blond und von erfrischender Lebendigkeit, auch wenn es
zunächst Verständigungsprobleme gab. Dörte sprach kein
Deutsch, zumindest nicht seins. Man fand andere Kommu-
nikationsmöglichkeiten, und es dauerte nicht lange, bis Hansi
Siegerle sich mit seinem Hab und Gut auf den Weg nach Nord-
friesland machte. Davon hatte er zuvor noch nie gehört. Der
Norden, das war für ihn ein schmaler Grünstreifen zwischen
Hamburg und dem Nordpol.

Nun war er hier gestrandet. Das war wörtlich zu nehmen.
Unter »Strand« hatte er sich allerdings etwas anderes vorgestellt als das triste Leben in Husum. Dörte hatte sich bald

nach seiner Ankunft einem Melf, Oke, Sönke, Ingwer oder wie die hier sonst so hießen, zugewandt. Er selbst hatte sich mit Femke getröstet. Der kam aber offenbar recht bald ein »Ich liebe dich, Knut« leichter über die Lippen als »Hansi«. So hatte er beschlossen, dass aus Hansi ein Max werden musste – ein dicker Max. Er entschied, für sein Leben die Energiewende einzuleiten, er brauchte Kohle. Um es mit den Römern zu sagen: *Pecunia non olet* – Geld stinkt nicht. Doch, wusste er, wenn man es als Decksmann auf einem Krabbenkutter verdient. Hansi Siegerle musste sich eine andere Einkommensquelle erschließen.

Wenn's ums Geld geht: Sparkasse.

Das hatte Siegerle vor.

Für viele Menschen ist der November der unerquicklichste Monat. Es ist grau, die Herbststürme pfeifen über das Land, der Regen peitscht waagerecht. Nur wenn es unvermeidlich ist, verlässt man das Haus. Obwohl Siegerle weder den Landstrich noch das Wetter mochte, erschienen ihm die heutigen Bedingungen für sein Vorhaben ideal. Direkt hinterm Deich duckte sich das unscheinbare alte Backsteinhaus. Mit dem Reetdach passte es sich seiner Umgebung an, wobei die Abstände zum Nachbarn großzügig bemessen waren. Nordfriesen liebten die Distanz. Als während der Coronakrise die Weisung erlassen wurde, man möge stets einen Meter fünfzig Abstand zueinander wahren, protestierten die Einheimischen. Sie wollten ihre gewohnten fünf Meter wiederhaben.

Siegerle hatte seinen alten Wagen ein wenig abseits geparkt und beobachtete das Haus. Nur ein spärlich beleuchtetes Schild wies darauf hin, dass hier eine Zweigstelle der Uthlande-Sparkasse beheimatet war. Er war mehrere Male nach Nordstrand gefahren und hatte die Örtlichkeiten ausgekundschaftet. Das Gebäude schien nicht sonderlich gut gesichert zu sein. Die Umgebung war dünn besiedelt, viele Häuser dienten nur als Ferienwohnungen, und um diese Jahreszeit trieb es keinen Urlauber hierher. Das passte hervorragend für seinen Plan.

Vom Wattenmeer umgeben und nur durch einen Damm mit dem Festland verbunden.

Noch nagten Zweifel an Siegerle. Sollte er es wirklich wagen? Wenn der einzige Mitarbeiter den Alarm auslöste, was dann? Nein! Er hatte alles bedacht. Es würde eine Weile dauern, bis die Polizei vom fernen Festland hier auftauchte. In der Zeit konnte er die Bank ausrauben. Die Beute würde nicht spektakulär hoch sein, aber ihm reichte es für den Anfang.

Er zog noch einmal kontrollierend die Schreckschusspistole aus seinem Blouson. In Krimis sprach man immer von kaltem Stahl. Sie fühlte sich fast warm an. Und sie war rutschig. Vermutlich lag es am Schweiß, der ihm aus allen Poren troff. Die Waffe würde Eindruck auf den Sparkassenangestellten machen. Er bedauerte schon jetzt den Mann, dem er einen gehörigen Schrecken einjagen würde. Vorsichtig schob er die Waffe wieder zurück und griff zur Motorradhaube, die auf dem Beifahrersitz lag. Sie bedeckte den ganzen Kopf. Nur für die Augen und den Mund gab es Öffnungen. Als er sich im Spiegel betrachtete, erkannte er sich selbst nicht. Das beruhigte ihn ein wenig. Der Überfall war eben perfekt geplant und vorbereitet.

Siegerle gab sich einen Ruck und stieg aus. Eine Windbö erfasste die Tür, drohte sie ihm aus der Hand zu reißen. Das Wetter war wirklich unsäglich. Er schlug die Tür zu und schloss ab. Halt! Das war ein Fehler. Wenn er bei seiner Flucht erst den Schlüssel suchen und die Tür öffnen musste, verlor er wertvolle Zeit. Wie gut, dass er umsichtig war und an alles dachte. Er schloss wieder auf und ging unsicheren Schrittes zur Eingangstür. Es waren etwa zwanzig Meter, die aber ausreichten, um ihn völlig zu durchnässen.

Vor der Tür hielt er noch einmal inne. »Die letzte Chance zur Umkehr«, raunte er sich selbst zu. Nein! Er wollte es jetzt durchziehen. Mit dem Überfall konnte er sich beweisen, dass er ein ganzer Kerl war. Mutig. Entschlossen. Überlegen. Und diese Eigenschaften würden durch das geraubte Geld honoriert werden.

Siegerle drückte die Türklinke nach unten und betrat den Kassenraum. Verwundert blieb er stehen. Es gab keinen Vorraum, keine Automatiktür. Die Sparkasse erinnerte ihn an seine Kindheit und daran, wie er mit der Oma das Geldinstitut in seinem Heimatdorf aufgesucht hatte. War er wirklich in einer Sparkasse? Oder war dies das Heimatmuseum? Die Einrichtung wirkte antiquiert. Hinter dem Tresen aus dunklem Holz stand ein Mann. Ein schmaler Kranz grauer Haare säumte die Glatze. Aus dem Pullover mit den großen Rauten ragte der Kragen eines gestreiften Hemdes hervor. Der Sparkassenangestellte hatte ihm den Rücken zugewandt und begrüßte Siegerle mit einem knappen »Moin«. Seelenruhig schloss er seine Arbeit ab, ehe er sich umdrehte.

Die Augen hinter der Hornbrille musterten den vermummten Besucher. Dann fuhr sich der Sparkassenangestellte mit Daumen und Zeigefinger über die Mundwinkel. »Corona?«, fragte er und zupfte an seiner Wange, so als wollte er einen imaginären Stoff leicht anheben.

»Das ist ein Überfall«, entgegnete Siegerle gepresst und versuchte, die Waffe aus seinem Blouson hervorzuholen. Der Hahn verfing sich im Innenfutter der Tasche. Als Siegerle kraftvoll zog, zerriss der Stoff. Mist. Nun musste er sich auch noch eine neue Jacke kaufen.

»Ein Überfall. Habe ich mir gedacht«, sagte der Sparkassenangestellte und legte den Zeigefinger auf die Lippen. »Sonst würden Sie eine Ordnungswidrigkeit begehen. Ihr Mund ist nicht bedeckt.«

»Geld her«, forderte Siegerle.

»Von mir aus. Ist ja nicht meins. Das Problem ist nur – es gibt da diese Zeitschlösser. Davon haben Sie doch bestimmt gehört, oder? Reichen fünfzig Euro? Die könnte ich Ihnen gleich geben. Bei größeren Beträgen müssen Sie warten.«

»Alles«, rief Siegerle.

»Okay.« Der Sparkassenangestellte nickte. »Scheußliches Wetter heute. Ich wollte mir gerade einen Pharisäer machen. Möchten Sie auch einen? Wie gesagt – das mit dem Geld dauert.« Er wartete die Antwort nicht ab, sondern drehte Siegerle erneut den Rücken zu. Mit zwei Schritten war er bei einem Aktenschrank, nahm einen Ordner heraus, stellte ihn zur Seite und kehrte mit einer Flasche Rum zurück, die dahinter verborgen gewesen war.

»Ich will aber nicht«, schrie Siegerle aufgebracht.

»Zu spät«, erwiderte der Sparkassenangestellte über die Schulter hinweg und hantierte weiter. Nach einer Weile drehte er sich um, zwei gefüllte Becher in der Hand, und balancierte sie zum Kassentresen. Einen schob er Siegerle zu und sagte: »Prost.«

»Was ist das?«

»Pharisäer. Genau das Richtige bei diesem Wetter. Oder wollen Sie sich erkälten? Der Pharisäer wurde hier auf Nordstrand erfunden. Früher war es üblich, dass der Pastor nach einer kirchlichen Feier, ob Taufe oder Beerdigung, noch mit ins Haus eingeladen wurde. Es gab dann reichlich Kaffee und Kuchen. Alkohol war jedoch verpönt, solange der Geistliche anwesend war. Das missfiel den Bauern. So wies einer das Dienstmädchen an, in den Kaffee sämtlicher Männer Rum zu schütten, nur nicht in den Becher des Pastors. Um den verräterischen Duft zu verdecken, sollte das Mädchen eine große Portion Sahne obendrauf setzen. So tranken sie Runde um Runde. Der Pastor wunderte sich, dass die Männer am Tisch immer ausgelassener wurden. Irgendwann griff er sich den Becher seines Nachbarn, probierte und schmeckte den Rum. ›Oh, ihr Pharisäer‹, rief er aus. Seitdem ist es hier ein beliebtes Getränk. Trinken Sie.« Der Sparkassenangestellte nahm einen herzhaften Schluck und wischte sich mit dem Handrücken die Sahne von der Oberlippe. »Ahhh«, machte er.

Siegerle nippte vorsichtig am Pharisäer. Das Getränk war wirklich gut. Der aromatische heiße Kaffee wärmte von innen. Zucker überdeckte den Rumgeschmack, sodass der Alkohol nur ein wenig hervorstach. Die Schlagsahne krönte das Ganze.

»Trinken Sie ruhig aus«, sagte der Sparkassenangestellte und leerte seinen Becher mit dem zweiten Zug.

Siegerle folgte seinem Beispiel.

»Wie heißen Sie eigentlich?«, fragte der Mann beiläufig.

»Mein Name ist Sieg… Was soll das? Nehmen Sie mich nicht ernst? Dies ist ein Überfall.«

»Ich weiß. Aber deshalb kann man doch höflich sein. Mein Name ist Hansen. So heißen hier alle, bis auf die paar Petersens.« Hansen drehte sich um und machte sich erneut an der rückwärtigen Ablage zu schaffen. Siegerle hörte das Blubbern einer Kaffeemaschine.

»Rücken Sie sofort das Geld raus!«, brüllte er.

Hansen zuckte gelassen mit den Schultern. »Selbst wenn Sie den Tresor sprengen würden … Das Zeitschloss ist überfallsicher. Sie sind clever, was?«

»Wieso?«

»Sie haben eine gute Wahl getroffen. Diese abgelegene Zweigstelle, das schlechte Wetter, die Jahreszeit. Da kommt keiner mehr vorbei. Es gibt keinen Grund zur Eile. Einen Pharisäer können wir noch trinken.«

Widerspruch war zwecklos. Zögernd griff Siegerle zum zweiten Becher. Das Getränk schmeckte wirklich himmlisch. Und es wärmte.

»Nicht kalt werden lassen«, mahnte Hansen. »Wer mag schon kalten Kaffee?«

Siegerle trank aus. »Nun will ich endlich das Geld«, fiel es ihm wieder ein.

»Natürlich. Ich habe das nicht vergessen.« Hansen zögerte einen Moment. »Komisch. Das wollte der andere auch.«

»Welcher andere?«

»Der da.« Hansen zeigte auf das Ende des Kassentresens.

Siegerle zuckte zusammen. Dort ragten zwei Hosenbeine hervor und Füße, die in Turnschuhen steckten. »Was … Wer ist das?«, fragte er entsetzt.

»Der war vor Ihnen da und wollte uns überfallen. Ein ungehobelter Mensch. Er hatte keine Geduld. Nicht so wie Sie, Herr Sieg… Sieg…«

»Siegerle.«

Hansen nickte verstehend. Mit dem Daumen wies er hinter sich. »Der da war richtig kriminell. Ohne jede Kultur. Kam hier hereingestürmt und drohte mit seinem Revolver.« Siegerle hob seine Waffe und zielte auf Hansen. »Das mach ich doch auch«, sagte er.

»Nein«, wehrte Hansen kopfschüttelnd ab. »Sie sind anders. Sonst würden Sie keinen Pharisäer trinken. Kommen Sie. Ich mache uns noch einen.« Er drehte sich um und begann, den dritten Becher vorzubereiten.

»Ich verstehe nicht. Warum liegt er da?«

»Er ist tot«, entgegnete Hansen ungerührt.

»Tot?«

Für eine Weile war es still im Raum, bis Hansen den fertigen Pharisäer vor Siegerle abstellte, mit seinem Becher vorsichtig dagegenstieß und »Prost« sagte. Beide tranken.

»Wieso ist er tot?«

»Sagte ich schon. Er polterte hier herein und ließ mich nicht zu Wort kommen. Ich versuchte, ihm die Sache mit dem Zeitschloss zu erklären, aber er wollte nicht hören. Ich hatte richtig Angst, Herr Siegerle. Und das soll etwas heißen, wenn ein Nordfriese so etwas sagt.«

»Was ist dann passiert?«

»Nun ja.« Hansen spitzte die Lippen. »Es war wie im Wilden Westen. Wer zuerst zieht …«

»Sie haben geschossen?« Siegerle fuhr der Schrecken in die Glieder.

Hansen bückte sich und holte einen uralten Revolver unter dem Tresen hervor. »Altes Familienerbstück«, erklärte er. »Den hatte ein Vorfahre von mir beim Einsatz im Afrika-Korps dabei.«

»Rommel?« Siegerle zog fragend eine Augenbraue in die Höhe.

Hansen schüttelte den Kopf. »Lettow-Vorbeck. Deutsch-Südwest.«

»Kenne ich nicht.«

Hansen reichte ihm den Revolver über den Tresen. »Hier,

halten Sie mal. Der liegt einfach wunderbar in der Hand. Ja, damals zu Kaisers Zeiten wusste man noch, wie deutsche Wertarbeit funktioniert.«

Siegerle zögerte. Aber Hansen drängte ihm die Waffe förmlich auf, und tatsächlich lag der Revolver wie angegossen in der Hand. »Das ist Maßarbeit«, lobte er.

»Der schießt auch hervorragend.«

Siegerle zuckte zusammen. »Ach …«, stöhnte er.

Hansen zeigte in eine Ecke. »Ich sage es ja, Sie sind ein anständiger Kerl. Deshalb gebe ich Ihnen auch einen Tipp. Dahinten, da läuft eine Kamera mit.«

»Dann wird alles aufgezeichnet?« Siegerle wurde blass.

»Keine Sorge«, beruhigte ihn Hansen. »Hier ist es nicht so modern wie an anderen Orten. Sehen Sie die Ausbuchtung in der Kamera? Das ist die Kassette.« Er beugte sich über den Tresen zu Siegerle hinüber. »Wenn Sie die Kamera zerstören, ist alles futsch.«

»Aber wie soll ich …«

»Ich mache uns noch einen Pharisäer«, verkündete Hansen.

Siegerle protestierte nur schwach.

Nachdem sie den nächsten Becher geleert hatten, schlug Hansen vor: »Nehmen Sie Uropas Revolver und schießen Sie auf die Kamera.«

»Ich kann doch nicht …«

»Wie Sie meinen.« Hansen zuckte gleichgültig mit den Schultern. »*Ich* bin nicht auf dem Film zu sehen.«

Siegerle nahm den Revolver. Er hielt ihn mit beiden Händen fest.

»So wird das nichts«, sagte Hansen und erklärte ihm die Handhabung. »Und nun müssen Sie abdrücken.«

Siegerle richtete die schwere Waffe auf die Kamera, schloss die Augen und zog den Abzug durch. Es war schwerer, als er vermutet hatte. Ein lauter Knall ertönte. Der Rückstoß warf ihn fast um. Er musste husten vom Staub, der aus der Decke rieselte.

Der Putz war auf einem halben Quadratmeter heruntergefallen. Ein großes Loch klaffte über ihnen, die Kamera war unversehrt.

Hansen lachte leise. »Sie müssen auch treffen.«

Nach dem nächsten Pharisäer wurde Siegerle mutiger. Er nahm den Revolver, legte den Kopf schief, kniff ein Auge zu und visierte das Ziel an. Dann sagte er laut: »Bumm.«

»Das wird etwas«, ermunterte ihn Hansen.

Tatsächlich. Mit lautem Getöse krachte die Kameraanlage zu Boden.

»Ich habe es geschafft«, jubilierte Siegerle.

»Darauf müssen wir noch einen trinken«, erklärte Hansen mit leicht belegter Stimme und schritt sogleich zur Tat.

»Sooo laaangsam würkt ... würkt der aber«, sagte Siegerle verhalten, leerte den Becher dann aber doch. Dieser Hansen ... das war ein feiner Kerl. Und er konnte Kaffee kochen. Sagenhaft. Wie hieß das Zeug noch gleich? Issssch egal, dachte er, da fiel sein Blick auf die Beine. »War das wirklich ein Bankräuber?«, wollte er mit zittriger Stimme wissen.

»Ja«, bestätigte Hansen. »Aber nach zwei Treffern aus Uropas Revolver war er keiner mehr.«

»Warum liegt er noch hier?«

»Ich wollte ihn gerade in das Archiv umlagern, da kamen Sie. Ein richtiger Glücksfall.«

»Ich? Ein Glücksfall? Das hat noch nie jemand zu mir gesagt«, erwiderte Siegerle selig.

»Darauf trinken wir noch einen«, entschied Hansen. Mit leicht schwankendem Schritt ging er zur Kaffeemaschine.

»Oh, nee nä?«, erwiderte Siegerle.

»Es ist Gesetz auf Nordstrand. Der siebte Pharisäer geht immer auf Kosten des Hauses. Auf die Freundschaft.«

»Verdammi ... Der viele Kaffee. Das treibt.«

»Ach was«, wehrte Hansen ab. »Du bist doch ein Bankräuber. Die haben keine Konfirmandenblase.«

Siegerle wollte sich nicht blamieren. Es drückte gewaltig, aber er kniff die Beine zusammen. Würde der Rum nicht seinen Kopf vernebeln, hätte er schon lange kapituliert. »Nun ist aber Schluss«, lallte er, als er den siebten Becher geleert hatte.

»Ist in Ordnung.« Auch Hansen hatte Mühe, ordentlich zu sprechen. »Aber einen Gefallen tust du mir doch noch machen?«

Siegerle nickte müde. Dann half er Hansen, den toten Bankräuber ins Archiv zu schleifen.

»Ich muss jetzt aber.« Siegerle richtete sich auf. Der Grund für seinen Besuch fiel ihm ein. »Was ist nun mit dem Geld?«

»Du weißt doch – das Zeitschloss.«

Siegerle nickte. Dann wurde er ernst. »Das ist doch Käse. Hier ist alles von vorgestern. So etwas gibt es hier nicht.«

»Stimmt«, gestand Hansen und hielt sich die Hand vor den Mund. »Der hat das auch nicht geglaubt.« Er zeigte auf die Leiche zu ihren Füßen.

»Du hast mich an der Nase herumgeführt«, rief Siegerle aufgebracht. Er hob den Revolver und drückte ab. Jedes Mal, wenn er den Abzug betätigte, machte es »klack«.

Hansen lachte leise. »Da waren vier Patronen drin. Zwei hast du in die Decke geballert, die anderen beiden hat er da abgekriegt.« Er stieß leicht mit dem Fuß gegen die Leiche.

»Du bist ein Mörder«, schrie Siegerle.

»Ich nicht«, entgegnete Hansen gelassen. »Wessen Fingerabdrücke sind auf dem Revolver?«

Siegerle ließ die Waffe fallen, als wäre sie glühend heiß. Er kramte seine eigene Pistole hervor, was eine Weile dauerte. »Ich bringe dich um.«

Hansen brach in schallendes Gelächter aus. »Mit einer Schreckschusspistole?«

Zu gern hätte Siegerle dem Mann den Garaus gemacht. Ihm wäre auch sicherlich noch was eingefallen, wenn nur der verflixte Kaffee nicht so drücken würde … Er wollte nur noch weg und wandte sich in Richtung der Tür, als sein Blick auf einen Jutebeutel mit der Aufschrift »Deutsche Bundesbank« fiel. Hastig griff er den Geldsack und stürmte aus dem Haus. Nichts hielt ihn mehr an diesem Ort.

Es goss in Strömen. Windböen griffen nach seinem Auto, als er über den Damm in Richtung Festland fuhr. Unterwegs öffnete er das Fenster und warf seine Sturmhaube sowie die Schreckschusspistole hinaus. Selbst wenn die Polizei inzwischen informiert wäre und am Ende des Damms eine Sperre errichtete, würde man beides nie finden.

Schon von Weitem sah er die flackernden Blaulichter. Streifenwagen standen versetzt zueinander und sperrten die Straße ab. Mehrere Beamte hatten sich hinter den Fahrzeugen postiert, einige mit Maschinenpistolen im Anschlag. Siegerle bremste ab. Ein Polizist trat an sein Fahrzeug und bedeutete ihm, die Scheibe herunterzudrehen.

»Moin«, sagte der Uniformierte freundlich und leuchtete mit einer Taschenlampe ins Wageninnere. Der Strahl wanderte an Siegerle auf und ab. »Steigen Sie bitte aus«, forderte ihn der Beamte auf. »Sie haben versucht, die Uthlande-Sparkasse auszurauben. Außerdem haben Sie Ihren Komplizen erschossen.«

»Ich ... ich ...«, stammelte Siegerle. »Das war ich nicht. Woher wollen Sie wissen ...«

Der Polizist richtete den Strahl der Taschenlampe auf den großen feuchten Fleck, der sich zwischen Siegerles Beinen ausgebreitet hatte. »Sieben Pharisäer – das bleibt nicht folgenlos.«

Im Kofferraum fanden sie den Jutebeutel der Deutschen Bundesbank. Ein Beamter öffnete ihn und sah hinein. »Tja, Herr Siegerle, lauter gute alte D-Mark.« Er hielt ihm eine Handvoll Kupfergeld unter die Nase. »Wenn Sie das umtauschen, sind Sie bestimmt um die vierzig, fünfzig Euro reicher. Ich glaube, Sie heißen von nun an Verliererle.«

Beate Maly

Mord im Separee

Wien, 1924
Der pensionierte Oberkommissar Josef Kreidl überlegte, ob
er sich eine weitere Tasse Kaffee mit einer ordentlichen Portion Schlagobers gönnen sollte. Die eng sitzende Weste unter
seinem Anzugssakko sprach dagegen, doch sein knurrender
Magen war eindeutig für Nachschlag.
»Herr Ober, bitte noch zwei Einspänner.«
Josefs Freund Hubert Hopf hatte ihm die Entscheidung
abgenommen, und Josef knöpfte die Weste auf, damit sein
schlechtes Gewissen die Vorfreude nicht trübte. Die Konditorei
in Reichenau an der Rax, wo Josef wohnte, genoss einen guten
Ruf, aber mit den Kaffeeköstlichkeiten der Traditionsbetriebe in
Wien konnte sein heimischer Zuckerbäcker nicht mithalten. Zu
einem guten Kaffee gehörte eben mehr als bloß der Genuss, ihn
zu trinken. Die Besonderheit begann schon bei den Namen, die
die Wiener ihren Kaffeespezialitäten verliehen. Der Einspänner
hieß so, weil die Fiakerfahrer ihren Kaffee während der kalten
Jahreszeit gerne mit einer Schlagobershaube tranken; sie hielt
den Kaffee lange warm. Das Getränk wurde in Glastassen serviert, damit man sehen konnte, wie dick die Obershaube war.
Wie lange war es her, dass Josef das letzte Mal die betörende
Mischung aus frisch geröstetem Kaffee, zuckersüßem Gebäck
und dezentem Tabak gerochen hatte? In den Kaffeehäusern der
einstigen Habsburgermetropole schien die Zeit stillzustehen.
Die runden Marmortischchen und die klassischen Korbsessel
aus dem Hause Thonet sahen noch genauso aus wie vor dem
schrecklichsten aller Kriege. Josef wäre nicht verwundert,
wenn eben jetzt eine Gruppe Offiziere der k. u. k. Armee das
Lokal betreten, am Nebentisch Platz nehmen und sich über
die Eskapaden des Thronfolgers unterhalten würden.

»Du musst öfter nach Wien kommen«, sagte Hubert.

»Hm.« Seit dem Tod seiner geliebten Frau Maria verließ Josef seinen Wahlheimatort nur noch selten. Die Gesellschaft seines Katers Felix und die gut sortierte Bibliothek im Ort waren alles, was er brauchte. Frau Mitzi, die Bibliothekarin, bestellte auf Josefs Wunsch sämtliche Krimineuerscheinungen und legte sie für ihn so lange zur Seite, bis er die Zeit fand, die Bücher abzuholen.

»Wenn du dich weiter so einigelst, wird dein kluger Geist einrosten.« Hubert ließ keine Gelegenheit aus, Josefs Eremitendasein zu kritisieren. Er war überzeugt, dass sein Freund glücklicher wäre, wenn er regelmäßig in die große Stadt käme.

»Ich bin zwar nicht mehr der Jüngste«, brummte Josef. »Aber ich versichere dir, da oben funktioniert alles noch einwandfrei.« Er tippte mit dem Zeigefinger an seine angegraute Schläfe.

»Weder dein wacher Verstand noch deine Kombinationsgabe sind am Fuße des Wiener Hausberges gefragt.« Hubert zog eine vielsagende Grimasse. »Die Zahl der Verbrechen in Reichenau an der Rax ist überschaubar. Du musst vollkommen unterfordert sein, Ruhestand hin oder her.«

»Ich schätze das friedliche Landleben«, erwiderte Josef. »Es bedarf keiner Großstadt, um sich geistig zu betätigen. Das kann ich auch im Liegestuhl unter meinem Apfelbaum im Garten. Ich lausche den Vögeln, genieße die frische Luft, streichle Felix und lese ein paar gute Bücher. Das reicht völlig aus.«

Der Ober, ein griesgrämiger Mann im Frack, stellte die georderten Einspänner auf den Tisch. Den dunkelbraunen Kaffee krönten gigantische Schlagobershauben. Dazu bekamen Josef und Hubert jeweils ein Glas Wasser serviert. Wortlos ging der Kellner wieder. Auch daran hatte sich seit dem Krieg, der nun schon ein paar Jahre zurücklag, nichts geändert. Die Mitarbeiter in den Wiener Kaffeehäusern behandelten ihre Gäste wie lästige Notwendigkeiten, die man hinnehmen musste wie Regentage im Herbst. Sie gaben den Kunden das Gefühl, unerwünscht zu sein.

»Lass uns testen, ob dein Gespür für kriminelles Vorgehen immer noch intakt ist«, schlug Hubert vor.

»Du willst mir eine Rätselaufgabe stellen?«

Hubert bedachte ihn mit einem erwartungsvollen Blick.

»Ich werde dir von einem ungelösten Verbrechen berichten.« Josef enttäuschte seinen alten Freund nicht. Neugierig beugte er sich nach vorne, hob mit dem Löffel den obersten Teil des Obers ab und führte ihn zum Mund. Er forderte Hubert auf, mehr zu erzählen.

»Es handelt sich um einen mysteriösen Mord, der sich in diesem Kaffeehaus zugetragen hat. Zu einer Zeit, als Österreich noch eine bedeutende Rolle auf dem internationalen politischen Parkett spielte und niemand damit rechnete, dass in naher Zukunft ein Krieg Europa in Flammen aufgehen lassen und uns als stecknadelgroße Republik auf der Landkarte zurücklassen würde.«

»Meinst du den Mord an Oberstleutnant Moser?« Josef schenkte Huberts Jammern über den Niedergang der Habsburgermonarchie keine Beachtung und lenkte das Gespräch auf das Wesentliche: den Kriminalfall.

»Genau den meine ich.« Hubert war sichtlich beeindruckt.

»Ich dachte mir gleich, dass du dich erinnerst.« Auch er begann, in seinem Einspänner zu rühren. »Der Oberstleutnant wurde mit Veronal ruhiggestellt und anschließend erwürgt. Mehrere Zeugen wurden einvernommen, aber die tatverdächtige Person hatte sich wie durch Magie in Luft aufgelöst, sie war wie vom Boden verschluckt.«

»Niemand verschwindet spurlos.«

»Ich versichere dir, in diesem Fall war es so.«

»Ich habe darüber gelesen.« Josef nahm einen Schluck von seinem Einspänner. Der Kaffee hatte schon immer seine Konzentration angeregt.

»Also«, fuhr Hubert eifrig fort. Er war ein leidenschaftlicher Geschichtenerzähler, der die Aufmerksamkeit seines Zuhörers genoss. »Im hinteren Teil des Cafés gibt es mehrere Separees, die sich vor dem Krieg bei den Herren großer Beliebtheit erfreuten.« Er räusperte sich. »Seit Frau Erna das Kaffeehaus von ihrem Vater übernommen hat, werden die Räume nur noch an den Schachklub vermietet. Doch in Mosers Zeiten, als schneidige Kadetten prahlerisch durch die Straßen Wiens zogen, war es ganz selbstverständlich, dass verheiratete Männer den Anstand ablegten, sobald sie ihre Wohnungen verließen. Eine heuchlerische Doppelmoral erlaubte es ihnen, und man vergnügte sich ohne schlechtes Gewissen in Separees.«

Josef verkniff sich die Bemerkung, die ihm auf der Zunge lag. Der Krieg hatte die Gesellschaft verändert, aber die Doppelmoral war geblieben. Er wollte den gewaltigen Redefluss seines Freundes jedoch nicht stoppen.

»Am Abend des 20. September 1913 mieteten Oberstleutnant Moser und sein Kollege Leutnant Radatz zwei der Separees.« Hubert wies mit dem Daumen in den hinteren Teil des Lokals, wo zwei mit rotem Samt bezogene Türen offen standen. »Die beiden Räume verfügen über je eine Tür zum Gang und eine Verbindungstür.«

»Wozu die Verbindungstür?«, fragte Josef.

»Mitunter wollten zwei Herren sich auch mit der Begleiterin des Kollegen unterhalten oder dem anderen Paar beim Vergnügen zusehen.«

»Oh.« Josefs Wangen röteten sich.

»An jenem Abend hatte Moser eine rothaarige Frau dabei, Radatz eine deutlich unscheinbarere junge Blondine. Beide Männer zogen sich mit ihren Begleiterinnen in eines der Separees zurück. Die Verbindungstür war geschlossen, aber nicht versperrt. Zu Beginn des Abends verspürten beide Herren nicht den Wunsch, den Raum zu verlassen. Man trank Kaffee mit einem ordentlichen Schuss Cognac und dazu Champagner. Serviert wurden die Getränke vom Kellner des Hauses. Außer dem Kaffeehausmitarbeiter betrat niemand die beiden Räume. Zu fortgeschrittener Stunde schlug Radatz vor, auf einen Sprung ins andere Separee hinüberzugehen. Spärlich bekleidet klopfte seine blonde Begleitung an die Tür, doch im Nebenraum rührte sich nichts. Also versuchte Radatz es selbst. Er klopfte und rief den Namen seines Kollegen, und als der sich nicht meldete, öffnete er die Verbindungstür und fand den Oberstleutnant halb nackt und tot auf den Polstern liegend vor. Der Mann war mit einem samtenen Kissen erstickt worden, es befand sich immer noch auf seinem Kopf. Von seiner Begleitung fehlte jede Spur – und das, obwohl die Tür zum Gang von innen versperrt war und niemand über die Verbindungstür den Raum verlassen hatte.«

»Gibt es Fenster in den Räumen?«

»Nein.«

»Hat man den Kellner befragt?«

»Selbstverständlich. Er gab an, mehrere Male in jedem der beiden Räume gewesen zu sein, um neue Getränke zu servieren. Der Mann war seit über zwanzig Jahren im Café beschäftigt und galt als absolut diskret, loyal und zuverlässig. Auch konnte kein Motiv oder eine persönliche Verbindung zum Oberstleutnant festgestellt werden. Es schien unwahrscheinlich, dass er den Mord begangen hatte. Radatz und seine Begleiterin entlasteten sich gegenseitig, und so blieb als Verdächtige nur noch die rothaarige Dame, die sich aber in Luft aufgelöst hatte. Weder der Kellner noch Radatz und seine Begleitung hatten sie das Separee verlassen sehen.«

»Gab es sonst noch Zeugen?«

»Jede Menge sogar«, sagte Hubert. »Das Kaffeehaus war gut besucht. Einige der Gäste verbrachten den ganzen Abend mit direkter Sicht auf die Türen. Wäre die rothaarige Frau herausgekommen, wäre das jemandem aufgefallen. Ihre Frisur war so einzigartig, dass die Dame beim Betreten des Kaffeehauses die Aufmerksamkeit zahlreicher Besucher auf sich gezogen hatte.«

»Hm.« Josef kratzte sich nachdenklich die Stirn. Er schaute nach hinten. Es schien wirklich unmöglich, unbemerkt einen der kleinen Räume zu verlassen. Sein Blick glitt durch den Gästesaal. In einer Nische stand in einem riesigen orientalisch anmutenden Übertopf eine üppige Palme, daneben befanden sich Glasvitrinen. Darin präsentierte Frau Erna süße Köstlichkeiten wie Strudel, Torten und Golatschen. Hinter den Vitrinen führte eine Tür in die Küche. Seitlich des Durchgangs war ein Holzbrett an die Wand montiert. An dem Brett hingen mehrere Zettel und Schlüssel.

»Hat Frau Erna nach der Übernahme des Kaffeehauses viel verändert?«, wollte Josef wissen.

Hubert schüttelte den Kopf. »Sie hat alles exakt so gelassen, wie es war. Bloß die Nutzung der Separees ist heute eine andere.«

»Hm.« Josef konzentrierte sich auf seinen Einspänner. So als könnte ihm das Obers, das sich langsam mit dem Kaffee vermischte, die Lösung des Rätsels liefern. »Ich habe eine dunkle Erinnerung an einen tragischen Unfall, der sich 1913 ereignet hat«, sagte er nachdenklich. »Ein Oberstleutnant spielte dabei eine Rolle. Die Schlagzeilen der Boulevardpresse waren voll davon.«

»Du hast ein Gedächtnis wie ein Elefant«, rief Hubert beeindruckt. »Dass du dich daran erinnerst!« Er schmunzelte. »Bei dem Oberstleutnant handelte es sich tatsächlich um Moser. Er war in einen Reitunfall auf der Prater-Hauptallee verwickelt. Ein Kind ist dabei tödlich verletzt worden. Mosers Pferd hat das Mädchen totgetrampelt, der Oberstleutnant ist nicht einmal stehen geblieben, sondern weggeritten, als sei nichts passiert.«

»Wurde er je dafür zur Rechenschaft gezogen?«

Hubert verzog bitter den Mund. »Es war das Kind einer einfachen Küchenmagd. Der Oberstleutnant behauptete, das Mädchen sei ihm absichtlich in den Weg gelaufen. Wer hätte dem Mann etwas anhaben können? Er war ein hochrangiges Mitglied der kaiserlichen Armee.«

»Und die Verbindungstür blieb den ganzen Abend über unbenutzt?« Josef beobachtete aus den Augenwinkeln, wie ein Schachspieler eines der Separees verließ.

»Der Kellner hat sie verwendet. Er gab zu, dass er zu fortgeschrittener Stunde den direkten Weg nahm, um mit den vollen Tabletts nicht außen herum laufen zu müssen. Angeblich waren die beiden Paare zu diesem Zeitpunkt schon so betrunken, dass es niemanden störte, und wie gesagt, der Mann verhielt sich stets sehr diskret.«

Josef nahm noch einen Schluck vom belebenden Kaffee. Die Falten auf seiner Stirn glätteten sich. »Dann ist die Lösung sehr einfach«, meinte er zufrieden.

Hubert riss verblüfft die Augen auf. »Sag bloß, du hast eine Idee!«

»Die Sache ist doch offensichtlich. Wie kann man das übersehen?«

»Du machst Scherze.«

»Keineswegs«, sagte Josef. »Die einzige Person, die den ganzen Abend über in beiden Räumen ein und aus ging, war der Kellner.«

»Aber er wurde schnell aus dem Kreis der Verdächtigen gestrichen. Er hatte kein Motiv für die Tat.«

»Versuch, den Mann zu beschreiben, der uns eben bedient hat«, forderte Josef.

»Wie bitte?«

»Wie sieht das Gesicht des Kellners aus, der uns eben den Kaffee serviert hat?«

»Keine Ahnung.« Hubert zuckte mit den Schultern. »Er ist ein unfreundlicher, ruppiger Mann, so wie alle Kellner in Wien.«

»Du beschreibst sein Verhalten. Aber wie sieht der Mann aus?«

»Er trägt einen dunklen Frack.«

»Und weiter?«

Hilflos schüttelte Hubert den Kopf.

»Genau diese Unaufmerksamkeit der Gäste machte sich der Mörder zunutze«, sagte Hubert zufrieden.

»Du meinst, er hat sich als Kellner verkleidet?«

»Ich gehe einen Schritt weiter und behaupte, dass die rothaarige Begleiterin in der Verkleidung steckte, die sie selbst mitgebracht hatte. Sie konnte ihrem Opfer unbemerkt das Veronal in den Kaffee schütten und musste nur noch warten, bis Moser schlief, dann erstickte sie ihn mit einem Kissen. Anschließend schlüpfte sie in einen Frack und verließ als Kellner verkleidet das Separee.«

»Aber wer hat die Tür von innen abgeschlossen?«

»Unsere Mörderin«, antwortete Josef. »Sie wollte nicht überrascht werden. Ich glaube, sie hat die Tat von langer Hand geplant. Ich nehme an, dass sie hier als Küchenmagd gearbeitet hat. Du sagtest, dass Frau Erna nichts am Inventar verändert hat, das Schlüsselbrett ist immer noch dort, wo es damals hing. Also hatte die Mörderin Zugang zum Schlüssel. Es würde mich nicht wundern, wenn sie sich auf vergleichbare Weise auch die Arbeitskleidung eines Kollegen ›leihen‹ konnte.« Josef malte mit den Fingern Anführungszeichen in die Luft. »Alles, was sie sonst noch zur Tat benötigte, waren eine rote Perücke und Veronal.«

»Eine Perücke?«

»Sie wusste, dass die Menschen nicht genau beobachten. Dass sie einen durchschnittlichen Kellner übersehen, auf besonders auffallende Signale wie eine knallrote Perücke aber aufmerksam werden. Sie wollte, dass die Menschen ihre Frisur in Erinnerung behielten, nicht ihr Gesicht. So konnte sie unerkannt ins Separee gelangen und es dann ohne Perücke und im schwarzen Frack wieder verlassen.«

»Und ihr Motiv?«

»Ich bin mir sicher, dass sie die Mutter des verunglückten Mädchens war. Der gewaltsame Tod eines Kindes kann Eltern in den Wahnsinn treiben und selbst zu Mördern machen.«

»Ach du meine Güte«, entfuhr es Hubert. »Denkst du, der Fall kann noch einmal aufgerollt werden? Damit die Frau vor Gericht kommt?«

»Nein.«

»Aber sollten wir nicht irgendetwas unternehmen?«

Josef lächelte. »Ja, das sollten wir.« Versonnen rührte er in seiner gläsernen Tasse und vermengte das Obers nun vollständig mit dem Kaffee. »Wir sollten diesen herrlichen Einspänner nicht länger warten lassen. Irgendwann wird selbst der Kaffee mit der dicksten Schlagobershaube kalt.«

Hubert öffnete den Mund, um etwas zu erwidern, klappte ihn aber wieder zu.

»Wie du siehst, arbeitet mein Verstand noch einwandfrei.« Ein zufriedenes Schmunzeln lag auf Josefs Gesicht. »Das Einzige, was mir in Reichenau fehlt, sind die Wiener Kaffeespezialitäten. Die belebende Wirkung dieser kleinen Köstlichkeiten ist erstaunlich. Ich muss den Zuckerbäcker bitten, vielleicht setzt er Einspänner auf seine Karte.«

Regine Kölpin

Kaffeegold

Bremen, Mai 1948
Wenn Hans schlief, träumte er von Kaffee. Von richtigem
Kaffee, nicht von dem Zeug, das sie aus Eicheln, Bucheckern,
Kastanien oder sonst was rösteten. Er liebte die Aromen, die
in seichten Schwaden durch die Cafés zogen, die Sinne ver-
zauberten und Besucher dazu verführten, endlich an der Tasse
zu nippen.

Aber wenn Hans erwachte, war da kein Kaffee, sondern nur
der muffige Geruch eines Hauses, in dem zu viele Menschen
lebten. Es roch nach Schweiß und Urin, weil noch keiner Omas
Nachttopf geleert hatte. Hinzu kam der Mief von Kohl, dem
einzigen Gemüse, das sie ohne Probleme bekamen und fast
täglich aßen.

An echten Kaffee hingegen war nicht zu denken. Den bekam Hans nicht einmal auf dem Schwarzmarkt. Er war heiß
begehrt und teuer. Obwohl die ersten Röstereien in Bremen
ihren Betrieb wieder aufgenommen hatten und der Duft von
gerösteten Kaffeebohnen die Luft der näheren Umgebung
schwängerte, gab es keinen für seinesgleichen.

Hans erhob sich aus dem Bett, das er mit seinem Bruder
Willi teilte, und reckte sich. Gestern waren sie lange unterwegs
gewesen. Ein paar Kohlen und etwas Holz für die Brennhexe
hatte er ergattern können. Für den Kleinsten einen winzigen
Schluck Milch, der aber auch schon etwas säuerlich gewesen
war.

Hans hoffte, dass sich die Zeiten bald ändern würden und
die Schwarzmarktgeschäfte nicht mehr nötig wären. Er sehnte
sich nach einem Lichtblick. In den letzten Kriegstagen hatte
er mitgekämpft und Dinge gesehen, die kein junger Mensch
jemals sehen sollte. Am Ende war er den Amis in die Hände

gefallen. Sie waren anständig zu ihm gewesen, hatten erkannt, dass ein sechzehnjähriger Deutscher zwar Soldat sein konnte, aber nicht automatisch ein Monster war. Und dann hatten sie ihm Kaffee gegeben. Echten, frisch gerösteten Bohnenkaffee, der ihn sofort mit seinem Duft betört hatte, den er nun nicht mehr aus der Nase bekam. Hans' Liebe zu dem Getränk war geweckt. Er wollte mehr davon. Am liebsten täglich, aber diese Idee musste er eben mit in seine Träume nehmen.

Er schlurfte in die winzige Küche, wo ihm feuchte Luft entgegenschlug. Mutter hatte bereits Wasser in einem großen Kübel erhitzt. Heute war Waschtag in ihrem kleinen Kaisenhaus in Walle, wo sie mit acht Personen auf dreißig Quadratmetern in drei Räumen lebten. Immerhin hatten sie ein Dach über dem Kopf. Keinen Strom, keinen Luxus, aber sie konnten kochen und mussten nicht frieren.

»Ich hab dir ein Stück Brot mit etwas Butter auf den Tisch gelegt«, sagte seine Mutter, während sie mit einem großen Holzlöffel die Wäsche im Bottich rührte. Ihr Gesicht war hochrot vor Anstrengung. »Wir haben nur nichts, was wir sonst drauftun können.«

Hans griff nach dem Brot. Es war klein, passte gerade so in seine Hand. Das Stück Butter ließ er liegen, es war wichtiger, dass seine jüngeren Geschwister etwas Gutes bekamen. Er küsste seine Mutter auf die Wange und schaute durch das Fenster hinaus auf die Straße, wo seine fünf Brüder mit einem Stück Holz Fußball spielten. Sogar die Großen hatten ihren Spaß dabei. Das helle Lachen tat gut in der schweren Zeit.

Hans wandte sich wieder seiner Mutter zu. »Ich wasch mich jetzt, und dann versuche ich, noch was für uns zu organisieren.«

Sie nickte, hörte aber nicht auf, die Wäsche im Topf zu rühren. »Mach das. Oma ist schon mit den Bezugsscheinen unterwegs. Ein bisschen mehr Butter und Milch wäre ein Segen.«

Und Kaffee, dachte Hans, sprach es aber nicht aus. »Wo hängt mein Handtuch?«

»In der Waschküche. Draußen am Haken.« Seine Mutter angelte die nassen Wäschestücke aus dem Topf und begann, sie auszuwringen. Ihr Gesicht war verkrampft, die Mundwinkel nach unten gezogen, die Stirn in Falten gelegt. Sie hatte schon so lange nicht mehr gelacht, obwohl sie es früher oft getan und dabei Grübchen in den Wangen gehabt hatte.

»Ich hol dich da raus, Mama«, flüsterte Hans. »Mit Kaffee. Ich bin bestimmt nicht der Einzige, den dieses Getränk verzaubert hat. Mit Kaffee kann man reich werden.«

»Hast du was gesagt?«, rief seine Mutter.

»Nein, nein. Bis später!«

Die Katzenwäsche an der Schwengelpumpe musste genügen. Hans hielt seinen Kopf darunter, wusch Arme und Oberkörper und trocknete sich mit seinem zerschlissenen Streifenhandtuch ab. Es war ein Wunder, dass es überhaupt noch Nässe aufnahm, so dünnfaserig, wie es war. Dann stiefelte Hans los.

Er ging in Richtung Hafen. Dort befand sich eine Rösterei, deren Duft durch die umliegenden Straßen waberte und erneut dieses Glücksgefühl in ihm weckte.

Er stromerte eine Weile in der Nähe herum, um noch ein wenig von dem Geruch zu erhaschen.

»Was suchst du hier?«, fragte ihn jemand.

Hans fuhr erschrocken herum und stand einem etwa gleichaltrigen Mann gegenüber, der sich die Schiebermütze tief in die Stirn gezogen hatte und ein bisschen verwegen aussah, die Hände tief in den Hosentaschen vergraben.

»Ich … ich rieche Kaffee so gern«, stammelte Hans. Es war ihm peinlich, dass er ohne echten Grund vor der Rösterei stand und den Duft genoss, während seine Familie darauf wartete, dass er etwas zu essen nach Hause brachte.

»Jo, Kaffee ist das Getränk der Zukunft«, sagte der andere. Er kaute auf einem Priem. »Ich bin übrigens Piet.«

»Hans.« Er reichte Piet die Hand. Der grinste breit und wies auf das große Gebäude der Rösterei.

»Hast du schon mal Kastanien zu Kaffee geröstet? Oder Eicheln?«

Hans verzog angewidert das Gesicht. »Nein, das schmeckt furchtbar. Widerlich!« Er schüttelte sich.

»Es ist eben ein Ersatz für echten Kaffee.« Piet spuckte den Priem aus und kickte ihn mit der Schuhspitze in den Rinnstein. »Die da drin hauen den Scheiß auch mit da rein, weil die Bohnen von Übersee nur schleppend kommen. Das ist Panscherei.«

»Quatsch.« Hans wollte das nicht glauben, dazu duftete es hier zu aromatisch. Diese Melange aus Rauch, Nuss und leicht angebranntem Toast war echt.

»Doch, klar. Ich kann es dir beweisen.« Piet bedeutete Hans, ihm zu folgen.

Hans schlich ihm neugierig hinterher, sah sich aber ständig um, weil er nicht erwischt werden wollte. In der momentanen Situation, da er für die Familie verantwortlich war, bis Vater aus der Gefangenschaft zurückkehrte, wäre es fatal, im Knast zu landen.

Piet schien sich jedoch gut auszukennen. Er umrundete das Gebäude mit großen Schritten und durchquerte den Hof, der im hinteren Teil von einem leer stehenden Fabrikgebäude gesäumt wurde. An einem Lichtschacht über einem Kellerfenster blieb er schließlich stehen.

»Da müssen wir rein.« Er wies auf das Eisengitter mit dicken Streben, das sie hochstemmen mussten. »Aber allein ist es zu schwer. Es geht nur mit deiner Hilfe.«

Wieder sah Hans sich besorgt um. »Hey, das ist Einbruch. Lass uns lieber verschwinden. So wichtig ist es doch nicht, was die da rösten.«

»Doch«, sagte Piet mit einem sehr breiten Grinsen. »Das ist wichtig, und ich sag dir auch gleich, warum.«

Er machte sich an dem Rost zu schaffen, konnte ihn aber wirklich nicht allein von der Luke heben.

Auf einmal hörte Hans Motorengeräusche. »Da kommt wer. Was, wenn der Laster hier auf den Hof fährt und der Fahrer uns sieht?«

»Dann hilf mit, verdammt! Abhauen können wir jetzt nicht

mehr. Unsere einzige Chance ist dieses vermaledeite Kellerloch.«

Das sah Hans ein, also beugte er sich hinunter, und gemeinsam zerrten sie an dem Gitter. Endlich löste es sich aus seiner Verankerung und ließ sich hochklappen.

Piet war mit einem Satz in der Luke und winkte Hans zu sich. »Nun komm schon!«

In dem Augenblick bog der Lastwagen um die Ecke. Hans überlegte nicht länger und sprang. Sie duckten sich in das Kellerloch und warteten, bis der Lkw vorbeigefahren war.

»Mann, das war knapp«, sagte Hans. »Und jetzt?«

»Jetzt brechen wir das Fenster hier auf. Das ist nicht schwer.« Piet holte einen dicken Schraubenzieher aus der Hosentasche und klemmte ihn zwischen Scheiben- und Fensterrahmen. Kurz darauf klackte es, und das Fenster sprang auf.

»Perfekt.« Er blickte hinunter und schnalzte mit der Zunge. »Ist ein bisschen tief, aber wir sind ja sportlich. Es ist allerdings besser, wenn wir nicht springen, sondern uns langsam hinablassen. Gib mir deine Hand.«

Hans klopfte das Herz bis zum Hals. Auf was, zum Teufel, hatte er sich da eingelassen? Er hatte doch nur ein bisschen den Kaffeeduft genießen wollen. Eigentlich müsste er längst auf dem Schwarzmarkt sein, sonst würde seine Familie heute hungern. Und was tat er? Er steckte in einem verdammt engen Kellerloch und war dabei, ohne ersichtlichen Grund in ein leeres Fabrikgebäude einzusteigen!

Piet hing schon halb im Kellerraum und hielt den unteren Fenstersturz umklammert. »Nimm meine Handgelenke und halt mich fest. Ich habe keine Lust, mir die Gräten zu brechen.«

Hans folgte Piets Anweisungen und stützte ihn, so gut es die Enge im Schacht zuließ, denn er konnte nur in die Hocke gehen, um ihn zu halten.

»So«, stieß Piet hervor. »Den letzten halben Meter kann ich springen!«

Hans ließ ihn los, und kurz darauf gab es einen dumpfen Ton.

»Bin unten. Jetzt du. Ich stelle mich mit dem Rücken zum Fenster. Du kannst auf meine Schultern steigen und dich mit den Händen am Sims festhalten. Ich gehe dann langsam in die Knie, bis du abspringen kannst.«

Hans fand nach wie vor, dass das eine überaus dämliche Aktion war, aber nun konnte er schlecht verschwinden.

Er drehte sich um, kniete sich auf das Fenstersims und stellte dann die Füße auf Piets Schultern.

»Nun gehe ich in die Hocke. Wenn du ganz am Sims hängst, gehe ich weg, und du kannst dich fallen lassen. Versuch, auf den Füßen zu landen!«

Hans stand der Schweiß auf der Stirn. Er spürte, wie Piet kleiner wurde, und krampfte die Hände um das Brett, über das er immer tiefer rutschte.

»Festhalten«, sagte Piet.

Hans hing nun in der Luft. Er gab sich einen Ruck, löste seinen Griff – und sprang.

Er kam aber nicht wie gewünscht auf den Füßen auf, sondern landete unsanft auf seinem Hinterteil, und etwas Rundes bohrte sich durch seine Hose. »Aua!«, schrie er und ließ sich nach hinten auf den Rücken fallen. Dabei schlug er mit dem Hinterkopf gegen die Wand.

Eine Weile blieb er benommen liegen und musste sowohl seine Gliedmaßen als auch seinen Verstand sortieren. Ihm tat alles weh, als er sich endlich aufrappelte.

Von Piet war nichts mehr zu sehen. Dafür krochen aber diese feinen Schwaden in seine Nase. Der Duft von exotischer Ferne mit dem Aroma von Holz und Karamell. Er erreichte seine Nase in einer Komposition, die Hans fast umhaute. Tief einatmend schloss er die Augen, saugte die Melange in sich auf und spürte nur noch eins: Glück. Dabei vergaß er völlig, wo er war.

»Hey, wo bleibst du?«

Hans riss die Augen auf und sah Piet, der kopfschüttelnd um die Ecke schaute. »Was träumst du denn da rum?«, herrschte er ihn an. »Komm jetzt!«

Hans seufzte, rappelte sich auf und folgte Piet durch ein Labyrinth von schlecht oder gar nicht beleuchteten Gängen.
»Wohin wollen wir denn überhaupt?«

»Gleich wirst du staunen«, meinte Piet nur und lief mit raumgreifenden Schritten voraus.

Damit gab sich Hans aber nicht zufrieden. Er wollte endlich wissen, was Piet vorhatte. »Du hast mir doch was von gerösteten Kastanien und Eicheln erzählt. Dass die hier den Kaffee damit panschen. Willst du mir einen Berg Kastanien zeigen, oder was? Außerdem sind wir doch in einem Nebengebäude der Rösterei.«

»Lass dich einfach überraschen!«

Sie waren an einer weiteren Gabelung angelangt, von der drei Gänge abzweigten. Piet sah sich um und zeigte nach rechts. »Da entlang!«

Hans packte ihn am Arm. »Weißt du was? Ich glaube nicht, dass es hier unlauter zugeht. Es duftet überall nach wunderbaren Bohnen.«

Piet blieb einen Augenblick stehen und löste sich aus Hans' Umklammerung. »Du hast recht, aber ich musste dich mit etwas locken, sonst wärst du ja nicht mitgekommen. Ich brauchte für die Aktion einen zweiten Mann, und das nicht nur wegen des Gitters.«

Hans blieb stehen. »Was für eine Aktion?«

Piet rollte mit den Augen und zog ihn in einen Verschlag, der nur mit einer Holztür gesichert war. Hier fiel von draußen etwas Licht durch ein Kellerfenster ein.

»Ich habe dich die letzten Tage beobachtet«, erklärte Piet. »Ständig lungerst du vor der Rösterei herum, schließt die Augen und siehst aus, als wärest du in einer anderen Welt.«

»Du hast mich beobachtet?«, fragte Hans entgeistert.

»Jo, ich brauchte einen Partner, und du hast perfekt gepasst. Also, von was träumst du? Doch bestimmt von Kaffee.«

Hans nickte. »Ja, ich möchte eine eigene Rösterei haben, wenn es mit Deutschland wieder aufwärtsgeht. Ich möchte echte und wunderbare Bohnen zu Kreationen verarbeiten, die

die Welt noch nicht getrunken hat.« Er brach ab. »Aber was soll die Träumerei? Ich muss, so schnell es geht, zum Schwarzmarkt. Meine Oma steht mit den Bezugsscheinen an, und ich kümmere mich um den Rest, wenn du verstehst.«

»Ich verstehe durchaus, genau deshalb sind wir hier.«

Von ferne waren Schritte zu hören, und Piet verstummte. Kurz darauf passierten zwei Männer den Verschlag. Hans hielt die Luft an und drückte sich gegen die Wand.

Es dauerte nicht lange, bis die beiden zurückkamen. »Ein Fenster stand auf. Ich hab es wieder verschlossen.« Die Männer entfernten sich.

»Hörst du Radio?«, fragte Piet.

Hans schüttelte den Kopf. »So was haben wir nicht, warum fragst du?«

»Ich wollte nur wissen, wie informiert du bist.«

»Komm auf den Punkt!« So langsam reichte es Hans.

Piet aber wirkte aufgekratzt und ließ sich von seiner Ungeduld nicht hetzen. »Pass auf. Für deine Rösterei brauchst du Geld. Viel Geld. Und hier liegt es rum.«

»Du willst stehlen?« Hans schüttelte den Kopf. »Nicht mit mir. Ja, wir sind arm, aber ehrlich. Das sind wir schon immer gewesen.«

»Mag sein, aber zufällig weiß ich, dass es dem Inhaber hier nicht wehtut, wenn er etwas abgeben muss.«

»Ich klaue kein Geld!«, beharrte Hans.

»Ne, das sollst du auch gar nicht.« Piet lächelte verschmitzt. »Dann wären wir jetzt zur Bank unterwegs oder würden versuchen, den Tresor der Rösterei zu knacken.«

Hans sah Piet fragend an. »Was willst du mir eigentlich genau sagen?«

Piet legte einen Finger auf die Lippen und schaute kurz nach draußen auf den Gang, zuckte dann aber mit den Schultern. »Ich dachte eben, ich hätte was gehört.« Er fixierte Hans, der nur noch hier rauswollte. Das war nicht seine Welt. Er würde für seinen Traum bestimmt nicht straffällig werden. »Entspann dich! Das Geld ist jeden Tag weniger wert, ich denke, die Tage der Reichsmark sind gezählt. Geld zu stehlen lohnt folglich im Augenblick nicht. Die Geschäfte horten bereits die Waren für bessere Währungszeiten.«

Hans verstand nicht. »Und was willst du dann stehlen?«

»Gold! Das ist wertbeständig. Zu zweit bekommen wir eine Menge mit.« Siegessicher reckte Piet den Daumen in die Höhe.

Hans war nicht überzeugt. »Warum ziehst du mich da rein?«

»Ein Komplize hilft mir sehr, und einer, der einen Traum hat, erst recht«, sagte Piet. »Allein wäre es schwierig, und ich könnte dem Besitzer nicht genug schaden.« Er stieß die Holztür auf und lief weiter durch den modrigen, unbeleuchteten Gang.

Piet ließ sich von der Dunkelheit nicht beirren und tastete sich mit der Hand an der Wand entlang. Hans blieb keine Wahl, als ihm zu folgen, allein würde er aus dem Labyrinth der Gänge bestimmt nicht mehr herausfinden.

Endlich hielt Piet an. Er nahm wieder den Schraubenzieher und rammte ihn zwischen Zarge und Schloss einer Tür. Danach hantierte er mit einem Draht, und kurz darauf ließ sich die Tür öffnen.

Vor ihnen lag ein düsterer Raum. Piet betätigte den Lichtschalter. Eine Glühlampe erhellte das Innere mit spärlichem Licht. Überall hingen Spinnweben, von der Decke tropfte Wasser. Piet deutete in eine Ecke, in der sich etliche Pappkartons stapelten.

»Der Alte denkt echt, das wäre die beste Tarnung. Blöder Kriegsgewinnler.«

Hans stand nur da und wusste mit der Situation nicht umzugehen. »Von wem sprichst du, was soll das, und wem willst du schaden?«

»Ich rede von Sievers, dem alten Nazi.« Piet zog den ersten Karton beiseite.

»Wer ist das? Das ist nicht der Inhaber der Rösterei, oder?«

»Ne, das ist ein Großindustrieller, der es im Krieg mit den

Parteigrößen gehalten hat. Und das, was wir hier finden, hat er nicht auf redliche Art und Weise erworben, das kannst du mir glauben.« Er öffnete eine der dahinterliegenden Kisten. Darin lagen viele kleine, etwa fünf Zentimeter lange Goldbarren.

»Alles hübsch eingeschmolzen von dem Drecksack«, sagte Piet.

»Woher hat der Mann das?«, fragte Hans. Wenn all die Kartons voll damit waren, lagerte in diesem stickigen Keller ein Vermögen.

»Das willst du gar nicht wissen. Wem sie im Krieg die Wertsachen weggenommen haben, ist hinlänglich bekannt.«

Hans wich zurück. »Damit will ich nichts zu tun haben. Lass uns abhauen. An dem Gold klebt Blut.«

»An jedem Geldstück, jedem Goldbarren, Kettchen und Ring klebt es, das weißt du doch. Komm, pack deine Taschen voll, dann kannst du dir deine Rösterei eher leisten als gedacht.«

Piet begann, sich die Taschen vollzuschaufeln, schon bald beulten sie sich aus. »Los komm, bedien dich. Ewig können wir nicht hierbleiben.«

Aber Hans schüttelte den Kopf.

»Wach auf! Wenn du es nicht tust, werden diese Goldbarren für andere Dinge gebraucht. Waffenkauf. Drogen. Ich weiß, in welche krummen Geschäfte Sievers verstrickt ist. Der Schwarzmarkt wartet nur darauf. Es trifft genau den Richtigen. Er kann uns auch nicht anzeigen, denn was hier liegt, ist Dreck.«

Hans streckte die Hand aus, glaubte aber zu verbrennen, als er das Gold mit den Fingerspitzen berührte.

Da lag ein Stück Zukunft. Seine kleine Rösterei, die nach und nach expandieren könnte. Wie gut würde es seiner Familie gehen, wenn er nun zugriff. Oder aber sie ließen das Gold hier, und es würde geschehen, was Piet vorhergesagt hatte. Mit diesem Reichtum würde dafür gesorgt werden, dass weitere Menschen starben.

Zögerlich steckte Hans den ersten Barren ein. Der zweite

ging schon leichter, und am Ende hatte auch er seine Taschen gefüllt.

Piet verschloss die Tür wieder sorgfältig, und sie verließen den Keller auf demselben Weg, auf dem sie gekommen waren.

Als sie sich durch das Fenster nach oben gezogen hatten und aus der Luke klettern wollten, mussten sie sich noch einmal verstecken.

»Das ist Sievers«, flüsterte Piet und zeigte auf einen geschäftig wirkenden Mann mit Hut und Trenchcoat, der eben aus seinem dicken Wagen stieg.

Hans schluckte den sauren Mageninhalt hinunter.

»Kriegsgewinnler«, raunte Piet. »Es gibt Menschen, die fallen immer auf die Füße, sind auf der Gewinnerstraße unterwegs, die gepflastert ist mit Leichen. Aber wir haben ihm gerade ein bisschen vors Schienbein getreten.« Er feixte. »Und ich bin noch nicht fertig mit dem.«

Hans sah ihn fragend an.

»Er hat meinen Vater auf dem Gewissen«, sagte Piet nur. Seine Miene war jetzt düster.

»Was ist passiert?«

»Meiner Familie gehörten vor dem Krieg die Rösterei und die Fabrikruine. Sievers hat dafür gesorgt, dass wir sie nicht behalten konnten, weil mein Vater angeblich ein Kommunist sei. Er wurde danach von den Drecksäcken erschossen! Aber nun folgt meine Rache, und unser kleiner Diebeszug ist ein winziger Teil davon.«

Jetzt fühlte Hans sich ein bisschen als Held.

»Aber warum versteckt er sein Gold ausgerechnet hier? Hängt die Rösterei mit drin?«, fragte er, als Sievers durch die gut gesicherte Stahltür zum Keller verschwunden war.

Piet schüttelte den Kopf. »Nein, der lagert hier nur sein Gold, damit man ihm nicht auf die Schliche kommt. Angemietete Räume, du hast ja gesehen, wie viel Platz da unten ist. Mit der Rösterei hat er nichts zu tun.«

Hans fiel ein Stein vom Herzen. Wo so guter Kaffeeduft entstand, konnte doch nichts Böses schlummern.

Wieder wehte eine Schwade von Röstaromen zu ihnen herüber.

»Die Luft ist jetzt rein. Danke, Kumpel, es war mir eine Ehre!« Piet tippte sich zum Abschied an die Schiebermütze und wollte aus dem Kellerloch verschwinden.

Aber Hans hatte noch eine Frage. »Warte! Woher wusstest du, dass da unten das Gold lagert?«

Ein zufriedenes Lächeln glitt über Piets Gesicht. »Natürlich habe ich seit Kriegsende ein Auge auf Sievers gehabt, und einmal bin ich ihm unauffällig gefolgt.« Er holte tief Luft. »Die miesen Geschäfte dieses Drecksacks müssen aufhören. Ich werde gleich die Polizei rufen, dann wird der Rest beschlagnahmt, und Sievers wandert für lange Zeit hinter Gitter. Denn dass es illegales Gold ist, kann ich beweisen. Ganz hinten stehen Kisten, in denen noch das Originalzeug drin ist. Beinahe wünsche ich mir, ich hätte nicht hineingesehen, da schreien dir ganze Schicksale entgegen. Ich bin mir sicher, dass die Besatzer bei einem solchen Fund keinen Spaß verstehen.«

»Das ist komplett verrückt!«, stieß Hans atemlos hervor.

»Nein, das ist fair, Kumpel. Versteck das Gold – und mach was draus. Aber erst in ein paar Wochen, wenn das Geld wieder was wert ist! Stichwort Währungsreform. Du solltest doch besser mal Radio hören.«

Piet zog sich hoch, ging in die Hocke und half Hans hinaus. Gemeinsam legten sie das Gitter wieder über die Öffnung.

»Viel Glück.« Er verschwand mit einem Winken.

Hans stand allein da, die Taschen voller Gold. Gleich würde die Polizei kommen und das illegale Lager ausheben. Sievers konnte ihnen nichts tun und nie beweisen, dass etwas fehlte.

Über Hans' Gesicht glitt ein Lächeln. Er aber würde sich seinen Traum erfüllen.

✳✳✳

Wunderbare Röstaromen fluteten das kleine Lädchen am Weserufer. »Bei Hans«, stand draußen auf einem nostalgischen

Schild. Drei Jahre war ihr Raubzug jetzt her, und vor einem Jahr hatte Hans dieses Geschäft eröffnet.

Im Laden konnten die Kunden zusehen, wie die Bohnen von Hand geröstet und dann in kleine Verpackungen abgefüllt wurden. Jede wunderbar gestaltet. Auf dunklem Teakholz standen große Blechdosen mit den unterschiedlichen Röstungen. Es gab Bohnen aus Indien, Äthiopien und Tansania. Kaffee aus Südamerika und vielen anderen Ländern mehr.

Hans' Lieblingsröstung wurde aus einer Arabica-Bohne aus Mittelamerika hergestellt. Sie hatte einen wunderbar nussig-fruchtigen Geschmack und ließ nach dem Aufbrühen sämtliche Geschmacksknospen explodieren. Er nannte sie »Schuld und Sühne«, und der Erlös ging zu einhundert Prozent an die jüdische Gemeinde in Bremen.

»Schuld und Sühne« war ein Bestseller. Aber er konnte auch allein vom Rest seiner Verkäufe gut leben.

Piet war ihm nie mehr begegnet, aber Hans wusste, dass er inzwischen die Rösterei leitete. Sievers hatte leider fliehen können und lebte irgendwo in Südamerika, wo wunderbare Kaffeebohnen wuchsen. Sein Gold aber war beschlagnahmt worden. Wer nun davon profitierte, wusste Hans nicht.

Eben klingelte die Ladenglocke, und ein neuer Kunde trat ein. Hans konnte ihm die richtige Röstung empfehlen, und der Mann verließ zufrieden das Geschäft.

Hans lächelte: Er hatte alles richtig gemacht!

Klaudia Zotzmann-Koch

Coffee Leaks

Sie rannte. Am Ende des Parks hatte sie einige Sekunden Vorsprung und bog in die Nebenstraße ein. Als sie auf einen heruntergefallenen Tannenzapfen trat, knickte sie um und fiel der Länge nach hin. Die Strumpfhosen zerrissen an den Knien, Blut sickerte hindurch. Sie rappelte sich auf. Dreck hing an ihrem senfgelben Mantel, kleine Schottersteine steckten in ihren aufgeschürften Handballen, aber sie hatte keine Zeit, sich darum zu kümmern. Fünf Querstraßen weiter war die Bushaltestelle. Mit Glück kam gleich ein Bus, und sie konnte es schaffen.

Sie sprintete weiter. Als sie keuchend die Ecke erreichte, sah sie nur noch zwei Rücklichter und die Anzeige: »Nächster Bus in acht Minuten«.

Vier Tage zuvor
Es war früh, fast anderthalb Stunden früher als sonst. Nur die Putzfrau und ein Kollege waren schon da. Ellen nickte ihnen zu. Zu müde für verbale Kommunikation. Sie legte Tasche, Schal und Mantel auf den Tisch und drückte den Einschalter ihres Firmenlaptops an der Dockingstation auf dem Schreibtisch. Ohne abzuwarten, ging sie in die Kaffeeküche. Sie nahm eine Tasse aus dem Regal. Seit ein paar Wochen gab es eine neue Kaffeemaschine, mit der sie sich noch nicht wirklich beschäftigt hatte. Sie drückte immer nur den Knopf für Milchkaffee. Aber das Menü war heute von etwas anderem verdeckt – irgendwas mit »Softwareupdate« –, und zur Auswahl standen »Update« oder »Abbrechen«.

Abbrechen. Sie wollte einfach nur Kaffee.

Zurück an ihrem Platz, war der Rechner bereits hochgefahren. Sie gab ihr Benutzerkennwort ein, und während die üblichen Programme starteten, hängte sie Mantel und Schal ordentlich an die Garderobe. Dann trank sie erst einmal ihren Kaffee, ehe sie an der Kalkulation weiterarbeitete, die heute unbedingt fertig werden musste. Die Firma strebte einen »Merger« mit einem anderen Unternehmen an, da waren die Zahlen das Um und Auf. Und sie würde eine Weile brauchen, um alles entsprechend vorzubereiten.

Die Kolleg:innen trudelten anderthalb Stunden später ein. Auch Martha, die mit Ellen gemeinsam an den Merger-Dokumenten arbeitete.

»Lieber Himmel, seit wann bist du denn schon hier?«

»Sechs Uhr dreißig«, antwortete Ellen und atmete in die Kaffeetasse. Sie hatte ganz schön was geschafft in der Zeit, weil es ruhig gewesen war und niemand sie störte.

»Wir hätten das auch gemeinsam machen können«, sagte Martha tadelnd und verschwand in Richtung Kaffeeküche.

Ja, hätten sie. Aber dann wären sie bis heute Abend sicher nicht fertig geworden. Und schon wieder bis nach zehn hier zu sitzen, darauf hatte Ellen wirklich keine Lust. Sie hatte Besseres vor. Und das hieß Christian.

Martha kam aus der Kaffeeküche zurück. Sie balancierte ein hohes Glas mit einer enormen Haube aus Milchschaum obenauf vor sich her.

»Wo hast du denn den Kaffee mit so viel Milchschaum her?«

»Aus der Küche.«

»Aus der hier bei uns auf dem Stockwerk?«

»Ja sicher. Wenn man die App verwendet, dann macht die Maschine auch ganz tolle Dinge.«

»Was für eine App?«

Martha stellte das Glas auf dem Tisch ab und zog ihr Mobiltelefon aus der Tasche ihrer Jeans. Sie zeigte Ellen das Icon auf dem Bildschirm. »Diese da.«

Ellen durchforstete sogleich den App-Store auf ihrem Gerät und wurde unter dem Namen des Maschinenherstellers tatsächlich fündig. Dreißig Sekunden später öffnete sie die App und scrollte durch die Kaffeevariationen.

»Wow, da kann man sogar eigene Kreationen anlegen!«

»Ja klar. Was meinst du, wie ich zu meiner Extraportion Milchschaum komme?«

»Genial, das will ich auch.«

»Bevor du dir von hier aus den Kaffee klickst, solltest du aber sichergehen, dass in der Küche eine Tasse in der Maschine steht. Ich hatte schon mal Pech und durfte eine Viertelstunde lang alles wieder sauber wischen.«

»Was? Ich kann von hier aus die Kaffeemaschine starten?«

»Ja. Mach einfach die App auf und verbinde dich übers Büro-WLAN mit der Maschine. Dann kannst du direkt loslegen.« Martha grinste.

»Sollten im Büro-WLAN nicht nur die Laptops und Drucker drin sein?«

Martha verdrehte die Augen. »Ja, ja. Muss man den Typen aus der IT ja nicht stecken.«

Ellen zuckte mit den Schultern. »Na dann.«

Als sie zehn Minuten später mit einer enormen Tasse Latte macchiato mit einer Menge Milchschaum und Kakaopulver darauf wiederkam, lachte Martha laut.

»Was?«, meinte Ellen. »Bei allem, was wir für diesen Zusammenschluss tun, können wir es uns auch mal gut gehen lassen.« Sie rührte vorsichtig in der Tasse. »Vielleicht wird es ja doch noch ein guter Tag.«

Tatsächlich wurde es das, und auch die Kalkulation hatte nach nur sechsmal Nachbessern den Stand, der dem Chef vorschwebte.

Zu Hause machte Ellen es sich mit ihrem Essen vor dem Fernseher gemütlich. Ihr Smartphone funktionierte als Fernbedienung, und sie probierte drei verschiedene Streamingdienste, bis sie etwas gefunden hatte, das sie sehen wollte. Die Fernbedienungs-App wollte ein Update installieren; die Meldung dazu hatte ein paar Zeilen Text, Ellen aber keine Lust, sie zu lesen. Darum klickte sie einfach auf »Ja« und legte das Telefon zur Seite.

Irgendwo während der dritten Folge der angefangenen Staffel schlief sie vor dem Fernseher ein.

Der nächste Morgen begann mit einer schlechten Nachricht. Ellens Mutter war in der Nacht ins Krankenhaus gekommen. Sie erfuhr es von ihrem Bruder über die Familiengruppe im Messenger. Ein kleiner Schlaganfall, nichts Lebensbedrohendes. Im Büro stand sie leicht neben sich, war fahrig. Einmal erwischte sie sogar versehentlich entkoffeinierten Kaffee, als sie auf ihrem Smartphone die Konfiguration von Milchkaffee à la Ellen eingab. Sie kippte die entkoffeinierte Brühe weg und besserte den unter »eigene Kreationen« gespeicherten Fehler aus.

Es war fast Feierabend, als Ellens Telefon vibrierte. In Erwartung weiterer schlechter Nachrichten zog sie es ruckartig aus der Hosentasche. Doch es war bloß eine Messenger-Nachricht von Christian: *Hey, wollen wir was essen gehen?*
An einem normalen Tag hätte Ellen sofort Ja gesagt. Das war es heute aber nicht. Sie tippte mit einer Hand, während sie ihre Tasse in die Küche zurückbrachte.
Lieber nicht. Keine gute Idee heute.
Was ist los? Abrechnung nicht fertig geworden?
Stimmt, sie hatte ihm gestern gar nicht mehr geschrieben, dass sie alles geschafft hatten, weil sie auf dem Sofa eingeschlafen war.
Doch, gestern schon.
Aha.
Ellen hörte beinahe seinen verletzten Tonfall. Verflixt.
Ich mache gerade Feierabend. Wenn du magst, kannst du noch vorbeikommen. Dann erzähle ich dir alles.
Okay.

Der Tag begann mit neuen Experimenten in der Kaffeeküche. Ellen arbeitete sich nach und nach durch die Einstellungen der

App und schaffte es, einen für Büro-Kaffee perfekten Cappuccino zusammenzubekommen.

»Wow!« Martha schaute bewundernd auf Ellens hohes Kaffeeglas, das diese sich, weil mehr hineinpasste, auf dem Weg nach oben extra aus der Kantine geholt hatte.

»Möchtest du auch? Ich hab vorhin gesehen, dass man die eigenen Kreationen auch teilen kann.«

»Oh ja.«

Ellen öffnete die App, suchte ihren »perfekten Büroccino« aus der Liste der gespeicherten Kaffeespezialitäten und drückte auf die Schaltfläche »Kreation teilen«. Sekunden später machte es »pling«, und Martha stand auf und eilte in Richtung Kaffeeküche davon. Als sie eine Viertelstunde später ohne Kaffee wiederkam, sah Ellen ihr an, dass etwas nicht stimmte.

»Was ist los?«

»Die Presse ist da und eine ganze Menge wichtig aussehender Leute. Jede Wette, die gehören zum Management der Firma, mit der wir zusammengelegt werden sollen.«

»War zu erwarten, dass es Rummel geben würde.«

Just in diesem Moment schwang die Tür zum Großraumbüro auf, und die Prozession spazierte herein, angeführt vom Chef persönlich.

»Hier sind wir im Controlling, weiter vorn sitzen die Mitarbeiter der HR«, erklärte er.

»Können wir das Foto von Ihnen und Herrn Marbach gleich hier machen? Der große Gummibaum dort würde sich als Hintergrund anbieten. Und hier oben ist es schön hell«, sagte einer der Journalisten. Mehrere andere zückten reflexartig ihre Kameras.

Ellen kannte den Namen Marbach aus einigen Dokumenten, die sie im Zuge der Vorbereitungen für den Zusammenschluss eingesehen hatte. Er war der CEO der Firma, mit der ihre fusionieren sollte. Marbach und ihr Chef positionierten sich vor dem Gummibaum, und alle Kameras richteten sich auf sie.

Ellen und Martha sprangen rasch zur Seite, um nicht im

Bild zu sitzen. Ellen hoffte, dass es weit genug war. Sie hasste Fotos von sich.

Der Spuk dauerte ganze dreieinhalb Minuten, dann zog der Tross aus Journalisten und Angestellten inklusive der beiden CEOs in Richtung HR-Abteilung davon.

Ellen ließ sich auf ihren Drehstuhl fallen. Martha verschwand ohne ein Wort und kehrte wenige Minuten später mit zwei Tassen zurück, die von enormen Milchhauben gekrönt wurden. Sie drückte Ellen eine davon in die Hand. »Hier. Das haben wir uns verdient, Miss Merger-Queen.« Sie sank in den Bürostuhl neben Ellen.

Die beiden Frauen sahen einander an, und langsam kroch ein Grinsen in Marthas Gesicht. Auch Ellen grinste und hob die Tasse: »Auf uns.«

»Auf uns.«

Sie stießen an, und der Milchschaum über den Tassen verband sich zu einer großen Doppel-Haube. Ellen zog mit der freien Hand ihr Telefon aus der Tasche und machte ein Foto davon. Dann prosteten sie einander noch einmal zu und tranken.

Gemessen am Stress der letzten Wochen verlief der nächste Tag echt entspannt. Martha hatte sich heute freigenommen. Und das Beste war, Ellen hatte endlich wieder Zeit, ihre Abende mit Christian zu verbringen. Laut ihrem Bruder ging es der Mutter auch schon besser; sie war wieder zu Hause. Zudem lösten die Presseberichte, die heute in mehreren lokalen und sogar zwei überregionalen Blättern waren, eine fröhliche Stimmung bei der gesamten Belegschaft aus. Nach dem Zusammenschluss sollten alle Arbeitsplätze erhalten bleiben. Ellen ließ für einen Moment den Blick aus dem Bürofenster und über die Dächer der Stadt schweifen. Ja, es ging ihr richtig gut.

Ihr Smartphone vibrierte. Sie griff danach und öffnete die eingegangene Nachricht. Eine SMS, allerdings ohne Absendernamen und Nummer.

hübsches foto, merger-queen

Ellen schüttelte den Kopf. Martha hatte manchmal einen sehr merkwürdigen Humor.

Nach der Arbeit fuhr Ellen zu Christian. Sie hatte eine Flasche Wein dabei und auf dem Weg noch Pasta gekauft. Als er die Tür öffnete, schaute er Ellen mit einem Blick an, den sie nicht an ihm kannte.

Christian drückte die Tür hinter ihr ins Schloss.

»Ich hab Wein dabei und Pasta.« Sie schenkte ihm ein strahlendes Lächeln. Es änderte nichts. »Ist alles in Ordnung?«, fragte sie, während sie sich die hohen Schuhe von den Füßen streifte.

»Betrügst du mich?«

»Was?« Ellen hatte Mühe, den Beutel nicht fallen zu lassen. »Wie kommst du denn darauf?«

Er zog sein Telefon aus der Tasche und zeigte ihr eine Reihe von Nachrichten, die er erhalten hatte, alle ohne erkennbaren Absender.

sie liebt dich nicht
weißt du was sie nachts im büro treibt
du hast sie verloren
Von dieser Sorte gab es noch einige mehr.

»Was soll das denn?«

»Das frage ich dich! Und wieso gibst du deinem neuen Typen meine Nummer?«

»Ich hab keinen neuen Typen!«

»Und wer ist dann der Kerl, der die Nachrichten schickt?«

»Keine Ahnung!« Ellen stockte. »Warte mal, von wann sind die denn?«

»Heute Nachmittag. Du weichst mir aus. Wer ist der Typ?«

»Ich weiß es nicht. Ich habe heute selbst eine Nachricht bekommen. Ohne Absender. Da …« Sie hielt ihm das Telefon entgegen mit der SMS, die sie für Marthas gehalten hatte.

»Merger-Queen?«

»Wir haben Wochen an Arbeitszeit da reingesteckt!«

»Arbeitszeit … Am Ende warst du die ganze Zeit bei deinem Neuen – und wer weiß, was der alles einen ›Merger‹ nennt!«

»Wie bitte?« Ellen ließ den Beutel fallen. Es war ihr egal, ob die Flasche kaputtging. Sie griff nach ihren Schuhen und stapfte zur Tür. Mit den Schuhen in der Hand drehte sie sich noch einmal zu Christian um, dann verließ sie ohne ein Wort die Wohnung und knallte die Tür hinter sich zu.

Zu Hause warf Ellen ihre Tasche in die Ecke, pfefferte ihre Jacke auf die Kommode und kickte die Schuhe von ihren Füßen.

Das Wasser der Dusche war fast brühend heiß. Ellen stand mit zusammengebissenen Zähnen unter der Brause und wartete darauf, dass Wasser und Dampf ihre Wut davonspülten. Sie wartete lange.

Danach wickelte sie sich in ihren Bademantel und schlang ein Handtuch um ihre nassen Haare. Sie nahm das Telefon, warf sich aufs Sofa und startete die nächste Folge der Serie über die Handy-App. Was für ein Scheißtag – dabei hatte er so gut angefangen.

Ihr Telefon vibrierte. Wahrscheinlich Christian. Von dem wollte sie grad überhaupt nichts hören oder lesen. Oder es war ihr Bruder mit Neuigkeiten, wie es ihrer Mutter ging. Also griff sie doch danach. Eine neue Nachricht war eingegangen, allerdings zeigte das Gerät nicht an, von wem. Ellen runzelte die Stirn.

lässt du es dir gut gehen nach dem tag

Die Nachricht hatte keinen Absender. Kein Name, keine Nummer. Wenn sie auf »Antworten« drückte, gab es keine Angabe, wohin sie eine Erwiderung schicken konnte. Sie navigierte zurück zur Nachricht und las den Text erneut: *lässt du es dir gut gehen nach dem tag*

Moment ... Woher wusste wer auch immer, was sie gerade tat? Ihr wurde schlagartig eiskalt.

Die ausgelassene Stimmung auf der Arbeit war am nächsten Tag wie weggeblasen. Wo die Presse das Unternehmen unlängst noch in den Himmel gelobt hatte, fand man jetzt Abdrucke interner Firmenkommunikation. Darunter einige der E-Mails, die Ellen von ihrem Chef bekommen hatte. Darin wies er sie und Martha an, die Unternehmenszahlen den Plänen für den Zusammenschluss anzupassen.

Ellen starrte auf die Schlagzeilen auf dem Bildschirm. Ihr Telefon vibrierte. Sie zuckte zusammen. Eine Nachricht, wieder ohne Absender, dafür mit einem Bild: zwei Kaffeetassen, deren hohe Milchschaumkronen aneinanderklebten. Im Hintergrund etwas verschwommen Marthas Bluse. Es war zweifelsfrei das Foto, das sie vorgestern genau hier, an ihrem Arbeitsplatz, gemacht hatte. Mit diesem Telefon!

Ellen schaltete das Gerät instinktiv aus und schob es weit von sich. Mit ihrem Bürostuhl rückte sie ein Stück zurück und fixierte es. Wurde sie beobachtet? Sie schaute sich um, ob sie irgendwo eine Kamera entdeckte. Sie stand sogar auf und suchte beim Gummibaum zwischen den Blättern, dann auf dem Schreibtisch mit den Zeitungen. Nichts.

Sie lud die zahlreichen Nachrichtenseiten auf dem Bildschirm noch einmal neu. Ganz oben erschien die neueste Schlagzeile:»Merger geplatzt«, stand da als Überschrift. Darunter:»Geleakte Informationen zeichnen deutliches Bild von Betrug.« Ellen schluckte. Ihren Job war sie los. Sie kannte die echten Zahlen. Der Firma ging es nicht so gut, wie sie es hatte aussehen lassen. Wahrscheinlich würde hier in drei Monaten niemand mehr einen Job haben. Der Zusammenschluss war die große Chance gewesen, die Arbeitsplätze zu retten.

Ellen schaltete das Smartphone wieder an. Vier Anrufe in Abwesenheit und eine Messenger-Nachricht von ihrem Bruder: *Mutter ist wieder im Krankenhaus, zweiter Infarkt. Sieht nicht gut aus. Komm besser her.*

Sie zögerte keine Sekunde, fuhr den Rechner runter, schmiss das Telefon in ihre Handtasche und griff im Hinauslaufen nach ihrem Mantel. Der Kollegin, die sie fragend anschaute, rief sie nur »Familiennotfall« zu und war aus der Tür.

Unten hastete sie zum Taxistand an der Ecke. Das würde schneller gehen, als mit Bus und U-Bahn quer durch die Stadt zu fahren. Sie stieg ins erste Taxi und nannte dem Fahrer den Namen des Krankenhauses, während sie sich anschnallte. Dann zog sie das Telefon aus der Tasche. Eine neue Nachricht: *flink bist du*

Ellen kniff irritiert die Augen zusammen.

Als das Taxi vor dem Krankenhaus hielt, zahlte sie und sprang aus dem Wagen. Sie lief direkt in einen Mann hinein und stolperte zwei Schritte zurück.

»Du brauchst dich nicht so zu beeilen«, sagte er. »Deine Mutter ist nicht hier, sie ist zu Hause. Die Nachricht war von mir.«

Ellen musterte ihn. »Wie bitte?«

»Dein Bruder ist so schludrig wie du mit den Sicherheitseinstellungen seines Telefons. Die Nachricht kam von mir«, wiederholte er.

»Sie …« Ellen wusste nicht, was sie sagen sollte. Sie schaute ihr Gegenüber an. Jeans, Regenjacke, die Kapuze aufgezogen. Dunkle Augenbrauen über blitzblauen, wachen Augen.

»Ich wollte mich bei dir bedanken, dass du mich in euer Firmennetzwerk reingelassen hast. Das warst doch du, die neulich die Updates an der Kaffeemaschine weggedrückt hat, oder?« Er nahm sie am Arm und spazierte langsam mit ihr in Richtung des angrenzenden Parks. »Ohne dich wäre es mir nicht möglich gewesen, diesen unnötigen Zusammenschluss zu verhindern.«

»Wie bitte?«

»Als der Hersteller eurer Kaffeemaschine mit dem Push-Update für die Sicherheitslücke kam, dachte ich schon, es wäre alles aus. Eure IT-Leute haben die Infos auf deren Webseite vorher ja wochenlang ignoriert. Die ganze Zeit, die ich schon eure Kaffeemaschine übernommen hatte und drauf wartete, dass mir jemand Zugang zu eurem Firmennetzwerk verschafft. Das warst dann du mit deinem alten Android-Smartphone. Von der Kaffeemaschine kam ich über die App auf deinem Telefon mit all ihren Zugriffsrechten problemlos weiter in euer WLAN und von dort auf den Fileserver. Du hast es mir möglich gemacht, einen weiteren ›Super-Merger‹ zu verhindern. Danke dir.« Er machte eine Pause, in der er sie fixierte. »I ow'n you …«

Ellen starrte ihn an. »Sie sind ja wahnsinnig!«

Seine Hand an ihrem Arm drückte fester zu. Sie riss sich los.

Dann rannte sie. Sie rannte, knickte um, schlug hin – und rappelte sich wieder hoch. Jagte zur nächsten Haltestelle und sah vom davonfahrenden Linienbus nur die Rücklichter. Acht Minuten, bis der nächste kam.

Ellen drehte sich um. Der Fremde schlenderte die Straße entlang, direkt auf sie zu.

»Netter Stunt«, meinte er, als er sie erreichte. »Du brauchst nicht zu hetzen. Ich weiß, wo du wohnst, wo dein Freund – oh Verzeihung, Ex-Freund – wohnt, wo alle deine Kontakte wohnen. Du hast mir erlaubt, dein Adressbuch zu lesen. Beziehungsweise deiner Kaffee-App, die alles auf deinem Smartphone lesen darf. Diese ›Werbezwecke‹-Freigabe macht es einem ja so einfach. Ich kenne deinen Kalender und deine üblichen Wege, immerhin verrät mir das GPS in deinem Telefon jederzeit genau, wo du dich aufhältst. Ich höre alles, was das Mikrofon deines Telefons im Umkreis von ein paar Metern aufschnappt. Ich kenne deine Fotos und alle Serien und Filme, die du schaust. Ich kenne *dich*. Du hast mich selbst in dein Leben eingeladen.«

Er kam näher, und plötzlich begriff Ellen, dass der Fremde sie nicht nur benutzt hatte, um Firmeninterna ihres Arbeitgebers einzusehen, sondern in ihr gesamtes Leben eingedrungen war. Sie fummelte ihr Smartphone aus der Manteltasche, schaute es angewidert an. Dann warf sie es im hohen Bogen auf die Straße, wo es Sekunden später von einem Auto überrollt wurde.

»Wenn du glaubst, das wäre das Einzige, worauf ich Zugriff habe, dann irrst du dich. Ich kenne alle deine Accounts, kann mich in jeden einzelnen davon einloggen. Ich besitze alle deine Passwörter – also alle drei, die du abwechselnd verwendest. Natürlich habe ich auch deine Firmen-Zugangsdaten, und dank dir kennt die Presse jetzt die echten Zahlen – von denen jeder glaubt, *du* hättest sie geleakt. Niemand denkt dabei an mich. Du bist der Volltreffer, auf den ich immer gewartet habe.« Er grinste. »Das perfekte Bauernopfer.«

Ellen blickte sich hektisch um. Wo blieb der Bus? Sie musste hier weg! Aber wohin? Egal.

Sie lief humpelnd wieder los, blieb stehen, zog die hohen Schuhe aus, warf sie fort und lief auf Strumpfhosen weiter. Sie schaute sich um. Der Fremde war fort. Trotzdem rannte sie weiter. Nur weg von hier. Geradeaus auf die nächste Querstraße.

Es knallte, als der Lkw sie traf. Dann wurde alles schwarz.

Jürgen Vogler

Ein ehrenwertes Haus

Erschrocken fahre ich hoch. Mein T-Shirt klebt schweißnass an meinem Körper. Ganz langsam verschwindet die wirre Traumwelt aus meinem Kopf. Was waren das für Geräusche? Wo bin ich? Traum oder Wirklichkeit? Wieder meine ich, ein klagendes Stöhnen zu hören. Aber woher?

Fahles Laternenlicht schimmert durch die Fenster, wirft Schatten an kahle Wände. Langsam besinne ich mich. Ich sitze in meiner gerade erst bezogenen Wohnung auf der Matratze. Ein Bett habe ich noch nicht. Es ist die erste Nacht in meinem neuen Zuhause. Der Umzug und die ungewohnte Umgebung haben meinem erschöpften Geist anscheinend einen Streich gespielt. Alpträume, die ich eigentlich nicht kenne.

Ich taste nach meinem Smartphone. Viertel vor fünf. Ich lasse mich wieder zurückfallen. Die vollen Umzugskartons können warten. Im Halbschlaf meine ich, den Duft von Kaffee zu riechen.

Ein markerschütterndes Schrillen weckt mich erneut. Halb sieben. Noch etwas orientierungslos in den neuen Räumlichkeiten torkele ich zur Wohnungstür und öffne sie umständlich. Vor mir steht ein Mann mittleren Alters und mustert mich herausfordernd aus kleinen Mäuseaugen.

»Ich bin Herr Vollbrecht. Ich wohne im Parterre und übe in diesem ehrenwerten Haus die Funktion des Hausmeisters aus«, verkündet er mit wichtiger Stimme. Er trägt einen grauen Kittel, was vermutlich die Bedeutung seines Amtes unterstreichen soll.

»Und für diese Mitteilung werfen Sie mich mitten in der Nacht aus dem Bett, oder wie darf ich Ihren Überfall verstehen?« Ich kann meine Wut nicht unterdrücken. Der spinnt ja wohl.

»Früher Vogel fängt den Wurm. Dieses erbauende Sprichwort sollte Ihnen bekannt sein.«

»Ich bin kein Angler und habe auch sonst keine Verwendung für Würmer. Was wollen Sie von mir?«

Der Hausmeister guckt mich verwundert an. Offensichtlich habe ich ihn in seiner Eigenschaft als Respektsperson nicht genügend gewürdigt. Seine gerötete Gesichtsfarbe verwandelt sich in ein dunkles Karmesinrot. Bluthochdruck. Ohne Frage. Kurzzeitig werde ich von einem angenehmen Duft nach Kaffee abgelenkt, der durch das Treppenhaus schwebt.

»Es scheint erforderlich zu sein, Sie zeitgerecht darauf hinzuweisen, dass in diesem Haus ein überaus freundlicher und moderater Umgangston gepflegt wird, den ich auch von Ihnen erwarte.« Während er spricht, wippt der Wichtigtuer auf und nieder, indem er sich immer wieder auf die Zehenspitzen stellt. Vermutlich um seine nicht eben bedeutende Körpergröße zu erhöhen.

»Nun kommen Sie mal auf den Punkt. Was wollen Sie?«

Langsam verflüchtigt sich meine morgendliche Trägheit, und ein ungutes Gefühl von Unbehaglichkeit und Frust formiert sich in meiner Magengegend.

»Ich überreiche Ihnen hiermit die Hausordnung.« Der Graukittel streckt mir ein Blatt Papier entgegen. Ich reiße es ihm aus der Hand und schließe ohne weiteren Kommentar meine Wohnungstür.

Was war das denn für ein Blasebalg am frühen Morgen? So habe ich mir den Start in den ersten Tag in meiner neuen Behausung nicht vorgestellt. Es ist ein Glücksfall, dass ich die komfortable Wohnung in der alten Villa in Hamburg-Winterhude erhascht habe. Mein Freund Bodo gab mir den Tipp, nachdem er bei einem Kneipengespräch von der freien Wohnung gehört hatte. Mit dem Vermieter bin ich sehr schnell einig geworden. Und so sitze ich nun hier in einer großzügigen Dreizimmerwohnung mit hohen Stuckdecken und knarrenden Eichendielen inmitten meiner Umzugskartons. Neben dem »Parterre«, wie der Hausmeister das Erdgeschoss großspurig bezeichnet, gibt es noch drei weitere Etagen. Ich wohne im ersten Stock. Wer die anderen Mieter sind, weiß ich nicht. Aber das wird sich sicherlich im Laufe der Zeit ergeben.

Nachdem man mich so früh am Morgen aus dem Bett geworfen hat, ist an Schlaf nicht mehr zu denken. Ich wasche mich und ziehe mich an. Der Kaffeeduft aus dem Treppenhaus lässt mich nicht los, und ich beschließe, mir an meinem ersten Tag ein Frühstück in einem Straßencafé zu gönnen, das nur wenige Schritte entfernt liegt.

Meine Kaffeegedanken werden durch lautstarke Wortfetzen vor meiner Wohnung gestört. Neugierig, wie ich bin, öffne ich die Tür und sehe unmittelbar vor mir den lästigen Graukittel, der mit hochrotem Kopf eine junge Frau beschimpft.

»Sie wissen ganz genau, dass ich nächtlichen Herrenbesuch nicht dulde. Dies ist ein anständiges Haus. Und ich werde dafür sorgen, dass das auch so bleibt. Haben Sie mich verstanden, Frau Schumacher?«

»Sie sind ja nicht ganz bei Trost, Herr Vollbrecht. Wir wohnen hier doch nicht im Kloster. Außerdem, was geht Sie mein Privatleben an? Und nun lassen Sie mich endlich durch.« Sie versucht, an ihm vorbeizugehen. Doch der Hausmeister packt ihren Arm und hält sie fest.

»Wir sind noch nicht fertig. In diesem Zusammenhang –«
Ich kann nicht mehr an mich halten. »Jetzt reicht's aber. Lassen Sie sofort die Frau los.«

Ich benötige nur zwei Schritte, um mich zwischen die beiden zu drängen, ergreife den Kragen seines Kittels und reiße den Unruhestifter von der jungen Frau weg.

»In diesem ehrenwerten Haus scheint mir der Hausmeister der einzige Störenfried zu sein«, fahre ich ihn an. »Sollte ich noch einmal miterleben, dass Sie jemanden bedrängen, sehen wir uns vor Gericht wieder.«

Der Graukittel starrt mich mit weit aufgerissenem Mund an. Die junge Frau haucht nur ein verlegenes »Vielen Dank« und eilt die Treppe hinunter. Ohne ihn weiter zu beachten, drehe ich dem Hausmeister den Rücken zu und verschließe meine Wohnungstür. Begleitet von seinen Schimpftiraden und diesem seltsamen Duft nach Kaffee verlasse ich das Haus.

Keine hundert Meter entfernt sehe ich die junge Frau in dieselbe Richtung laufen und eile ihr hinterher. Vermutlich hat sie meine Schritte gehört, denn sie dreht sich um und bleibt stehen.

»Ich wollte Sie nicht in Verlegenheit bringen«, sage ich. »Aber solche unverschämten Typen kann ich einfach nicht ab.«

Sie lächelt mich freundlich an. »Ach was, Sie müssen sich nicht entschuldigen. Ich danke Ihnen sehr, dass Sie mich aus dieser misslichen Lage gerettet haben.«

»Gern geschehen. Ich bin übrigens Lars Hellmann, der neue Mieter.«

»Und ich heiße Lara Schumacher. Zweiter Stock rechts.«

Ich finde Lara äußerst sympathisch. Sie scheint ein fröhlicher Mensch zu sein, hat ein unwiderstehliches Lächeln und sieht auch noch gut aus. Als sie darauf besteht, ihren »Lebensretter« zu einem Kaffee einzuladen, zögere ich nur kurz.

In dem von mir schon ins Auge gefassten Straßencafé erfahre ich mehr über mein neues Zuhause.

»Der Hausmeister ist eine einzige Landplage«, verrät mir Lara und verdreht dabei ihre Augen.

»Das habe ich gemerkt. Mir ist er heute Morgen auch schon auf den Wecker gefallen. Wer wohnt denn noch in unserem Haus?«

»Dir gegenüber wohnt Professor Haberland. Ein alter, liebenswerter Mann, der sich die meiste Zeit hinter seinen Büchern versteckt und sich einer unvergleichlichen Passion widmet. Welche das ist, wirst du sicher sehr schnell selbst herausfinden. Unmittelbar über dir wohnt das Ehepaar Meyer mit y. Da geht es zeitweise etwas lautstark zu. Die Folgen erkennst du, wenn Frau Meyer in den nächsten Tagen trotz Regenwetters eine Sonnenbrille trägt. Ganz oben, in der Mansardenwohnung im dritten Stock, haust Marvin Sägebrecht.

Den wirst du nie zu sehen bekommen. Er ist ein absoluter Computerfreak mit stark autistischen Zügen.«

»Welch eine edle Sammlung von Charakterköpfen. Da fühle ich mich ja gleich richtig zu Hause. Zumindest einen liebenswerten Menschen habe ich heute Morgen aber immerhin schon kennengelernt.«

Ich habe den Eindruck, dass Lara nach meinem etwas plumpen Kompliment tatsächlich ein wenig rot wird.

Als ich nach rund zwei Stunden in mein neues Domizil zurückkehre, empfängt mich wieder dieser angenehme Kaffeeduft. Doch erneut herrscht Aufregung auf dem Flur. Diesmal hat sich der ungeliebte Hausmeister den Professor als Opfer auserkoren.

»Sie haben regelmäßig das Treppenhaus zu pflegen. Das schreibt die Hausordnung vor. Hier sehe ich Ihrerseits starke Versäumnisse.«

In der Wohnungstür mir gegenüber steht ein kleiner grauhaariger Mann, der den Hausmeister über den Rand seiner Brille hinweg kritisch mustert. »Verehrter Herr Vollbrecht, ich wohne jetzt seit mehr als fünfzehn Jahren in diesem Haus. Bisher gab es bezüglich meiner Reinlichkeit keine Beanstandungen. Und die Treppe ist sauber.«

»Wenn ich sage, die Treppe ist schmutzig, dann ist sie auch schmutzig und muss unverzüglich gereinigt werden.«

Ich merke, wie es in mir wieder zu brodeln beginnt. »Haben Sie wirklich nichts anderes zu tun, als die Bewohner dieses Hauses zu belästigen? Lassen Sie uns einfach in Ruhe.«

Mein Gegenüber schnappt aufgebracht nach Luft. »Sie wohnen hier erst einen Tag und fallen bereits unangenehm auf. Das wird Konsequenzen haben.«

Der Professor ignoriert die Attacken des Wichtigtuers nun gänzlich und macht eine an mich gerichtete einladende Geste. »Treten Sie doch bitte ein, Herr Nachbar. Wir sollten uns in Ruhe ein wenig beschnuppern.« Dann kichert er in hohen Tönen, vermutlich wegen der für ihn ungewöhnlichen Formulierung.

Kaum habe ich seine Wohnung betreten, schließt er die Tür vor der Nase des verdatterten Hausmeisters. Mir fällt auf, dass sich die Intensität des Kaffeedufts aus dem Treppenhaus verstärkt hat.

Nachdem ich mich vorgestellt habe, lädt der Professor mich zu einer Tasse Kaffee ein. Ich sage nicht Nein. Er schlurft in die Küche und rumort dort eine Weile herum. Es blubbert und zischt, während ich mich in seinem Studierzimmer umsehe und, eingerahmt von unzähligen Büchern, auf den Kaffee warte. Nach einer gefühlten Ewigkeit balanciert der Professor ein Tablett mit zwei bauchigen Tassen darauf erfolgreich bis zu seinem Schreibtisch und stellt es auf einer von Büchern nicht belegten Ecke ab.

»Kaffee, verehrter Herr Nachbar, ist ein ganz besonderes Elixier. Manche Banausen verderben es mit Zucker oder gar Milch. Eine Todsünde an diesem edlen Gewächs.« Mit diesen Worten überreicht der Professor mir die Tasse mit dem verführerisch duftenden Getränk.

Obwohl ich meinen Kaffee gern mit einem Löffel Zucker und ein wenig Milch trinke, möchte ich den Professor nicht enttäuschen und schlürfe den hochgelobten Trank pur. Mein Gastgeber hat nicht übertrieben. Ein solch durchdringendes Aroma habe ich noch nie erlebt.

»Der Kaffee wird in seiner Wirkung völlig unterschätzt«, hebt der Professor an, nachdem auch er einen Schluck getrunken hat, »die Vielfältigkeit seiner Stimulanz und seine magischen Kräfte sind unübertroffen und wenig bekannt. Wie bei jeder Droge kommt der Dosierung eine gravierende Bedeutung zu. Wer sie zu nutzen weiß, kann sie zum eigenen Wohlergehen, aber auch zum Erreichen unermesslicher Höchstleistungen einsetzen. Sie trinken soeben einen San Anselmo aus Costa Rica. Ich möchte Sie aber nicht schon am ersten Tag überfordern. Wir haben sicherlich noch öfter die Gelegenheit, gemeinsam meiner Leidenschaft zu frönen.«

Danach fragt der Professor mich aus, um sich einen Eindruck von seinem neuen Nachbarn zu verschaffen, wie er betont. Offensichtlich ist er mit mir zufrieden. Er erklärt mir, dass er ein Geistesarbeiter sei und der Herrgott ihn mit zwei linken Händen gestraft habe. Ob ich ihm von Zeit zu Zeit helfen könnte, sollte ein technisches Problem zu lösen sein? Seine Dankbarkeit mir gegenüber bekundet er schon jetzt, denn den Hausmeister will er dafür auf keinen Fall in seine Wohnung lassen. Seine akuten Sorgen kann ich dann auch sehr schnell beseitigen, indem ich eine Glühbirne in seiner Leselampe wechsele.

In den nächsten Tagen räume ich meine Umzugskartons leer und richte mich häuslich ein. Dem Hausmeister versuche ich möglichst aus dem Weg zu gehen. An den wohlriechenden Kaffeeduft im Haus habe ich mich inzwischen gewöhnt. Zumal ich jetzt seinen Ursprung kenne.

Eines Morgens stolpere ich vor meiner Wohnungstür über zwei Mülltüten, die ich am Abend zuvor in den entsprechenden Tonnen entsorgt hatte. Zornig trage ich sie ins Erdgeschoss und klingele an der Tür des Hausmeisters. Kein anderer kann es gewesen sein.

»Was soll der Quatsch mit dem Müll? Diese Aktion habe ich doch garantiert Ihnen zu verdanken«, pfeife ich den Graukittel an, als dieser seine Tür öffnet.

»Der Müll muss ordnungsgemäß getrennt werden. Das haben Sie versäumt. Folglich haben Sie jetzt die Chance, es erneut zu versuchen, um Ihre Eignung unter Beweis zu stellen«, antwortet mein spezieller Freund mit abfälligem Grinsen.

Ich muss mich mühsam beherrschen, diesem einfältigen Tyrannen nicht an die Gurgel zu gehen. Wutentbrannt entsorge ich die Tüten ein weiteres Mal in der Mülltonne, stapfe die Treppen wieder hoch und schlage meine Tür zu.

Was kann man gegen einen solchen Spinner tun? Mit guten Worten wird man bei diesem Idioten nicht weit kommen. Da wäre in seinem Oberstübchen keiner zu Hause. Erste Mordgedanken wabern durch mein Gehirn. Aber wer will schon wegen eines solchen Idioten ins Gefängnis gehen? Langsam beruhige ich mich wieder. Und fahre erschrocken hoch, als es an meiner Wohnungstür klingelt. Ich öffne, und vor mir steht mein Nachbar, Professor Haberland. Ich habe den Eindruck, dass er nach unserer letzten Begegnung noch kleiner geworden ist.

»Es ist mir etwas peinlich, Herr Hellmann. Aber der Hausmeister bedrängt mich gegenwärtig doch sehr massiv. Er behauptet nach wie vor, dass ich meiner Treppenreinigungspflicht nicht nachkomme. Und wenn ich ganz ehrlich bin, entspricht das auch der Wahrheit.«

»Nun setzen Sie sich erst einmal, Herr Professor.« Ich führe meinen unglücklichen Nachbarn ins Wohnzimmer und drücke ihn in einen Sessel. Ohne ihn zu fragen, schenke ich ihm ein Glas Wodka ein. »Erzählen Sie mir alles ganz in Ruhe.«

»Wie schon erwähnt geht es um die Treppenreinigung. In der Vergangenheit hat Frau Bachleitner, Ihre Vormieterin, diesen Dienst freundlicherweise für mich übernommen, da ich rein körperlich dazu gar nicht mehr in der Lage bin …«

»Und jetzt suchen Sie jemanden, der diese Aufgabe für Sie übernimmt?«, werfe ich ein.

Professor Haberland nimmt einen kleinen Schluck von dem Wodka, senkt den Blick und nickt stumm. Dann hebt er den Kopf und sieht mich ängstlich an. »Der Hausmeister hat mir sogar mit einer Kündigung gedroht.«

»Der spinnt doch total. Was bildet der sich eigentlich ein? Er ist doch nicht der Vermieter.«

»Er nicht, aber sein Schwager. Deswegen kann er sich ja so aufführen, weil er die Verwandtschaft im Rücken hat«, erklärt mein Nachbar resigniert.

»Mein lieber Professor, die Angelegenheit mit der Kündigung sollten Sie ganz schnell vergessen. Dafür gibt es gar keine rechtliche Grundlage. Und was die Treppenreinigung angeht, sehe ich auch keine Probleme. Ich werde in Zukunft für Sie mitputzen.«

»Ich weiß gar nicht, wie ich Ihnen danken soll?« Der Professor ist sichtlich erleichtert.

»Von Zeit zu Zeit eine Tasse von Ihrem köstlichen Kaffee mit ein paar Geheimtipps zur Dosierung reicht vollkommen aus.« Ich erhebe mein Glas und proste ihm aufmunternd zu.

Zwei Tage später läuft mir der Hausmeister über den Weg. Ich informiere ihn darüber, dass ich von nun an der alleinige Treppenreiniger sein werde und er den Professor in Ruhe lassen soll. Seine Ausfälle und Androhungen, er werde in Zukunft ein besonderes Augenmerk auf diesen Bereich des Treppenhauses legen, ignoriere ich und wende ihm den Rücken zu. Dann gehe ich in den Keller, um mein Fahrrad zu holen. Ich schalte das Licht an und traue meinen Augen nicht. Das Vorhängeschloss an meinem Kellerverschlag fehlt – ebenso wie auch mein Fahrrad. Ich mache auf dem Absatz kehrt, springe die Treppenstufen nach oben und erwische den Hausmeister vor seiner Wohnungstür.

»Im Keller ist eingebrochen worden. Mein Fahrrad wurde gestohlen. Rufen Sie die Polizei«, schleudere ich ihm atemlos entgegen.

»Das ist nicht nötig. Ihr Rad wurde nicht gestohlen. Ich habe es persönlich konfisziert, da Fahrräder im Kellerbereich nicht gestattet sind. Sie finden Ihr Rad hinten auf dem Hof.«

Ich weiß nicht, wie lange ich den Graukittel mit offenem Mund angestarrt habe. Benommen schüttele ich den Kopf. »Wollen Sie damit sagen, dass *Sie* in meinen Kellerverschlag eingebrochen sind und mein Fahrrad herausgeholt haben, um es dann im Hof abzustellen?«

»So ist es.« Er grinst mich überheblich an.

»Ist Ihnen eigentlich klar, dass Sie damit Hausfriedensbruch begangen haben? Das kann Sie teuer zu stehen kommen. Vor allem kann es Sie Ihren Job kosten. Denn wer will schon einen kriminellen Hausmeister haben, der die Mieter bestiehlt.« Ich muss an mich halten, um diesen Mistkerl nicht zu erwürgen.

Am Abend besuche ich den Professor. Ich muss mir die Wut von der Seele reden. Mein grauhaariger Nachbar schüttelt immer nur den Kopf, während ich berichte, welche neuerlichen Frechheiten sich der penetrante Kerl erlaubt hat. Der Kaffee lässt nicht lange auf sich warten. Heute wird er begleitet von einem exquisiten Sherry – in mehrfacher Ausführung. Das obligatorische Referat des Professors über den Kaffee verliert denn auch mehr und mehr an Kontur. Nach dem fünften Glas Sherry philosophiert er nur noch über die Einfältigkeit der Menschen im Allgemeinen und die des Hausmeisters im Besonderen.

Am nächsten Morgen, als ich aufwache und nach der abendlichen Sherry-Party beim Professor meine Gedanken sortiere, höre ich laute Stimmen und Gepolter im Treppenhaus. Wieder einmal treibt mich Neugier vor meine Wohnungstür. Ich sehe gerade noch, wie der Hausmeister mit wehendem Kittel die Stufen in den zweiten Stock hinaufhechtet. Wenig später höre ich erregte Stimmen aus der oberen Etage.

Ich trete an das Treppenhausgeländer und blicke nach oben, kann aber zunächst nichts erkennen. Dann, plötzlich, sehe ich den Hausmeister. Er lehnt sich rücklings gegen den Handlauf und versucht, sich daran festzuhalten. Voller Entsetzen muss ich mit ansehen, wie sich das Geländer unaufhaltsam zur Seite neigt, ehe es gemeinsam mit dem Hausmeister in die Tiefe stürzt. Ein ohrenbetäubender Knall ertönt. Dann folgt lähmende Stille. Der Hausmeister liegt auf den Fliesen im Erdgeschoss und rührt sich nicht mehr.

Ich erwache aus meiner Starre, als ich jemanden die Treppe herunterkommen höre. Ich drehe mich um. Vor mir steht Professor Haberland.

»Mein Gott, Professor, haben Sie das gesehen? Ist das nicht schrecklich?«, stammele ich aufgelöst angesichts der soeben greifbar nahe erlebten Horrorszene.

Der Professor geht gemessenen Schrittes auf seine Wohnungstür zu. »Es scheint an der Zeit zu sein, die Polizei zu rufen«, sagt er mit ruhiger Stimme, »aber ich denke, vorher können wir uns noch einen Kaffee gönnen, junger Freund.«

Erst jetzt bemerke ich, dass er in seiner rechten Hand einen Schraubenzieher hält, den er nun in die linke legt, um mit einem zufriedenen Lächeln seinen Haustürschlüssel aus der Hosentasche zu fischen.

Lalibelas Triumph

»›Lalibela *Gold*‹?«
»›Lalibela *Extra*‹? Oder lieber ›Lalibela *Select*‹?«
»›Lalibela *Harmonie*‹.«
Alle reden durcheinander.
Der Chef winkt ab: »Diese Attribute haben wir alle schon zigmal verwurstet. Nehmen wir lieber ›Lalibela *Erste Tasse*‹.«
»Klingt zu deutsch.« Hanno, sein Assistent, sucht wie immer die Konfrontation. »Der Kaffee kommt schließlich aus Äthiopien. Wie wäre deshalb ›Ethiopian Sun‹? Englisch ist immer ein Verkaufsargument.«
»In Äthiopien spricht man Amharisch«, werfe ich ein.
»Bleib bei der Sache, Mali«, fordert Chef-Detlev barsch und springt nach der Zurechtweisung sofort ins Brainstorming zurück. »Wir müssen etwas Authentisches finden. Etwas typisch Äthiopisches. Ein Hauch von Afrika muss vom Plakat wehen. Exotisch und voller Abenteuer – mit der nötigen Portion Erdung durch deutsche Kaffeesahne.«
»Die Kunden sollen das Produkt nicht verstehen, sie sollen es kaufen«, wendet Assistenten-Hanno ein. »Also: ›Lalibela *Dream*‹.«
Detlev wiegt den Kopf hin und her, um zu demonstrieren, dass er den Einwand seines geistigen Rivalen ausnahmsweise bedenkt. »Lalibela!«, mosert er dann. »Müssen wir unseren Kaffee unbedingt dort einkaufen? Gibt es keinen anderen Ort? Mit ansprechenderem Namen?«
»Nein«, antworte ich. »Die Verträge sind so gut wie unterzeichnet.« Dabei blättere ich in den Unterlagen, obwohl ich die Angaben unserer beiden Handelspartnerinnen in- und auswendig kenne. Von den trockenen Seiten lächeln mich zwei Namen an, die für mich die Güte und Hilfsbereitschaft der

Menschen dieses Landes repräsentieren: Assefa und Fewen Bekele. Weil ich die Heimat der beiden sofort eindringlich vor Augen habe, fasse ich zusammen, was man über Lalibela wissen sollte: »Wallfahrtsort auf zweitausendfünfhundert Metern Höhe im Norden Äthiopiens, elf Felsenkirchen, allesamt Weltkulturerbe, ein beeindruckender Markt, auf dem Kaffeesorten mit außergewöhnlichem Aroma gehandelt –«

»Vielleicht sollten wir ganz auf die Angabe des Herkunftsgebietes verzichten.« Chef-Detlev hat meine Erklärung nicht zur Kenntnis genommen, weil er der Einzige ist, der hier die Erklärungen abgibt. Er holt seine Herztabletten aus der Jackentasche, die er immer um diese Uhrzeit schluckt, die aber leider nichts an seiner cholerischen Art ändern. Den Beweis dafür tritt er umgehend an, indem er nach der Einnahme lauter und ärgerlicher fortfährt: »Lalibela klingt nach Trallala und Blümchenkaffee. Wenn wir Pech haben, glauben die Leute noch, wir verkaufen Muckefuck.«

Muckefuck, denke ich und grinse, dieses Synonym für Getreidekaffee sollte englischen Muttersprachlern besser nicht gedruckt unter die Augen kommen. Dann schreibe ich weiter an meinem Gesprächsprotokoll. Ich notiere die Schlüsselsätze, die in der Planungsabteilung des Kaffeeimperiums des großen Jakob König fallen, und genieße insgeheim die Macht, die mein Chef mir damit überlässt. Er ist sicher, dass ich sie nie ausnutzen würde – es sei denn, zu seinen Gunsten.

Detlev glaubt an meine Dankbarkeit und Loyalität. Weil er mich eingestellt hat, mir meine erste Chance in Deutschland gab, erwartet er sklavischen Gehorsam.

Wenn ich den hätte aufbringen wollen, wäre ich in meiner Heimat geblieben.

Jedes Mal, wenn »Kaffee-König« ein neues Produkt auf den Markt bringen will, steht nicht die Kaffeebohne am Anfang der Entwicklung einer dampfenden Tasse, sondern unser PR-Büro. Was wir uns ausdenken, wird zum Prototyp, der von professionellen Koffeinjunkies getestet wird und erst dann in Produktion geht, wenn eine komplizierte Hochrechnung positiver Rückmeldungen bestätigt, dass die Kasse klingeln wird. Bleibt es still, rollen in der Werbeabteilung Köpfe. Nie der von Chef-Detlev, denn der hat prinzipiell nur gute Ideen, aber auch nie meiner, denn ich bin zu unwichtig. Ich bezweifele, dass Kollegen wie Assistenten-Hanno, Blogger-Pete, Lifestyle-Lena oder eine der häufig wechselnden PR-Beraterinnen und Redakteure sich außerhalb des Büros an meinen Namen erinnern könnten oder mich auf der Straße wiedererkennen würden. Dabei besitze ich ein Merkmal, das gemeinhin Aufmerksamkeit erregt: Meine Haut hat die Farbe einer außerordentlich sorgfältig gebrannten Kaffeebohne.

Für die Leute in der Agentur, die mit mir zusammenarbeiten, bin ich Mali. Eigentlich heiße ich Oumou Kouyaté. Das ist Chef-Detlev zu kompliziert, also werde ich mit dem Namen meines Heimatlandes angesprochen.

»Mali«, sagte er und strahlte, als er mich einstellte. »Das kann man sich merken. Das klingt integriert.«

Innerlich zischte ich wie eine Kaffeemaschine, äußerlich blieb ich ruhig und versuchte zu erklären, dass ich guten Kaffee erst in meinem Exil in Äthiopien kennenlernte. In Mali gibt es keinen Kaffeeanbau. Wir halten uns an starken Grüntee mit viel, viel Zucker. Aber dann lächelte ich nur mitleidig, wusste es besser und schwieg.

Als Chef-Detlev mich dem Kaffeekönig vorstellte, sagte er als Begründung für meine Anstellung: »Sie ist Teil meiner Kampagne für faireren Handel. Damit unser Kaffee in Zukunft auch die Ökofuzzis und Gutmenschen unter den Kaffeetrinkern erreicht. Zudem ist Mali quasi die Gewähr für bessere Geschäftsbeziehungen zu unseren Handelspartnern. Der Garant für einen guten Vertragsabschluss.«

Stimmt. Aber nicht zu seinem Vorteil.

Schließlich habe ich Afrika nur aus diesem Grund Richtung Deutschland verlassen. Nur deshalb bin ich noch hier. Halte alles aus.

Am Anfang glaubte ich, durch Argumente etwas an der

überkommenen kolonialen Einstellung der Europäer ändern zu können, als das nicht funktionierte, blieb ich aus Trotz, und jetzt, weil ich einen Abgang mit Tusch vorbereite.

Nicht meinen, sondern Detlevs.

Solange arbeite ich weiter, plane, bereite vor und sammle fleißig Steine, über die der feine Herr stolpern kann. Ich werde in dieser Agentur ganz sicher nie das Salz in der Suppe, aber der Sand im Getriebe sein, das kriege ich hin.

In Sitzungen wie der heutigen liste ich sorgsam die Ideen anderer auf, schreibe mit, was an Einfällen genannt, diskutiert und ausgearbeitet oder wieder verworfen wird. Ziemlich oldschool, aber Chef-Detlev ist von der Notwendigkeit eines Protokolls überzeugt. Er behauptet, auf diese Weise bei Streitfällen stichhaltige Beweise vorlegen zu können. Das ist wichtig, sobald ein neuer Slogan greift, die Spatzen ihn von den Dächern pfeifen und dadurch der Kaffee mit neuem Namen, in neuem Gewand und – wenn die Kaffeetrinker Glück haben – mit neuem Geschmack dem Kaffeekönig kaiserliche Beträge zufließen lässt. Denn wer den heißesten Spruch aufgebrüht hat, dem winkt eine Prämie. Nicht nur ein Ruderboot auf dem Steinhuder Meer, sondern eine Yacht vor Capri. Aber ganz gleich, wer sie zu Wasser lassen darf: Chef-Detlev gibt auch dafür den Kurs vor. Noch.

Ich brauchte ewig, um zu kapieren, warum ich alles so akribisch protokollieren muss: Damit es kein anderer tut. Damit alle sorglos ihre Ideen in den Raum werfen, sie bei mir gesammelt wissen – und wieder vergessen, nachdem eine Entscheidung getroffen wurde. Wenn ich die Liste abgetippt habe und sie zu Detlev ins Zimmer bringe, sind sämtliche Mitarbeiter schon mit der Ausgestaltung der getroffenen Wahl beschäftigt. Obwohl die Ideen, die es zur Vorlage beim Kaffeekönig schaffen, seltsamerweise selten die stärksten oder kreativsten sind. Die landen erst auf meiner Liste, dann in Chef-Detlevs Händen, danach in seinem Tresor und schließlich – wie ich eines Tages herausfand – bei der Konkurrenz. Der Reinerlös dieser Verwertungsmaßnahme fließt in den Kauf von Detlevs

Immobilien, gestattet ihm das Ausüben teurer Hobbys und verschafft ihm ein Rundum-sorglos-Ruhestands-Paket. Ich begriff, dass mehr für mich drin war, als nur die Alibi-Afrikanerin zu sein. Mit meinem Wissen konnte ich tatsächlich für fairere Verträge sorgen. Auf Detlevs Kosten.

Immerhin machte ich noch einen Versuch, Detlev – und mich – auf den Pfad der Tugend zurückzubringen, indem ich ihn um Aufmerksamkeit und eine Gehaltserhöhung bat. Während die anderen regelmäßig ihre Koffer für ihre Incentivereisen packen, erhalte ich am Monatsende ein Kilo Königskaffee Marke »Jedermann« als Prämie.

Als ich Chef-Detlev auf die Diskrepanz zwischen mir und dem Rest des Teams hinwies, nickte er und stimmte mir zu. »Völlig richtig, Mali. Das kann und darf so nicht weitergehen. Du verdienst als Dank für deine Arbeit ein Mitspracherecht. Ab dem nächsten Ersten darfst du dir jeden Monat Kaffee deiner Wahl mit nach Hause nehmen! Sogar aus den Premiumsorten.« Jovial schlug er mir auf die Schulter und fügte gönnerhaft hinzu: »Und wenn du Hannos Einwürfe in Zukunft noch etwas präziser mitschreibst, erhöhe ich auf das Doppelte.«

Ich brauchte einen tiefen Atemzug, um zu kapieren, dass mein Chef es mit diesem Spruch gewagt hatte, ein Kilo Kaffee mit Lug, Betrug und Ideenklau gleichzusetzen. Durch meine dunkle Haut konnte er den dicken wutroten Ball nicht erkennen, der sich in meiner Magengrube bildete, mein Gesicht erhitzte und sich bereit machte, ausgekotzt zu werden. Mir war es zu diesem Zeitpunkt klar, ihm noch nicht: Zwischen uns beiden würde kein Schonkaffee mehr aufgebrüht werden.

»Ist das bei euch so?«, fragt Chef-Detlev und sieht mich an. Ich ziehe mich auf ein weises »Hm« zurück, um niemanden merken zu lassen, dass ich aus Vorfreude, der Rückzahlung des Karmas ein wenig nachhelfen zu können, gedanklich nicht ganz bei der Sache war.

Da immer noch alle Augen auf mich gerichtet sind, muss

gerade etwas Ungewöhnliches passiert sein. Hat Chef-Detlev mich etwa nach meiner Meinung gefragt? Ich reagiere, wie alle es erwarten: Ich bin sprachlos.

Einige nicken, als wäre die Welt wieder in Ordnung, als ich ein vorsichtiges »Ich kenne mich da nicht so aus« absetze, ohne zu ahnen, wovon ich spreche. Aber ich hatte in meinem Chef einen guten Lehrmeister, und so wirke ich wie er: völlig im Bilde, wenn ich auch nicht weiß, in welchem.

»Versteh ich nicht. Du musst das wissen«, zickt Lifestyle-Lena. »Du bist doch aus Afrika.«

»Wir waren noch nie da«, fasst Blogger-Pete nach, »wir können höchstens aus Wikipedia erfahren, was Äthiopien zu bieten hat. Brasilien, Jamaika, Costa Rica, die Kaffeeländer kennt man ja. Aber womit kann man Äthiopien bewerben?«

Pete hat für unsere Firma und ein paar Sponsoren aus der Touristikbranche bereits halb Mittelamerika bereist, aber in seinen Augen kann ich das deutliche Verlangen erkennen, sich auch die Rechercheise nach Äthiopien unter den Nagel zu reißen, um den Trip dann im Internet so auszuweiden, dass alle ihn für einen langjährigen Kenner des Landes halten. Mit Brasilien ist ihm das mit einer Handvoll Stockfotos und ein paar Nächten bei einem Girl aus Ipanema, die jetzt in Castrop-Rauxel lebt, schließlich auch gelungen. Trotzdem hat er bei mir was gut, weil er dankenswerterweise zusammengefasst hat, um was es geht.

Lifestyle-Lena meldet ihr Interesse an einer Fernreise auf ihre Weise an: »Wie ist zum Beispiel das Verhältnis zwischen den Geschlechtern? In muslimischen Ländern weiß man ja nie so genau, wie die Männer auf emanzipierte Frauen reagieren.«

Ich schon, denke ich und erinnere mich daran, wie ich damals in Mali die Koffer packte, um zunächst in Äthiopien und danach in Europa vor Genitalverstümmelung und Zwangsheirat Rettung zu finden. »Lalibela ist eine christliche Pilgerstätte«, korrigiere ich deshalb ihre Annahme, es dort vornehmlich mit Muslimen zu tun zu haben. »Die Stadt wird auch Neu-Jerusalem genannt. Die äthiopischen Christen behaupten sogar von sich, weiter nördlich, in der Stadt Aksum, die Bundestruhe aufzubewahren.«

Unserem Schulpraktikanten fällt die Kinnlade herunter. »Echt jetzt? Bundestruhe? War das Entwicklungshilfe, oder warum haben die was von uns? Und was ist da drin?«

Ich gewähre seiner Ignoranz keine Audienz und versuche stattdessen weiter, für das Land zu werben, in dem ich drei Jahre lang gelebt habe, bevor ich unter die Haube des deutschen Michels kroch. »Im Nationalmuseum von Addis Abeba kann man Lucy bewundern. Das Alter unserer Urahnin wird auf mehr als drei Millionen Jahre datiert. Die mittelalterlichen Paläste in Gonder sind ebenfalls –«

»Alles alter Kram und ohne Verbindung zu unserem Kaffee«, unterbricht mich Assistenten-Hanno. »Es muss doch irgendetwas geben, das deutsche Kaffeetrinker unbedingt von dort für sich übernehmen wollen und das sie dazu anregt, das neue Produkt zu kaufen.«

Oh ja. Gibt es.

Ich denke zurück an einen Nachmittag in einem Haus auf dem Hügel am Stadtrand von Lalibela, mit atemberaubender Sicht auf die Ebene darunter. Die Sonne schien durch die weit geöffneten Türen, durch die man auf die Terrasse gelangt. Tritt man hinaus, glaubt man sich auf einem Balkon, der einen das gesamte Land überblicken lässt. Die traditionellen Hütten der Familienverbände heben sich weit unten wie braune Tupfer vom Grün der sie umgebenden Kaffeepflanzungen ab. Oasen des Zusammenhalts. Anders als in anderen Kaffeeanbauländern gibt es in Äthiopien keine riesigen Plantagen. Der Kaffee gedeiht an unzähligen Stellen, um winzige Dörfer oder einzelne Häuser herum, immer am geeigneten Fleck für den besten Geschmack. Liebevoll gehegt und gepflegt. Ich wusste damals schon, dass ich diesen Blick vermissen würde, und wünschte mir schmerzlich, das Rad meiner Geschichte schnell vorwärtsdrehen zu können – bis zu meiner Rückkehr zu Assefa und ihrer Tochter Fewen.

Meine Freundinnen zelebrierten mir zu Ehren einen großen

Abschiedskaffee. Alle Nachbarn, Freunde und Weggefährtinnen waren da, saßen in der Runde und sahen den beiden zu. Meine Schwestern im Geiste hatten mit dem Rücken zum Fenster Platz genommen. Gekleidet in traditionelle weiße Gewänder mit breiter Zierbordüre und einem dazu passenden hauchdünnen Tuch um den Kopf, führten sie die Zeremonie durch: vom Waschen des grünen Rohkaffees bis hin zum Servieren des Getränks in kleinen henkellosen Tassen. Mit Röstaromen und dem Duft des begleitend abgebrannten Weihrauchs hing der Atem Äthiopiens in der Luft.

Gelassen und elegant war jede Bewegung der beiden, perfekt eingespielt und doch konzentriert. Jeder Handgriff saß, bis das Aroma des fertigen Kaffees das Haus erfüllte und Assefa das Getränk in hohem Bogen aus der Kupferkanne mit dem langen, schlanken Schnabel in die irdenen Trinkschalen beförderte. Der Genuss bittersüß wie der bevorstehende Abschied, das Kaffeeritual ein Zeichen unserer unverbrüchlichen Freundschaft.

Eine Einladung zu einer Kaffeezeremonie ist immer ein Zeichen besonderer Wertschätzung, aber an diesem Abend war es mehr als das. Bei der dritten und letzten Tasse, die dem Haus der Gastgeberinnen Segen bringen soll, sahen wir uns in die Augen und tranken auf ein Gelübde, dessen Erfüllung seine Zeit brauchen, aber dessen Tag kommen würde. Seither hat mich jeder Schluck Kaffee an diesen Moment erinnert, und jede meiner Handlungen wird durch den Gedanken daran bestimmt.

»In Äthiopien schmeckt der Kaffee, der bei einer offiziellen Zeremonie ausgeschenkt wird, besonders belebend. Es ist ein Ritual, das man so oft wie möglich durchführt und das viele Stunden dauern kann«, sage ich. Meine Stimme klingt heiser vom Kloß der Sehnsucht in meinem Hals. Aber das merkt niemand.

»Führ uns das mal vor«, fordert Assistenten-Hanno, und ich denke, wie viel schöner der Satz mit einem »Bitte« geklungen hätte.

»Dazu fehlen mir die richtigen Gegenstände und die passenden Bohnen«, antworte ich, habe aber dennoch sofort den intensiven Duft eines »Harrar«-Kaffees in der Nase und erinnere mich an die Süße vom »Sidamo« und an den blumigwürzigen »Yirga Cheffe«.

»Besorgen wir«, erklärt Detlev. »Kann ja nicht so schwer sein.«

»Ruf doch mal zu Hause an und lass uns schicken, was man so braucht«, schlägt Astrid, unsere derzeitige Redakteurin, vor. »Du hast doch bestimmt noch Verbindung zu deiner Familie.«

Könnte ich mich vertrauensvoll an meine Verwandten wenden, wäre meine Flucht nach Äthiopien nicht nötig gewesen. Aber Assefa und Fewen kann ich fragen, die Frauen, die meine Heimat wurden und die alles über Kaffee wissen und noch mehr über meine Pläne. Pläne, deren Umsetzung in greifbare Nähe rückt, denn dank der beiden haben sich seit meinem Weggang über hundert Familien in der Gegend um Lalibela in einer Genossenschaft zusammengeschlossen und das bescheidene Heim meiner Freundinnen zu ihrem Hauptquartier ernannt, auch weil faktisch alle zum Haus auf dem Hügel hinaufschauen können wie zur Hoffnung auf eine bessere Zukunft.

Diese Zukunft ist nun nah, die Fallhöhe unterdessen unvermindert groß. Ich erinnere mich, dass ich meine Tasse damals auf dem schmalen Rand der niedrigen Backsteinmauer abstellte, welche die Balkonterrasse von der Welt darunter trennt. Eine kleine Unaufmerksamkeit meinerseits, und das Kaffeeschälchen fiel und fiel und fiel die Hunderte von Metern hinunter. Ich konnte nicht hören, wie es im Tal ankam. Aber ganz gleich, was man über dieser Inlandsklippe verliert, beim Aufschlag bleibt nichts davon übrig.

»Was denn jetzt?« Lifestyle-Lena ist zappelig. »Machst du uns das nun vor, oder was? Ich zeige das dann auf meinem YouTube-Kanal.« Sie legt den Zeigefinger an die Unterlippe und schielt durch ihre aufgeklebten Wimpern, wie sie es immer tut, wenn man merken soll, dass sie nachdenkt. »Oder warte mal. Besser ist, du zeigst mir alles, und wir filmen, wie *ich* das mache.«

»Gibt das Budget wirklich keine Rechercherreise her?« Blogger-Pete unternimmt einen weiteren Versuch. »Nie gut, wenn die Werbefilme nicht authentisch sind. Klar gibt es jede Menge *footage* von den Felsenkirchen und so. Das könnte man günstig reinschneiden. Aber dann fehlt doch Seele. Ich finde, da muss ein Filmteam hin, intim genug, um die Einzigartigkeit einer solchen Zeremonie einzufangen. Hier sollte originales Material sprechen, sehnsuchtsvoll und auffordernd, um den Leuten den Mund wässrig zu machen. Wenn sie schon nicht selbst hinfahren, sollen sie sich wenigstens unseren Kaffee gönnen können.«

Ich schließe die Augen und sehe Assefa und Fewen. »Unsere Firma hat noch keinen Kaffee, der ›Königszeremonie‹ heißt«, sage ich verträumt und bin gleichzeitig in zwei Welten.

Nie wollte ich auch nur den Hauch frischen Windes durch die Abteilung wehen lassen, aber in diesem Moment sehe ich die Zukunft vor mir: Dieser Name wird ziehen. Der Kaffee wird der Firma aus den Händen gerissen werden. Die anderen denken das auch, denn es ist totenstill. Alle starren mich an, und ich sehe in ihren Augen Eurozeichen und die Gewissheit, dass ich die Produktnamensuche soeben für mich entschieden habe. Durch die Enttäuschung der anderen hindurch kann ich sie riechen, die Kombination aus fruchtigen Limubohnen, echtem Harrar-Mokka und jeder Menge Geld.

Ich notiere: »Oumou Kouyaté hat am 14. Mai vorgeschlagen, den äthiopischen Kaffee mit einer landestypischen Zeremonie einzuführen und den Konsumenten Europas so nicht nur eine neue Sorte, sondern eine ganz andere Art der Zubereitung zu schenken.«

Chef-Detlef nimmt das Blatt Papier in die Hand. Er gibt es mir nicht zurück, sondern streicht etwas durch und fügt irgendetwas hinzu. Ich muss es nicht lesen, ich weiß, es wird mein Name sein, der durch seinen ausgewechselt wurde. Ich sehe es der gesamten Runde an. Alle wissen es. Aber niemand wird sich mit Detlev anlegen. Sie schweigen, weil sie sich sicher sind, dass Mundhalten sich auszahlt. Sie zelebrieren Feigheit und Eigennutz und glauben an das deutsche Sprichwort: Reden ist Silber, Schweigen ist Gold.

Ich weiß es besser.

Die Bewerbung bei Chef-Detlev war alles andere als zufällig. Wir haben sie über eine NGO eingefädelt, die das »Kaffee-König«-Imperium durch uns daran erinnern wollte, dass soziales Engagement in einem Unternehmensprofil wie eine Golddublone funkelt, sobald man bei jeder sich bietenden Gelegenheit darüber redet. Dieselbe NGO hat nicht nur die Verträge aufgesetzt, die jetzt zwischen »Kaffee-König« und unserer Genossenschaft auf dem Tisch liegen, sie verhalf mir auch zu einem Treffen mit Jakob König, dem mächtigen Kaffeekönig höchstselbst.

Der Weg war lang und beschwerlich, doch nun ist es Zeit, die Ernte einzufahren – und Chef-Detlev zu rösten. Ich weiß, was er hinter dem Rücken vom Kaffeekönig treibt. Ich kann durch ihn hindurchsehen und den fauligen Bodensatz erkennen.

»Er brüht den Kaffee quasi ein zweites Mal auf«, sage ich zwei Tage später in der Privataudienz des Firmengründers.

»Und daran gibt es keinen Zweifel?«, fragt Jakob König und zieht die Augenbrauen hoch. »Der Mann betrügt mich?«

Ich reiche ihm meine Unterlagen. »Ich habe Beweise. Jede Menge.«

Erst in diesem Moment wird mir klar, für wie dumm Detlev mich gehalten haben muss – womit er allerdings nur seine eigene Einfalt bewies. Denkt er wirklich, ich hätte keinerlei Kopien angefertigt, bevor er seine Beute im Safe verschwinden ließ?

Der Kaffeekönig blättert durch meine Aufzeichnungen und erkennt, dass ein Großteil der Ideen, die in Detlevs Tresor auf spätere Verwertung warten sollten, auf direktem Wege zu Mitbewerbern weitergereist ist. »Werkspionage«, folgert er nicht hundertprozentig richtig, aber durchaus in meinem Sinne.«Dieser Bastard bereichert sich also auf meine Kosten, indem er unsere Ideen an die Konkurrenz verschachert.«

»Hat er sich mit der Idee, die Produkteinführung mit landestypischer Kaffeezubereitung zu verbinden, sozusagen eine ›Königszeremonie‹ abzuhalten, schon bei Ihnen gemeldet?«, erkundige ich mich.

König schüttelt den Kopf.

»Wenn der mit *dem* Konzept zur Konkurrenz geht …«, sage ich und lasse den Satz unvollendet, damit meine Worte nicht das Geräusch von Königs innerer Registrierkasse übertönen.

»Immerhin«, sagt er und schnalzt mit der Zunge. »Nur durch meinen Nachnamen wird ein echter Coup daraus. Also sollten wir uns beeilen. Die Mitbewerber werden die äthiopische Zeremonie allesamt nachmachen, aber es wird immer ein Plagiat bleiben. Ich werde das Zielband zerreißen.«

Je aufgeregter seine Augen flackern, desto sicherer bin ich, dass Assefa und Fewen und die gesamte Genossenschaft einen wirklich lukrativen Vertrag abschließen werden, der sich leicht zu ihren Gunsten neigt. Was nicht nur der Hektik des Abschlusses geschuldet ist, sondern auch auf der Tatsache fußt, dass die einzige auf Firmenseite beteiligte Kennerin des Landes nicht ganz unvoreingenommen agiert. Dafür aber äußerst erfolgreich.

Schon einen Tag später sitzen wir im Flieger nach Addis Abeba mit Weiterflug nach Lalibela: der Kaffeekönig mit heimlicher Wut im Bauch auf Chef-Detlev, Chef-Detlev mit Wut im Bauch auf mich, weil er befürchten muss, dass ich dem Kaffeekönig nicht nur einen erhellenden Blick auf das Ergebnis der letzten Planungsrunde, sondern obendrein in seine Arbeitsweise gewährt habe, und deshalb vom Wunsch beseelt, seinem Herrn und Meister seine Schokoladenseite zu präsentieren. In der Mitte ich, als Vermittlerin zwischen Krieg und Frieden. Deren Krieg. Mein Frieden.

Wahres Glück. Ich sitze wieder im Haus am Rand von Lalibela. Die Fenstertüren sind weit geöffnet, um die feine Brise der Abendluft herein- und den Duft der Kaffeezeremonie hinauszulassen. Jakob König ist fasziniert von Assefa und Fewen. Ob von der Eleganz ihrer Bewegungen oder der Kaffeezeremonie, kann ich nicht sagen, aber er streut jede Menge Komplimente und spart nicht mit wortreichen Bitten, aus unserem zarten Pflänzchen der Zusammenarbeit Exklusivverträge wachsen zu lassen.

Ich übersetze seine Worte mit: »Wir haben ihn so weit! Nehmt euch den ganzen Kuchen«, und berichte ansonsten, wen meine Freundinnen außerdem vor sich haben und wie glücklich ich bin, zurück zu sein.

Während wir Frauen füreinander einstehen, zanken sich die Männer, denn Detlev mahnt zur Vorsicht. Weniger Überschwang und Begeisterung spült mehr in die eigene Kasse, predigt er. »Schließlich kenne ich mich aus. Äthiopischen Kaffee zu vermarkten beruht auf meiner Initiative.«

»Wo wir gerade darüber sprechen: Wer hatte eigentlich die Idee zur ›Königszeremonie‹?«, fragt König und klingt dabei ruhig, aber gefährlich.

»Warte mal.« Detlev schindet Zeit und kratzt sich am Kopf. »So ganz genau kann ich das nicht mehr sagen. Auf jeden Fall war es beim Brainstorming. Da fliegen die Ideen tief, und man kann nicht mehr alles so ganz genau zuordnen.«

»Wer weiß noch von unserem Vorhaben, in Lalibela einzukaufen?«, erkundigt König sich geradezu beiläufig.

Detlev zuckt mit den Schultern. »Niemand. Nur die, die mit am Tisch saßen«, lügt er. »Wie immer.«

»Und die wurden zum Stillschweigen verpflichtet?«, hakt König nach.

Chef-Detlev verzieht die Mundwinkel zu einem gewinnenden Lächeln. »Auch wie immer.«

»Und wohin gingen die restlichen Ideen? An meine Konkurrenz?« Kaffee-König klingt böse. »Auch wie immer?«

Weiße Männer sind ja nie besonders ansehnlich. Auf der

Haut sieht man jede Rötung, jeden Pickel. Die Farben, die dem sonst so blassen Detlev jetzt in Sekundenschnelle das Gesicht verdunkeln, würden zwar ein Chamäleon neidisch machen, mir zeigen sie eher sein hässliches Inneres. »Ich habe niemandem etwas verraten«, bringt er mühsam heraus. »Sollte Mali so etwas behauptet haben, steht ihr Wort gegen meines. Es gibt jede Menge Kollegen und Kolleginnen, die jederzeit für mich aussagen werden.«

»Interessant«, kontert König grimmig, »muss ich das so interpretieren, dass sämtliche Mitarbeiter der Werbeabteilung meines Hauses mit drinhängen und ebenfalls Doppelverdiener sind? Gut zu wissen. Dann wird wohl die ganze verdammte Bagage ausgetauscht werden müssen.«

Ich übersetze Assefa und Fewen, dass Chef-Detlef gerade für die Abgabe des Cheftitels sensibilisiert wird. Das tut seinem Blutdruck und seinem Gesamtbefinden nicht gut. Was ich nicht extra zu erklären brauche, das können die beiden selbst sehen.

»Ihr müsst keinen Arzt holen«, sage ich. »Er hat seine Herztabletten immer dabei.« Ich lasse unerwähnt, dass ich während des Nachtfluges am Overheadlocker war und ebendiese aus seiner Jackentasche entfernt habe. Genau wie die Reserve aus seinem Handgepäck. Sozusagen als zusätzliches Argument für die zu erwartende Panikattacke.

Die bekommt Detlev jetzt tatsächlich, als er immer aufgeregter seine Taschen durchsucht, ohne fündig zu werden. Er hat mit Sicherheit unkontrolliertes Herzklopfen.

Ich auch.

Detlevs Wunsch nach frischer Luft treibt ihn hinaus auf die Terrasse. Die Aussicht kann er nicht genießen – aber das hätte er auch mit Tabletten nicht geschafft. Er hätte nur die Schäbigkeit des Plattenbelags gesehen und moniert, dass die Brüstung so tief ist, weil wohl nicht genug Geld für eine höhere da war.

Da steht er nun, japst und stöhnt und beugt sich zur Balustrade hinab, um sich festzuklammern an etwas, das einem stattlichen Mann wie ihm keinen Halt bietet. Wenn es stimmt, dass in den letzten Minuten des Lebens die wichtigsten Stationen noch einmal vor dem inneren Auge vorüberziehen, dann wird das der Grund sein, aus dem heraus er sich noch einmal zu uns umdreht und mich ansieht. Erkennt, warum ich lächle. Versteht, warum er ausgerechnet hier stirbt, in einem fremden Land und angewiesen auf Hilfe, die er ohne Eigennutz niemals selbst gewährte – und um die er jetzt nicht mehr bitten kann.

Dann greift er sich ans Herz, verliert das Gleichgewicht und kippt nach hinten weg wie ein schlecht gefüllter Kaffeesack von der Laderampe eines Lkws. Für einen Schrei hat er keine Kraft mehr, das übernehmen Assefa, Fewen und ich.

Meiner klingt ein ganz klein wenig nach Erlösung.

Und da weiß ich ihn endlich, den besten Namen für unsere neue Kaffeesorte: »Lalibelas *Triumph*«.

Anja Marschall

Der Stinker – ein Fall für Kommissar Hauke Sötje

Die Morgenluft schmeckte nach Eisen. Aus den Schornsteinen der Stadt wanden sich Hunderte Rußfahnen in den eisgrauen Himmel hinauf, verschleierten die noch tief stehende blasse Sonne zwischen den Wolken, legten sich als Leichentuch über den Hafen und seine Stadt. Kommissar Sötje stand auf der Kornhausbrücke, die über den Zollkanal zur Speicherstadt führte. Nachdenklich sah er hinunter in das schwarz glänzende Elbwasser.

Neben ihm stand Oberzollinspektor Jensen, der ihn in aller Frühe hatte holen lassen. Zwar verabscheute der Zöllner jegliche andere Obrigkeit in seiner Speicherstadt, aber in diesem Fall hatte er wohl nicht anders gekonnt, als die Polizei zu informieren. Er kannte sich mit Zollangelegenheiten aus, nicht aber mit Toten. Und der Körper dort unten im Wasser war eindeutig tot. Gerade zogen zwei junge Zöllner die Leiche in ihr Ruderboot.

Hier in der Speicherstadt wurde alles gehandelt, was die Hamburger Kaufleute irgendwo in der Welt erstanden hatten: Felle aus Sibirien, Gewürze und Teppiche aus Indien, englische Waffen und Tee, französischer Wein, chinesische Schirme, Reis und Stoffe, doch vor allem Rohkaffee aus Südamerika und Afrika. Tausende von Säcken, prall gefüllt mit den unscheinbaren grüngrauen Bohnen, lagerten auf den Böden von Block O am Sandthorquai.

Ja, die Speicherstadt war das Herz des Handels im Reich Kaiser Wilhelms II. Solange es schlug, würden Herrscher und Vaterland leben. Und dass es schlug, oblag zu einem bedeutenden Teil der Sorgfalt jener Männer, denen Oberzollinspektor Jensen vorstand.

Der Zöllner kratzte nachdenklich seinen Bart.

»Vielleicht ist er von einem der Schiffe gefallen und mit der Flut reingekommen«, überlegte er halblaut.

»Möglich.« Kommissar Hauke Sötje redete nie viel, was die Menschen um ihn herum oftmals irritierte.

»Ein Hafenarbeiter kann es aber nicht sein. Die Kleider sind schwarz. Ein Sonntagsanzug vielleicht?«

Sötje nickte. »Möglich.«

Außer dem Anzug waren noch andere Dinge auffallend, wie zum Beispiel die großflächigen Verfärbungen im Nacken der Leiche, die man selbst von hier oben gut sehen konnte. Oder die pockennarbigen Stellen an der Haut im Gesicht und an den Händen.

Oberzollinspektor Jensen beugte sich gefährlich weit über das Eisengeländer. »Ist der angefressen?«

»Möglich.«

Hinter ihnen ging der Verkehr über die Zollbrücke unbeeindruckt weiter. Von Gäulen gezogene Fuhrwagen rumpelten zu den Speichern hinüber, um Waren abzuholen. Hafenarbeiter strömten zur Arbeit an die Kais. Gleich würden die Dampfpfeifen den Beginn der nächsten Schicht ankündigen.

Eine Gruppe Frauen, gegen die Kälte in ihre Wollschals eingemummelt, ging hinter den beiden Männern vorbei. Sicherlich waren sie auf dem Weg zum Block O, wo sie bis in die Nacht auf staubigen Speicherböden Kaffeebohnen lesen würden. Sie waren die einzigen Frauen, die in der Speicherstadt geduldet wurden.

Herren in feinen Mänteln mit Pelzbesatz fuhren in Kutschen vorbei, um zu ihren Kontoren zu gelangen, wo die Schreiber bereits auf sie warteten.

Doch während jene, die aus der Stadt kamen, unbehelligt die Speicherstadt betreten durften, wurde jeder, der sie verließ, aufs Genaueste überprüft. Waren unerlaubt auszuführen, also keinen Zoll dafür zu entrichten, war ein Verbrechen, das die Herren in den grünen Uniformen aufs Schärfste ahndeten. Man nannte die Zöllner in ihren Zollhäuschen hinter vorgehaltener Hand nicht umsonst »Grapscher«.

»Und nu?«, wollte Oberzollinspektor Jensen von Hauke wissen, als die Männer mit dem Leichnam zurück zum Kai ruderten, wo bereits einige Leute standen und dem schaurigen Schauspiel zusahen. Unter ihnen warteten zwei Kriminalassistenten aus dem Polizeipräsidium im Stadthaus. In der Menge waren sie dank ihrer schwarzen Melonen und der dunklen, langen Mäntel gut auszumachen. Einer von ihnen baute gerade seine Kamera auf. Seit einiger Zeit war das Fotografieren von Tatorten Routine in Hamburg, sofern es um Mord und Totschlag ging. Diese Neuheit hatte Polizeirat Roscher eingeführt, ebenso wie das Abnehmen von Fingerabdrücken und deren systematischen Abgleich im umfangreichen hauseigenen Archiv des Präsidiums.

Kommissar Sötje stieß sich vom Geländer ab, schob die Hände tief in die Taschen seiner Jacke und ging hinunter zum Kai. »Leiche ansehen.«

Die Zollbeamten auf der Brücke salutierten zackig, als der Oberzollinspektor auf sie zuschritt. Die Männer in ihren grünen Uniformen waren gerade dabei, einen Leichenzug zu kontrollieren, der von einem Geistlichen mit einer Bibel in der Hand angeführt wurde und sich anschickte, den Freihafen zu verlassen. Für so manchen im Ausland verstorbenen Hamburger war dies die allerletzte Heimreise. Einige von ihnen wurden von den trauernden Verwandten abgeholt, um ihnen das letzte Geleit zu geben. Und so folgte dem Priester ein Fuhrwerk, auf dem der einfache Sarg lag. Dahinter gingen drei Männer mit schwarzen Armbinden und eine trauernde Frau. Das Gesicht der Frau war halb von einem Schleier verdeckt. Immer wieder schluchzte sie in das Taschentuch in ihrer Hand. Als die Zöllner an das Fuhrwerk traten, um neben den Papieren auch die makabre Ware zu kontrollieren, jammerte die Frau auf und sackte zu Boden. Zwei ihrer Begleiter fingen sie gerade noch auf. Der Beamte mit den Papieren des Toten in der Hand blickte kurz von den Unterlagen auf und flüsterte dem Kollegen etwas zu. Dann winkte er die Trauergemeinde eilig weiter.

Als die kleine Gruppe Hauke passierte, blieb er stehen, zog seine Mütze, faltete die Hände und sah zu Boden. Schuhe und Stiefel schritten an ihm vorbei. Schuhwerk, das einfachen Leuten gehörte. Sauberes, aber angestoßenes Leder, gerissene und wieder verknotete Schnürsenkel, die eine oder andere schiefe Hacke. Er verharrte, bis der Trauerzug außer Reichweite war, dann setzte er seine Mütze wieder auf und ging mit Oberzollinspektor Jensen zum Kai hinunter, wo man mit der Leiche bereits auf sie wartete.

Am Kai starrten die Zöllner auf die triefnasse Leiche zu ihren Füßen. Das Gesicht des Toten war verunstaltet, aber weder von Schiffsschrauben noch von Fischfraß. »Wissen Sie, was das ist?«, wollte Jensen von Hauke wissen.

»Möglich.«

Zwei Wochen später hatte die Abteilung für Kapitalverbrechen im Stadthaus noch immer nicht ermitteln können, wer der Tote war oder woher er kam. Sicher war nur, dass er bereits mehrere Tage tot gewesen war, ehe man ihn im Zollkanal fand. Dort hatte er aber nur kurz gelegen. Gestorben sei der arme Kerl an den Blattern, was sein entstelltes Aussehen erkläre, berichtete der Gerichtsmediziner. Die Leiche war somit kein Fall für Kommissar Sötje.

Und so schloss Hauke den Fall, welcher nun zu all den anderen Fällen kommen würde, die keine waren oder nicht hatten aufgeklärt werden können. Diese Akten lagerten in unzähligen Pappkartons in einer dunklen Ecke des Kellers im Stadthaus. Er hasste es, hierhergehen zu müssen, war dieser Gang doch ein Beweis seiner kriminalistischen Unfähigkeit. Ungelöste Fälle bedeuteten fehlende Antworten. Und manchmal bedeuteten diese Akten auch, dass ein Mörder noch frei herumlief.

Dass er die Akte von dem Toten im Zollkanal schon wenige Tage später ein weiteres Mal in Händen halten würde, ahnte er nicht.

Einen Mord, drei Überfälle und zwei Hausdurchsuchungen später ließ Polizeirat Roscher den Kommissar in sein Bureau zitieren. Er hätte gerade ein Telegramm aus dem Hauptzollamt erhalten.

»Sötje, Sie als ehemaliger Kapitän zur See …« Roscher paffte den Rauch seiner Zigarre in den Raum, musterte anerkennend die Havanna in seiner Hand und steckte sie zurück in den Mundwinkel. »Also Sie als Seemann.« Er nahm die Zigarre ein weiteres Mal heraus, wohl weil sie ihn beim Reden behinderte. »Sie können doch gut mit den Leuten am Kai …«

Hauke nickte stumm.

»Oberzollinspektor Jensen hat noch einen Toten gemeldet. Block O. Dieses Mal ist es eindeutig Mord. Gehen Sie doch mal rüber und sehen Sie nach, was da los ist.«

Block O am Sandthorquai war nicht irgendein Speichergebäude. Die lange ziegelrote Front mit Türmchen und Giebeln beherbergte die wichtigen Namen des internationalen Kaffeehandels. Wer hier auf den Speicherböden seinen Kaffee lagerte, gehörte zu den ganz Großen im Kaffeegeschäft und zu den mächtigsten und reichsten Familien der Stadt. Fast drei Viertel des europäischen Kaffeehandels wurden über Hamburg abgewickelt. Daher war Hauke auch nicht überrascht, als er bei seiner Ankunft eine große Traube Neugieriger vor dem Gebäude stehen sah.

Ein wenig abseits wartete ein Quartiersmeister. Diese Leute erkannte ein jeder an den schweren Lederschürzen vor dem Bauch. Der Mann rang seine Hände, während er sichtlich nervös auf einen vornehm gekleideten Dicken im Pelzmantel einredete.

»Na endlich kommt mal einer!«, brüllte der Kaufmann, kaum dass Hauke näher kam. »Nicht nur, dass einem das Gesindel die Ware klaut, nein, jetzt wird hier auch noch munter gemordet.« Der Mann wies an der Fassade des Speichers empor, wo ganz oben unterm Giebel eine Gestalt im Wind baumelte. Sie hing an jenem schweren Haken, mit dem normalerweise die Waren zu den einzelnen Böden hochgehievt wurden, um sie dort bis zum Weiterverkauf einzulagern.

»Moin«, grüßte Hauke die beiden Männer und machte sich ohne ein weiteres Wort daran, die enge eiserne Treppe zum fünften Speicherboden hinaufzusteigen. Oben angekommen, stieß er die Tür zum Boden auf, der von unzähligen Glühlampen erhellt wurde, die in Gitterkäfigen von der Decke hingen. Die Luke nach unten zum Sandthorquai stand offen. Zwei seiner Männer warteten dort bereits auf ihn. Als sie Hauke bemerkten, traten sie zurück.

»Er hat keine Hafenkarte oder sonstige Papiere bei sich«, erklärte Kriminalassistent Schröder eifrig. »Entweder hat man sie ihm gestohlen, oder er ist nicht über die Brücken in die Speicherstadt gekommen.«

Jeder Arbeiter im Hafen besaß eine solche Hafenkarte, die nachwies, wer er war. Ohne sie durfte man nicht im Freihafen arbeiten.

Hauke sah sich den Toten genau an. Die Hände auf den Rücken gebunden, hatte man ihn mit einem Seil um den Hals an den schweren Haken geknüpft. Blau hing die Zunge des Toten aus seinem Mund. Sein Gesicht wies deutliche Blessuren auf. Man hatte ihn geschlagen. Die Hände zeugten von schwerer Arbeit. An den Füßen trug er nur noch einen Schuh. Hauke schätzte, dass es sich um einen Seemann oder Hafenarbeiter handelte. Er drehte sich um.

Im hinteren Teil des Speicherbodens entdeckte er etwa zwanzig Frauen, die dort an langen Tischen vor den Bohnen saßen, die sie eigentlich sortieren sollten, ihn jetzt aber ängstlich beobachteten. Für einen Hungerlohn waren sie und Heerscharen anderer Frauen tagtäglich damit beschäftigt, den Rohkaffee nach Qualitäten wie Flach-, Perl- oder Elefantenbohnen zu sortieren. Aber auch Steine und kleine Äste befanden sich oft als Beimischung in den Säcken und mussten herausgepult werden. Vor allem aber oblag es den Frauen, jene Bohnen herauszusuchen, die vergammelt waren. Die Stinker. Eine einzige dieser übel riechenden Bohnen konnte ganze Kaffeepartien ruinieren.

»Kennt jemand den Mann?«, wollte Hauke wissen. Alle schüttelten den Kopf. Aufmerksam musterte er die Frauen, deren Gesichter voller Angst, aber auch Neugier waren. »Habt ihr euch den Kerl denn genau angesehen?« Wieder schüttelten sie den Kopf.

Eine von ihnen kam Hauke bekannt vor. Sie war Anfang zwanzig und schien kürzlich geheiratet zu haben. Der Goldring an ihrem Finger glänzte noch. Er trat zu ihr, überlegte, wo er ihr zuvor begegnet sein könnte. Es war nur eine schemenhafte Erinnerung. Vielleicht war sie früher einmal Zeugin in einem seiner vielen Fälle gewesen. »Der Name?«

Sie räusperte sich. »Helene Schmitz«, flüsterte sie.

Da der Name Hauke nichts sagte, wies er die Kriminalassistenten an, die Personalien der Anwesenden aufzunehmen. Dann wollte er wissen, wer den Leichnam gefunden hatte. Ein Vorarbeiter trat aus dem Schatten der an den Wänden gestapelten Säcke und hob die Hand. »De Säck dor, de sin fertig und schullt no unnen.« Er wies auf einige prall gefüllte Jutesäcke, die nahe der Luke standen und für den Weiterversand nach unten gehievt werden sollten. »Ick heff de Dör opmookt, un do hett he hang'.«

In diesem Moment stürzte der Dicke im Pelzmantel auf den Speicherboden, dicht gefolgt vom Quartiersmann. »Der Kerl muss weg!«, brüllte der Kaufmann keuchend. »Der verseucht mir meinen Kaffee. Wissen Sie eigentlich, wie schnell Rohkaffee Gerüche aufnehmen kann? Außerdem müssen die Frauen weiterarbeiten. Ich habe Termine einzuhalten.«

»Sie sind?«

Verdutzt sah der Mann Hauke an. Zum Glück überragte Hauke ihn um einen halben Kopf, sodass dem Kaufmann eine freche Bemerkung im Halse stecken blieb. »Anton Hansen von Hansen & Siems«, zischte er. »Und nein, ich kenne den Toten nicht.« Seine Stimme erhob sich erneut. »Jetzt bringen Sie den endlich da weg! Es reicht schon, dass man sich am gesamten Sandthorquai das Maul über die Sache zerreißen wird. Das ist schlecht fürs Geschäft.«

Der Fotograf aus dem Stadthaus trottete herein, ging zur Luke und baute in aller Ruhe seine Kamera auf. Dabei pfiff er ein munteres Liedlein.

»Wissen Sie, was die Leute über meinen Kaffee sagen werden?«, fuhr Hansen immer lauter fort. »Leichenkaffee, das werden sie sagen!«

Der Quartiersmann, der hinter Anton Hansen gestanden hatte, trat näher. »Einen Sarg bekommen wir aber nicht durchs Treppenhaus«, gab er zu bedenken. »Zu eng.«

Zur schaurigen Freude der unten vor Block O stehenden Menge ließ man den Toten also am Haken hinunter. Glücklicherweise wusste der Vorarbeiter, wo man schnell einen Sarg und ein Fuhrwerk herbekam. Und so schaffte man den Leichnam in den Keller des Krankenhauses von St. Georg. Dort würde er von einem kundigen Mediziner untersucht und ein Bericht geschrieben, der dann später auf Haukes Schreibtisch landete. Wieder verließ ein Sarg die Speicherstadt.

»Was meinten Sie damit, als Sie vorhin sagten, es würden Waren gestohlen?«, wollte Hauke von dem Kaufmann wissen.

»Ich bin nicht der Einzige«, begann Hansen. »Seit sechs Monaten verschwinden ganze Säcke aus den Speichern.«

Hauke warf dem Quartiersmann einen kurzen Blick zu. Der starrte peinlich berührt auf den Boden. Die Leute seines Fachs waren verantwortlich für die Waren, die sie im Auftrag der Kaufleute einlagerten. Wenn etwas verschwand, machte man sie dafür verantwortlich. Und ein ruinierter Ruf ließ sich in der Speicherstadt niemals wieder reinigen. »Nur Kaffee?«

Der Quartiersmann nickte. »Wer den rausschmuggelt, kann damit viel Geld machen. Er muss mit der Ware nur unbemerkt am Zoll vorbeikommen.«

»Tünkram!«, rief Oberzollinspektor Jensen, der in der Zwischenzeit zu ihnen gestoßen war. »Über meine Brücken geht nicht eine einzige Bohne unerlaubt raus.«

Hauke glaubte ihm, denn auch er wurde, obwohl ein Staatsdiener, jedes Mal auf Genaueste durchsucht, wenn er den Freihafen verließ. Jeder, der etwas ausführen wollte, musste nachweisen, dass der Zoll auf die Ware bereits entrichtet worden war. Ansonsten hatte man den Zoll bei den Uniformierten zu entrichten. Ohne entsprechende Papiere war kein Weiterkommen. Im Fall von Schmuggel war ein bestochener Beamter das Einzige, was Hauke einfiel. Doch die Beamten arbeiteten immer mit mehreren in einer Schicht. Und auch ihre Zusammensetzung änderte sich von Woche zu Woche. Man hätte somit alle Zollbeamten der Speicherstadt bestechen müssen. Zu teuer, zu gefährlich, nicht effizient. Die gestohlene Ware musste also auf anderem Weg aus dem Hafen befördert worden sein. Hauke fragte sich, ob Mord und Schmuggel zusammenhängen könnten.

Am Kai lagen heute mehrere Dampfer aus aller Welt hintereinander vertäut, die in Windeseile be- und entladen wurden. Hauke dachte an den Toten am Haken. War er ein Matrose? Man würde die Kapitäne der Schiffe befragen müssen, ob aus ihrer Mannschaft jemand fehlte.

»Gab es weitere Hinweise auf Schmuggel?«, fragte Hauke den Oberzollinspektor.

»Das geht die Polizei nichts an«, regte dieser sich auf. »Das ist Sache des Zolls.« Sein Gesicht nahm eine wutrote Farbe an.

Hauke schwieg. Jensen hatte recht. Schmuggel war nicht seine Angelegenheit. Dennoch ließ ihn der Gedanke nicht los, dass der Tote nicht ohne Grund an der Winde von Block O gehangen hatte. Hauke schaute zum Sandthorquai hinunter, wo noch immer Schaulustige standen. War diese Zurschaustellung als Mahnung gedacht gewesen? Wenn ja, für wen? Kaffeehändler Hansen jedenfalls schien um seinen Ruf äußerst besorgt. Wollte jemand dem Dicken im Pelzmantel schaden?

Einer der Kriminalassistenten kam herein und reichte Hauke einen Schuh. »Der lag unten, hinter einer Handkarre. Könnte der zweite vom Toten sein.«

Hauke musterte den Schuh. Es war der alte Halbschuh eines einfachen Arbeiters. Abgestoßen an der Spitze, der Schnürsenkel abgerissen und mit einem andersfarbigen neu verknotet.

Diesen Schuh hatte Hauke schon einmal gesehen! Nur hatte er sich nicht am Fuß eines Seemanns oder Hafenarbeiters befunden, sondern an dem eines Priesters. Jenes Priesters, der im Talar und mit Bibel in der Hand kürzlich einen Sarg aus der Speicherstadt geleitet hatte.

Er fuhr herum. »Jensen, kontrollieren Ihre Leute auch Särge?«

»Natürlich! Ist nicht schön, aber muss sein.«

Ein wohlbekanntes Gefühl bahnte sich seinen Weg aus den Tiefen von Haukes Unterbewusstsein hinauf zur Oberfläche von Erkenntnis und Verstehen. Er lächelte.

Zehn Minuten später stand er mit seinen Männern an der Kornhausbrücke beim Zollhäuschen und wartete.

»Was machen wir hier?«, grummelte Oberzollinspektor Jensen ungehalten.

»Warten.«

»Und auf wen, wenn ich fragen darf?«

»Auf den Wagen, der unseren Toten von Block O abgeholt hat.«

»Der ist doch längst raus!«, rief der oberste Zöllner wütend.

»Möglich.« Hauke verschränkte seine Hände im Rücken und stellte sich breitbeinig vor das Zollhaus. Dann beobachtete er geduldig, wer auf die Brücke zukam.

Gerade als Jensen endgültig die Hutschnur zu reißen drohte und er Hauke mitteilte, er würde jetzt zurück zum Hauptzollamt gehen, kam ein Fuhrwerk um die Ecke gerumpelt. Hauke kniff die Augen ein wenig zusammen und erkannte den Sarg auf der Ladefläche, in den man den Erhängten von Block O gelegt hatte.

Als das Fuhrwerk die Brücke erreichte, befahl Hauke dem Kutscher, vom Bock zu klettern.

»Wo sind Sie so lange gewesen?«, wollte Hauke von ihm wissen. »Sie hätten längst mit dem Toten in der Stadt sein müssen.«

Überrascht sah der Mann den Kommissar an. »Noch auf'n

Tass Kaff'. Wieso denn? Is doch nich schlimm, dass es länger dauert. Der dahinten läuft ja nich wech.« Er lachte.

»Aufmachen!«, brüllte Jensen plötzlich, und seine Männer eilten herbei, um den Sargdeckel aufzuschrauben. Unbeeindruckt sah der Kutscher ihnen dabei zu.

Einer der Zöllner hob kurz den Deckel an. Angewidert wandte er sich ab. »Alles in Ordnung«, rief er seinem Vorgesetzten zu.

Wütend blickte Oberzollinspektor Jensen zu Hauke. »Habe ich doch gleich gesagt.«

»Lassen Sie den Wagen genauer untersuchen.«

Jensen gab ein Zeichen, und seine Beamten umrundeten das Fuhrwerk, bückten sich, klopften und rüttelten. Einer visitierte den Kutscher.

Hauke bemerkte, dass diesen all das zu amüsieren schien. Und so trat er selbst an den Karren heran und kletterte auf die Ladefläche. Er sah ins Innere des Sargs, klopfte auf das Holz und musterte die Totenkiste aufs Genaueste. »Heben Sie doch mal den Leichnam an«, rief er den Beamten zu.

Als die Männer nicht gleich reagierten, dröhnte Jensens Stimme zu ihm herüber. »Los! Wird's bald? Ihr habt den Kommissar gehört.«

Aus den Augenwinkeln bemerkte Hauke, dass die Gelassenheit des Kutschers mit einem Mal verflogen war.

Die Zollbeamten hoben den mittlerweile gänzlich steif gewordenen Körper umständlich an. Als der Kommissar gegen die Bodenbretter des Sarges klopfte, stellte er fest, dass eines locker war. Er hob es heraus. Zufrieden grinste er, als er die blassen Kaffeebohnen im Zwischenboden entdeckte. Unter dem Toten lagen mindestens dreißig Kilo Rohkaffee.

»Verdoorig ock!«, rief Jensen. »Woher wussten Sie das?«

»Der Schuh, der hinter dem Handkarren lag ... den kannte ich. Es war der des Geistlichen, der letztens den Trauerzug begleitete. Am Tag, als wir den Blatterntoten im Kanal fanden. Wir beide standen hier auf der Brücke.«

Jensen erinnerte sich. »Der Leichenzug. Und?«

»Nur war der Geistliche kein echter Pastor. Ebenso wie die Trauergemeinde auch nicht echt war. Statt eines Leichnams lag im Sarg Kaffee.«

»Kaffee?«

»Ja. Ich nehme an, man hat sich des armen Kerls mit den Blattern im Zollkanal entledigt, weil er die Ware, mit der er reisen sollte, ruiniert hätte. Gerüche nimmt Kaffee ja bekanntlich schnell an.«

Jensen sah zu dem Sarg. Bevor er seine Männer anschreien konnte, weil sie sich hatten austricksen lassen, fuhr Hauke fort: »Keiner sieht sich gerne Verstorbene an, die durch Pocken entstellt sind. Vor allem, wenn man befürchten muss, dass die Krankheit auch nach dem Tod noch ansteckend sein könnte. Ich nehme an, dass die Todesursache oder eine entsprechende Warnung in den Zollpapieren stand.«

Jensen nickte. »Vorschrift ist Vorschrift. Tote mit ansteckenden Krankheiten müssen von den Hinterbliebenen am Kai abgeholt werden. Die fasst von uns keiner an.«

»Die Sache war ein Glücksfall für unsere Schmuggler«, sagte Hauke. »Sie mussten nur schnell genug einen Trauerzug zusammenstellen. Und natürlich den Stinker loswerden, den wir kurz darauf aus dem Wasser gefischt haben.«

Jensens Gesicht nahm einen angewiderten Ausdruck an. »Um den Kaffee nicht zu ruinieren, haben die den Leichnam in die Elbe geworfen?«

Hauke nickte. »So wie ich die Sache sehe, hat die Schmugglerbande während der letzten sechs Monate jede Gelegenheit genutzt, um durch Totentransporte Kaffee aus dem Freihafen zu schmuggeln. Im Fall unseres Blatterntoten sogar mit doppeltem Ertrag, denn statt nur das Geheimfach konnten sie diesmal den gesamten Sarg mit Kaffee befüllen.«

»Und wer hat den da umgebracht?« Jensen wies zu dem Sarg hinüber.

Hauke wandte sich an den Fuhrmann, der seit dem verräterischen Fund im doppelten Sargboden von zwei Beamten am Arm festgehalten wurde. »Sie heißen Schmitz, richtig?«

Der Mann sah ihn erschrocken an. Dann versuchte er plötzlich, sich loszureißen, doch die Zöllner drückten ihn zu Boden.

»Wat schall dat denn nu?«, wollte Jensen wissen, der immer dann ins Plattdeutsche zu fallen schien, wenn die Dinge schwierig wurden.

»Ich kenne seine Frau. Sie arbeitet bei Hansen & Siems als Kaffeeleserin.«

»Sien Fru?«

»Ich habe sie oben auf dem Boden gesehen und war sicher, dass ich ihr schon einmal begegnet bin. Sie war die Trauernde in dem Schauspiel, dessen Zeugen wir wurden. Dass sie seine Frau ist, verrät der Ehering an ihrem und seinem Finger. Beides hochpolierte Goldringe. Ich nehme an, sie sind noch nicht lange verheiratet. Frau Schmitz hat gewusst, wann die Kaffeehändler neue Ware bekamen, weil man sie und die anderen dann auf dem Speicherboden brauchte. Bei der eilig zusammengerufenen Prozession neulich mimte sie sehr überzeugend die trauernde Witwe, um zu verhindern, dass die Zöllner in den Sarg schauten. Ihr Auftritt und die Papiere waren für den Erfolg außerordentlich wichtig. Der da«, Hauke wies zum Sarg hinüber, »fungierte als Geistlicher.«

»Und warum man ihn aufgehängt?«

»Das wird er uns erzählen. Wenn nicht, droht ihm der Strick«, entgegnete Hauke und wies auf den Fuhrmann, der sich wütend unter den Griffen der Beamten am Boden wand.

»De Hund ist dördreiht!«, brüllte er. »De Duunsuper! Besopen is he ween un hett angeven as 'n Plusterjan, wo he dat Geld herhebben deiht. Mittenmang inne Kneip hett he dat brüllt, de Dööskopp!«

Offenbar hatte man beschlossen, den sauffreudigen und allzu mitteilsamen Möchtegern-Geistlichen aus dem Weg zu räumen.

»Und warum habt ihr ihn da oben aufgehängt, wo ihn jeder sehen konnte?«, wollte Hauke wissen.

»Als Warnung! Wat sonst?«

Jensens Gesichtsfarbe changierte ins Tiefrote. »Warnung? Gibt es etwa von eurer Sorte noch mehr?«

»Ick sech nix! Nee, ich sech nix! Bün doch nich dösig.«
Jensen japste nach Luft und öffnete den obersten Knopf
seiner Uniformjacke. Hauke hatte ein wenig Mitleid mit dem
armen Mann, der doch so stolz darauf war, dass unter seinen
Augen nichts geschmuggelt werden konnte. Hochmut kam
stets vor dem Fall. Aufmunternd schlug er dem Oberzollinspektor auf die Schulter. »Das passiert den Besten, Jensen.«
Der Oberzollinspektor stöhnte auf. Hauke hingegen war
mehr als zufrieden, dass er die Akte von dem Toten im Zollkanal nun noch einmal aus dem Keller holen konnte, um sie
nach allerhand Schreibkram in den richtigen Pappkarton zu
legen. Jenem mit der Aufschrift »gelöst«.

Sina Beerwald

Morgenstund hat Gold im Mund

Irgendwie habe ich mir das alles anders vorgestellt. Das mit meiner Ex-Freundin und das mit dem Urlaub auf Sylt.

Nun gut, ich muss zugeben, ich hätte gewarnt sein müssen. In jeglicher Hinsicht.

Nach einer zehnstündigen Odyssee, die von der Bahn als »komfortable Anreise« teuer verkauft wird, bin ich endlich auf Sylt angekommen.

Körperlich. Mental bin ich irgendwo hinter Frankfurt hängen geblieben. Da war ich nämlich noch wach, danach gab's keinen Kaffee mehr.

Wobei, so ganz richtig ist das nicht. Zwischen Fulda und Kassel hatte ich noch die Wahl zwischen Kaffee kalt, Kaffee verschüttet und Kaffee mit Spüligeschmack. Danach gab es nur noch Maschine defekt und Bordbistro geschlossen.

Deshalb führt mich mein Weg jetzt direkt in das gemütliche Westerländer Bahnhofscafé. Der Kaffee schmeckt hervorragend und bringt meine Lebensgeister zurück.

Was mir jedoch nicht schmeckt, ist der Lachanfall der Bedienung, als ich sie frage, wo man denn in Westerland kurzfristig noch ein Zimmer bekommen könne.

»Kurzfristig? Mitten im August? Auf Sylt?« Sie kommt aus dem Lachen nicht mehr raus, dreht sich kopfschüttelnd weg und spart sich eine Antwort. Ich spare mir dafür nachher das Trinkgeld.

Auch gut.

Oder auch nicht gut. Es ist nämlich so, dass meine Freundin eine Woche vor dem Urlaub mit mir Schluss gemacht hat.

»Ich hab einen anderen«, hat sie zu mir gesagt. »Er ist Frühaufsteher so wie ich«, setzte sie überflüssigerweise hinzu.

»Dann werd doch glücklich mit deinem neuen Hahn auf

seinem Misthaufen«, habe ich gegen die Tür gebrüllt. Gegen die Tür, durch die sie unsere Wohnung verlassen hat.

Meine Freundin, nein, meine Ex-Freundin hat mir immer von der Insel Sylt vorgeschwärmt – bis ich endlich nachgegeben und diesen sauteuren Luxusurlaub im Hotel »Miramar«, dem besten Hotel am Platz, gebucht habe.

Zu diesem Zeitpunkt waren wir selbstredend noch ein Paar. Also ich meine, wir waren zusammen. So halb jedenfalls. Zumindest haben wir seit einem Jahr in einer gemeinsamen Wohnung gelebt. Es sollte ein Liebesurlaub werden, der das, was zwischen uns war, vor dem Aus retten würde. Nur wir beide, fernab von jeglichem Alltag. Wir beide und das Bett. Kein Streit um lächerliche Kleinigkeiten: Klodeckel auf oder zu, Fenster auf oder zu, Heizung an oder aus, Fernseher leise oder laut, Besteck so rum oder andersrum in die Spülmaschine.

Alles lästige Nebenkriegsschauplätze. Im Grunde ging es um etwas ganz anderes: die Schlafenszeit.

Nachteule versus Lerche.

Ich werde erst abends richtig wach, doch meine Freundin – meine Ex-Freundin – war schon frühmorgens quietschfidel. Nur beim Sex waren wir uns einig, und das war wohl der Kitt, der uns über ein Jahr zusammenhielt. Nun gut, wir waren uns *fast* einig.

Ich meine, am Anfang war es ja noch ganz süß, wenn sie mich morgens um sechs geweckt hat – mit einem verführerischen Lächeln, im Negligé und mit einer duftenden Tasse Kaffee, damit *er* und ich schnell wach und für die erste Runde bereit waren –, aber wenn ich ausschlafen will, dann hört der Spaß irgendwann auf. Da muss auch der Sex mal warten.

Meine Meinung. Ihre nicht.

Die Hotelbuchung konnte ich zum Glück problemlos stornieren, Gleiches galt jedoch nicht für mein Supersparpreisticket bei der Bahn, und so schrieb ich meiner Freundin – meiner Ex-Freundin – eine Nachricht, dass ich in der kommenden Woche ohne sie nach Sylt fahren würde und dass sie in dieser Zeit ihre Sachen aus der Wohnung holen könne und den Schlüssel auf den Tisch legen solle.

Mit dieser Aktion wollte ich meinem Ego beweisen, dass ich zwar an einen ICE, aber längst nicht mehr an diese blöde Kuh gebunden bin, die mich für einen Frühaufsteher verlassen hat.

Tja, und nun sitze ich hier. Ohne Unterkunft und ohne Freundin – aber wenigstens mit Kaffee.

Anderenfalls säße ich jetzt im altehrwürdigen Grandhotel »Miramar« auf der hohen Düne. Das Meer zu meinen Füßen. Sandstrand, so weit das Auge reicht. Sex ohne Ende.

Nicht sentimental werden, ermahne ich mich. Soll sie doch mit ihrem Gockel glücklich werden. Ich muss jetzt erst mal zusehen, dass ich meinen Hintern heute Nacht in ein warmes Bett pflanzen kann.

Auf meine Anrufe bei sämtlichen Hotels und Appartementvermittlern erhalte ich die immer gleiche Antwort: leider ausgebucht. Schlussendlich muss ich einsehen, dass dieses Unterfangen sinnlos ist.

Erschöpft stütze ich meinen Kopf auf die Hände. Und jetzt? Den nächstbesten Zug zurück nehmen? Irgendwo auf dem Festland übernachten und morgen früh nach Hause fahren?

Das wäre wohl die beste Lösung, aber allzu vernunftbegabt war ich noch nie, besonders dann nicht, wenn es sich wie eine Niederlage anfühlt.

Doch wer weiß, vielleicht hat meine Freundin – meine Ex-Freundin – mit ihrem neuen Lover ja schon wieder Schluss gemacht, weil ein Frühaufsteher eben doch nicht alles ist? Vielleicht vermisst sie mich sogar?

Ich ziehe mein Handy aus der Tasche. Leider keine Nachricht von ihr. Eigentlich will ich ihr auch nicht schreiben. Eigentlich. Aber die Sache mit der Vernunftbegabung hatte ich ja gerade erwähnt. Außerdem ist da noch mein verletztes Ego, und dieser Schmerz vereint sich mit Rachegelüsten. Ich tippe auf ihr Profil in meinem Verlauf, und der Blick auf ihr Foto versetzt mir erneut einen Stich.

Zuletzt habe ich ihr geschrieben, wann sie ihre Sachen abholen kann, und von ihr kam nur ein schlichtes *Okay* zurück. War das ein Zeichen, dass ihr die Trennung doch leidtut? Ich scrolle durch unsere Nachrichten und stoße auf einen alten Text von ihr. Geschrieben um sieben Uhr achtunddreißig. An einem Sonntag. *Aufwachen, mein Süßer. Kaffee ist gleich fertig. Ich bin jeden Moment bei euch.* Dahinter drei Herzchen. Da war die Welt noch in Ordnung – so gesehen. Und kurz nach halb acht ist doch eigentlich gar nicht so früh, wenn man es genau nimmt. Auch nicht für einen Studenten mit Eigentumswohnung und reichlich Kohle, die er von seinen Eltern geerbt hat, nachdem beide früh verstorben sind. Na ja, wenigstens eine Entschädigung für die vermurkste Kindheit. Aber ein dickes Konto ist eben nicht alles.

Vielleicht war ich doch zu egoistisch? Ob es möglich ist, meinen Tagesrhythmus umzustellen? So lange schlafen soll ja auch gar nicht gesund sein. Vielleicht haben wir noch eine Chance? Ich meine, morgens Kaffee ans Bett, das war schon was, und dann der Sex ... das wäre definitiv ein Argument, um es noch mal miteinander zu versuchen. Ob sie das auch so sieht? Vielleicht sollte ich das mit einer Nachricht an sie mal austesten. Einen Versuch wäre es wert. Andererseits, seit wann hat sie eigentlich was mit diesem Typen am Laufen gehabt? Was ist, wenn sie mich schon länger betrogen hat?

Dieser Gefühlscocktail ist keine gute Mischung, um eine Nachricht an sie zu schreiben, das weiß ich selbst, aber das mit dem Vernunftding hatten wir ja schon.

Bin jetzt auf Sylt. Habe eine schöne Unterkunft gefunden. Ist total cool hier auf der Insel.

Ich überlege und setze hinzu: *Schade, dass du nicht hier bist.*

So, jetzt nicht mehr lange rumüberlegen – abschicken. Ich bin gespannt, wie sie reagiert.

War das ein Fehler?

Zu spät.

Sie ist online. Zwei blaue Häkchen. Sie hat die Nachricht

gelesen. Herzklopfen. Sie schreibt … Sie schreibt … Herzrasen.

Schön für dich. War heute Morgen in der Wohnung. Hab meine Sachen abgeholt. Schlüssel liegt auf dem Tisch. Bye.

Zack. Die Tür ist zu. Ich kann das Vibrieren des Türblatts nach dem Zuschmettern regelrecht fühlen.

»Noch einen Kaffee?«

Ich schaue von meinem Handy auf, direkt in das lächelnde Gesicht der Bedienung.

»Ich brauche was mit Alkohol«, gebe ich müde zurück.

»Ein Bier?«

»Etwas mit ordentlich Alkohol.«

»Dann einen Pharisäer?«

»Was ist das?«

»Süßer Kaffee mit braunem Rum und Sahnehaube. Hat eine besonders listige Beerdigungsgesellschaft angeblich mal bei einem Leichenschmaus erfunden, damit der Pfarrer den Alkohol nicht riecht. Als es ihm doch aufgefallen ist, soll er ausgerufen haben: ›Ihr Pharisäer!‹« Die Bedienung grinst. Ein ziemlich hübsches Lächeln, wie mir jetzt auffällt. »Soll ich einen bringen?«

»Nein, keinen Kaffee mehr. Sonst stehe ich heute Nacht im Bett – falls ich überhaupt eins finde.«

Die Bedienung denkt sichtlich nach. Für ein paar Sekunden habe ich die lächerliche Hoffnung, dass sie mir nach kurzem Abwägen ihr Bett anbieten wird. Ganz abgeneigt wäre ich nicht. Sie hat blonde Haare und üppige Argumente.

Doch bestimmt hat sie einen Kerl zu Hause, und tatsächlich bietet sie mir auch nicht ihr Bett an, sondern etwas anderes. »Wie wäre es mit einer Toten Tante?«

»Wie jetzt?«, frage ich irritiert und kurz davor, mir einen Kurzen zu bestellen. Im Zimmer einer toten Tante übernachten? Oder eine Tante umbringen, damit ich ein Bett habe? Meine Phantasie schlägt Purzelbäume. »Was ist denn eine Tote Tante?«, frage ich skeptisch.

»Eine traurige Angelegenheit.« Die Bedienung lacht auf.

»Nein, das ist heiße Schokolade mit Rum und Sahne. Alternativ mit Weinbrand.«

»Nein danke. Ich mag keine heiße Schokolade. Dann bitte doch einen Pharisäer und einen Schnaps extra – einen doppelten.«

»Also hast du noch keine Unterkunft gefunden?«, fragt sie überflüssigerweise, als sie mit meiner Bestellung zurückkehrt. Höre ich da Mitleid oder Schadenfreude aus ihrem Ton heraus? Und mir fällt auf, dass sie mich geduzt hat.

Egal, ich mache einen auf cool, proste ihr zu und sage: »Auf ein warmes Bett heute Nacht.«

»Du hast Träume!« Sie lacht wieder und zeigt dabei ihre weißen Zähne. »Bist wohl noch nie auf Sylt gewesen. Warum bist du überhaupt allein hier?«

Aha, sie will rausfinden, ob ich solo bin. Perfekt. Zeit, die Mitleidskarte zu ziehen. »Meine Freundin hat eine Woche vor unserem Urlaub mit mir Schluss gemacht, weil sie 'nen anderen hat. Nur weil der Frühaufsteher ist. Ist nicht zu fassen, oder? Und ich hatte das ›Miramar‹ gebucht, echt Luxus.«

»Hast wohl einen guten Job, was?«

Ich lasse mir Zeit mit der Antwort, damit diese nicht ihre Wirkung verfehlt, greife nach der Tasse und trinke vorsichtig einen Schluck. Gar nicht so schlecht, dieser Kaffee mit Schuss. »Nein, gut geerbt. Bin Student«, sage ich so beiläufig wie möglich.

»Ich hätte da vielleicht eine Idee, wo ein Bett frei wäre …«, sagt sie und zwinkert mir verschwörerisch zu.

Ich verschlucke mich am heißen Pharisäer und huste ziemlich uncool. Das ging jetzt doch schneller als gedacht. »Aha?«

»Ja, ein Zimmer in einem alten Reetdachhaus. Ist nicht gerade modern eingerichtet, aber gemütlich. Es ist auch nicht in Westerland, sondern recht abgelegen in Morsum.«

»Das klingt gut.« Wenn ich mit diesem Mädel in einem Zimmer sein kann, macht mir die Abgeschiedenheit überhaupt nichts aus. Ganz im Gegenteil. Ich weiß ja nicht, wie laut sie im Bett ist.

Ich nehme einen kräftigen Schluck vom Pharisäer und verbrenne mir prompt die Zunge.

»Warte, ich schreib dir die Adresse auf. Ich hab leider erst in ein paar Stunden Feierabend, aber du kannst das Haus gar nicht verfehlen. Hast du dich verbrannt?«

»Nein, nein, alles gut.« Sie soll bloß nicht glauben, dass meine Zunge Schaden genommen hat.

Ich schaue der Blondine hinterher oder besser gesagt ihrem Hintern, als sie zum Tresen geht. Ich soll schon ohne sie zu dem Haus? Will sie mir etwa ihren Schlüssel geben, damit ich in ihrem Zimmer auf sie warte? Wow, ganz schön vertrauensselig.

»Und wo liegt dieses Morsum?«, frage ich, nachdem sie zurückgekehrt ist.

»Das war der erste Halt des Zuges auf der Insel, gleich nach dem Hindenburgdamm. Du bist durch den Ort durchgefahren.«

Ich erinnere mich dunkel an den Kleinbahnhof, an dem zwei Leute ausgestiegen sind, und verziehe das Gesicht. Ein bisschen zappeln lassen will ich sie schon.

»Morsum also«, sage ich. »Da liegt doch bestimmt der Hund begraben.«

Sie lacht. »Na klar, was denkst du denn? Was meinst du, warum der Ort so heißt? Er liegt am Arsch der Welt. ›Mors‹ ist Friesisch und bedeutet Hintern. Aber es ist gar nicht so schlecht, dort zu wohnen. So, hier ist die Adresse. In fünfzehn Minuten geht der Zug, zwei Stationen. Du gehst aus dem Bahnhof raus, gleich rechts die Straße lang. Ganz am Ende liegt das Haus. Die alte Dame, der es gehört, ist meine Nachbarin, ein bisschen skurril, aber sie hat Preise wie in den sechziger Jahren, und in der Not isst man ja seine Wurst auch ohne Brot, nicht wahr?«

Bis zu der Stelle mit der alten Dame hat mir die Sache sehr gut gefallen. Ich brauche noch mehr Alkohol.

»Kann ich bitte noch einen Pharisäer haben?«, frage ich.

Sie nickt, legt mir den Zettel hin und geht zum Tresen.

Tja, da löst sich mein Wunschtraum in Luft auf. Wobei, ich könnte das heiße Mädel ja fragen, ob sie heute Abend noch auf einen Drink vorbeikommt. Allerdings muss ich erst mal sichergehen, dass bei der alten Vermieterin nicht auch alles ausgebucht ist. Ich begutachte den Zettel.

»Hat die Dame kein Telefon?«, frage ich, als sie mit meinem Nervenberuhigungsmittel zurückkommt. Mir fällt auf, dass ich ihren Namen noch gar nicht weiß.

»Doch, aber nur in der Theorie. Sie ist schwerhörig. Da musst du schon direkt hinfahren. Ich bin mir allerdings ziemlich sicher, dass sie ein Zimmer frei hat. Vom Internet hält sie nichts, ihre Zimmer sind in keinem Buchungsportal zu finden, und viele ihrer Stammgäste sind bereits gestorben.«

Das gefällt mir alles nicht, denke ich. Und wer ist schuld an der Misere? Natürlich meine Ex. Mein einziger Fehler war doch nur, dass ich kein Frühaufsteher bin.

Ich trinke weiter meinen Pharisäer und spüre so langsam eine gewisse Scheißegal-Haltung in mir. »Ach, ich weiß nicht, ich suche mir doch lieber was in Westerland«, sage ich mit schwerer Zunge. »Bestimmt habe ich noch Glück.«

»Oje«, stöhnt sie und nimmt den Zettel an sich. »Klarer Fall von Selbstmitleid und Merkbefreiung, was? Die Insel ist voll, glaub mir. Bist du einer von denen, die ein Problem brauchen, um sich gut zu fühlen? So nach dem Motto: Geh mir weg mit deiner Lösung, sie wäre der Tod für mein Problem?«

»Nein, so ist das nicht. Ich meine …«

»Na dann.« Sie lässt den Zettel wie einen Rettungsfallschirm auf den Tisch segeln und geht davon, um sich anderen Gästen zuzuwenden.

Na schön, dann also Morsum. Wer weiß, wofür es gut ist. Vielleicht sehe ich das Mädel heute Abend ja wieder.

Die beiden Pharisäer machen mir den Weg nach Morsum leichter. Als ich am Bahnhof aussteige, geht die Sonne langsam unter und taucht die Reetdachhäuser in goldenes Licht. Eigentlich ganz schön hier am Arsch der Welt.

Das Haus der alten Dame ist wirklich nicht zu verfehlen.

Es liegt wie beschrieben am Ende der Straße, etwas abseits von den anderen Reetdachhäusern, die sich hier dicht an dicht reihen. Auf dem Dach wuchert Moos, der Vorgarten ist eine wilde Feldblumenwiese, durchsetzt mit knorrigen, windschiefen Bäumen, an der Hausecke steht ein halb eingefallener Bretterverschlag. Der Plattenweg zur Haustür ist so uneben, dass ich prompt stolpere.

Ich halte inne und blicke wehmütig auf das vorletzte Haus, in dem vielleicht die hübsche Bedienung wohnt. Das sieht recht neu und ziemlich teuer aus. Mehr wie ein Einfamilienhaus. Also hat sie doch einen Kerl, einen reichen noch dazu. Es wäre ja auch zu schön gewesen. Aber würde sie dann im Bahnhofscafé kellnern? Merkwürdig, das alles.

Ich atme tief durch, gehe die letzten Schritte bis zur Tür, vergleiche das Namensschild mit dem Namen auf dem Zettel und klingle bei der alten Dame.

Keine Reaktion.

Ich klingle noch einmal. Etwas nachdrücklicher.

Keine Geräusche aus dem Haus.

Ich drücke auf den Knopf, bis mein Daumen schmerzt.

Nichts rührt sich.

Was jetzt? Warten, bis das heiße Mädel nach Hause kommt, nur um zu erfahren, dass sie einen Freund hat und ich leider nicht bei ihr übernachten kann? Zurück nach Westerland fahren?

Endlich, da rührt sich was im Haus. Ich bin tatsächlich froh darüber. Dann wird die Tür aufgemacht.

»Moin.«

Ich hab schon davon gehört, dass ein »Moin« für die maulfaulen Friesen ein ausführliches Gespräch ist und zu jeder Tages- und Nachtzeit als Begrüßung verwendet wird, aber das ändert nichts an meiner Irritation.

Vor mir steht eine gut achtzig Jahre alte Frau, etwa ein Meter fünfzig groß und ebenso breit, im Blümchennachthemd mit rosafarbenen Plüschpantoffeln und mustert mich. Im Sonnenuntergang fällt ein Schatten auf ihr breites Gesicht, das wegen der streng zurückgebundenen Haare besonders unförmig wirkt. Auf ihrer faltigen Oberlippe haben sich Stoppeln zu einem Bart versammelt, der bei diesen Lichtverhältnissen deutlich hervortritt. Eine Wolke aus Franzbranntwein umgibt sie, und unter normalen Umständen würde ich sofort kehrtmachen, aber wir reden hier nicht von normalen Umständen, deshalb versuche ich ein Lächeln.

»Mein Name ist Tom Bader. Bitte entschuldigen Sie die späte Störung, das ist mir sehr unangenehm. Ich suche kurzfristig eine Unterkunft, und die nette Bedienung im Bahnhofscafé sagte mir, dass bei Ihnen ein Zimmer frei sein könnte?« Tatsächlich hoffe ich nun auf einen Irrtum.

»Ja«, gibt die alte Dame kurz und bündig Auskunft und tritt beiseite, um mich einzulassen.

Drinnen schlägt mir eine Geruchsmischung aus Kohlsuppe und Bohnerwachs entgegen und nimmt mir fast den Atem.

»Das Zimmer kostet zwanzig Euro die Nacht inklusive Frühstück, in bar zu bezahlen.«

»Kein Problem«, entgegne ich, denn der Preis ist im Moment tatsächlich mein geringstes Problem.

»Na, dann kommen Sie mal.«

Ich folge der alten Dame, die drei Köpfe kleiner ist als ich und von deren Umfang ich nur ein Drittel aufzuweisen habe.

»Hier unten ist die Küche und daneben der Frühstücksraum, in dem Sie sich gern auch tagsüber aufhalten dürfen. Es gibt eine Leseecke mit Büchern, und die aktuelle ›Sylter Rundschau‹ liegt dort ebenfalls aus.«

Nachdem sie mich nun als ihren Gast ansieht, wird sie geradezu redselig, denke ich. Dafür fällt mir nichts ein, was ich angesichts der biederen Einrichtung aus dunklem Eichenholz sagen könnte, das von ihr nicht als Beleidigung aufgefasst werden würde. Neben der nahezu historischen Möblierung stehen hier ziemlich viele wertvolle Gegenstände rum, man könnte meinen, in einem Antikladen gelandet zu sein. Ein Wunder, dass sie sich das bei den Übernachtungspreisen alles leisten konnte, aber wahrscheinlich hat ihr Mann gut verdient.

Ich nicke und folge ihr über die knarzende Holztreppe hinauf in den ersten Stock.

Sie ist erstaunlich flink. Im Gegensatz zu mir, denn ich spüre die Tour von heute in den Knochen.

»Hier wohne ich«, erklärt mir meine Gastgeberin, als wir im ersten Stock angekommen sind. »Unterm Dach befinden sich die drei Gästezimmer. Sie können das größte haben, es ist außer Ihnen niemand hier. Passen Sie bei der nächsten Treppe auf, die ist ziemlich steil.«

Wieder nicke ich.

Steil ist gar kein Ausdruck. Ich habe den Eindruck, den Mount Everest mit einer Leiter bestiegen zu haben, als wir oben ankommen. Das bestätigt mir mein rasender Puls, während meine Vermieterin nicht mal außer Atem ist.

»Das Bad befindet sich in meiner Wohnung, das benutzen Sie mit mir gemeinsam.«

Das ist der Moment, in dem ich beschließe, dass man die Körperhygiene auch mal vernachlässigen kann. Wobei, so lernt man eher keinen Urlaubsflirt kennen, und die Sache mit der Toilette ist auch nicht zu Ende gedacht.

»So, das wäre dann Ihr Reich.« Mit einer stolzen Geste präsentiert sie mir den Raum.

Ich bleibe auf der Türschwelle stehen. Was die gute alte Frau als ihr größtes Zimmer anpreist, hat die Geräumigkeit eines Schuhkartons. Ein Schritt, und ich kann direkt ins Bett fallen. Eiche rustikal. Selbiges gilt für den Schrank, wobei ich mich frage, wie ich die Türen überhaupt aufbekommen soll. Wahrscheinlich muss ich mich dazu aufs Bett knien.

»Gefällt es Ihnen?«, fragt sie erwartungsvoll.

»Ja, sehr schön«, lüge ich. Ich muss ja nicht die ganze Woche hierbleiben. Morgen ist ein neuer Tag. Neuer Tag, neues Glück. Bestimmt finde ich eine andere Unterkunft. Zumindest tröste ich mich mit dem Gedanken. Ein bisschen Hoffnung braucht der Mensch.

»Warten Sie, ich habe noch eine Überraschung für Sie. Die muss ich aus meiner Wohnung holen. Ich bin gleich zurück.«

Sie können sich in der Zeit ja schon mal gemütlich einrichten.«

Ich schiebe meine Reisetasche mit einem Fußtritt unters Bett und schaue aus dem Fenster, das gen Westen zeigt. Die Sonne versinkt glühend am Horizont, und unter mir ist nichts als die flache Weite. Das ist zwar nicht der Ausblick aus dem »Miramar«, aber irgendwie ist es hier doch schön, und ich nehme mir vor, den Sonnenuntergang morgen vom Strand aus zu beobachten.

Schneller als erwartet kehrt meine Vermieterin zurück. Auf beiden Unterarmen balanciert sie eine kompliziert aussehende Apparatur aus glänzenden Messingteilen, die auf ein Holzbrett montiert ist. Es ist mir ein Rätsel, wie sie damit die steile Treppe hinaufgekommen ist, und noch weniger erschließt sich mir, was das sein soll.

»Ein kleiner Service für meine Gäste. Das ist eine Erfindung meines Urgroßvaters, Theodor von Lengenfeldt, ihm hat einst die Strandvilla gehört. Ein Wecker, der Kaffee macht«, erklärt sie stolz und stellt das Teil vorsichtig auf dem Nachttisch ab.

Damit wäre dann auch diese Fläche belegt, denke ich, aber das Stichwort Kaffee lässt mich aufhorchen. Ich erkenne einen altertümlichen Wecker, eine kleine Kupferkanne, eine Spirituslampe, einen Porzellanfilter, eine Kaffeetasse und zahlreiche Hebel und Federn auf dem Brett.

»Für morgen früh habe ich den gemahlenen Kaffee bereits in den Filter gefüllt und das Wasser in die Kanne. Fehlt nur noch die Uhrzeit. Normalerweise werde ich um halb sieben mit frischem Kaffee geweckt, ist Ihnen das –«

»Das ist mir viel zu früh!«, rufe ich aus, noch ehe sie den Satz vollenden kann. »Ich möchte nicht vor zehn Uhr geweckt werden.«

»Oh«, macht sie und schaut dabei drein, als ob es ein Verbrechen wäre, so lang zu schlafen. »Es gibt aber nur Frühstück von acht bis zehn.«

Ist das zu fassen, denke ich und setze laut hinzu: »Sagten Sie nicht, ich sei der einzige Gast?«

»Ja«, entgegnet sie knapp, und ich erkenne allein an ihrem Gesichtsausdruck, dass sie so flexibel ist wie Stahl. Was soll's, denke ich. Es gibt Wichtigeres. Ausschlafen zum Beispiel. Und Kaffee. »Dann gibt es für mich eben kein Frühstück. Mir reicht ohnehin ein Kaffee, und den macht mir ja der Wecker, den Sie gern auf zehn Uhr stellen können.«

»Aber Morgenstund hat Gold im Mund«, unternimmt sie einen erneuten Versuch, mich zum Frühaufsteher zu bekehren, anstatt ihre Frühstückszeit um eine halbe Stunde zu verschieben.

»Funktioniert diese Apparatur tatsächlich?«, frage ich anstelle einer Erwiderung. Nicht dass ich Angst hätte zu verschlafen, es geht mir um den Kaffee. An einen Morgen ohne Sex werde ich mich in kommender Zeit gewöhnen müssen, aber ein Morgen ohne Kaffee geht gar nicht.

»Selbstverständlich! Ich habe das Maschinchen gehegt und gepflegt. Seit über hundert Jahren versieht der Kaffeewecker zuverlässig seinen Dienst. Ich demonstriere es Ihnen. Wir machen einen Probelauf. Wenn ich hier am Rädchen drehe und den Wecker auf die jetzige Zeit einstelle, dann müsste gleich …«

Gespannt warten wir beide, ob sich an der weckenden Kaffeemaschine etwas bewegt. Und tatsächlich, der Wecker klingelt, daraufhin entzündet sich ein Streichholz an einem Stück Sandpapier und setzt den Spiritus in Brand. Die Flamme erhitzt das Wasser in der Kanne, und als es den Siedepunkt erreicht, löst sich eine Feder und kippt die Kanne, das Wasser fließt in den Filter und tropft in die darunter bereitgestellte Tasse. Die leere Kupferkanne kippt nach einer Weile in ihre Ausgangsstellung zurück und löst dabei einen kurzen Klingelton aus.

»Der Kaffee ist fertig!« Mit leuchtenden Augen reicht mir meine Gastgeberin die feine Porzellantasse mit dem duftenden Kaffee.

»Nicht schlecht!« Ich bin ehrlich beeindruckt.

»Dieser Kaffeewecker ist mein ganzer Stolz, und ich mache meinen Gästen damit sehr gern eine Freude.«

»Er ist sicher sehr wertvoll.«

»Ach, ich weiß nicht. Darum habe ich mich nie geschert, weil ich ihn niemals verkaufen würde. Den werde ich eines Tages mit ins Grab nehmen. Wissen Sie, mit Geld ist er im Grunde gar nicht aufzuwiegen. Möchten Sie Milch oder Zucker?«

»Nein danke, ich trinke meinen Kaffee schwarz.«

»Schwarz wie die Seele«, setzt sie augenzwinkernd hinzu. »Dann probieren Sie. Ich bin gespannt, ob er Ihnen schmeckt.«

Ich hebe den Tassenrand an meine Lippen, puste ein wenig und nehme vorsichtig einen Schluck.

»Himmlisch!«

Mein Ausruf entlockt dem alten Mütterchen ein erleichtertes Lachen. »Wie schön. Wenn ich Ihnen eine Freude machen kann, macht mich das glücklich«, bekräftigt sie, doch dann wird sie unvermittelt ernst. »Ich habe ja nur meine Gäste.«

Plötzlich tut mir die alte Frau leid.

»Ihre Kinder wohnen nicht auf der Insel?«

»Meine Ehe ist kinderlos geblieben, und mein Ekkehart, Gott hab ihn selig, ist bereits mit fünfunddreißig Jahren verstorben.«

»Oh, das ist sehr jung.«

»Ja, leider. Die steile Treppe war schuld. Jetzt wissen Sie, weshalb ich Sie gewarnt habe. Wir haben früher in dem kleinen Zimmer hier oben geschlafen, damit wir auch die Wohnung unten an Gäste vermieten konnten – wir hatten kaum Geld damals.«

»Und Sie waren seither immer allein?«

»Nun ja, wie man es nimmt. Heiraten wollte ich jedenfalls nicht mehr, aber allein war ich nie. Ich hatte ja immer meine Gäste um mich herum. Wir waren wie eine große Familie, aber leider sind viele meiner Stammgäste inzwischen verstorben, und deren Kindern ist das hier nicht modern genug. Aber das ist schon in Ordnung. Ich will gar nicht mehr so viel vermieten. Ab und an vermittelt mir meine liebe Nachbarin einen Gast, der am Bahnhof strandet, das genügt mir.«

Ich frage mich, wie sie davon leben kann, aber wahrscheinlich ist sie sparsam, wie viele alte Frauen, und hat genug auf der hohen Kante. Die Nachbarin interessiert mich jetzt mehr.

»Sagen Sie, die junge Dame, die mir Ihre Unterkunft empfohlen hat ... Kennen Sie sie näher?«

»Und ob!«, ruft sie aus. »Das ist ein ganz nettes Mädchen, Milena heißt sie.«

»Und wissen Sie, ob sie ... also, ob Milena ... ich meine, hat sie ...«

»Sie ist verlobt und wohnt mit ihrem Freund zusammen«, entgegnet sie auf meine nur halb ausgesprochene Frage und hebt dabei bedauernd die Schultern. »Dass so ein Mann wie Sie von seiner Freundin verlassen wurde«, fügt sie kopfschüttelnd hinzu.

»Woher wissen Sie das?«, erkundige ich mich verdutzt.

»Wissen? Nein, woher denn, ich habe mir das gedacht. Wer fährt schon allein nach Sylt in den Urlaub, noch dazu ohne Buchung.«

Hm, so ganz überzeugend klingt das nach meiner Auffassung nicht. Doch ehe ich nachfragen kann, sagt sie: »Für mich wird es jetzt höchste Zeit. Es ist schon sehr spät. Gute Nacht. Schlafen Sie gut.«

Ich hatte nicht damit gerechnet, sie so schnell loszuwerden.

An Schlaf ist bei mir nicht zu denken. Die halbe Nacht wälze ich mich unruhig hin und her, bin in Gedanken bei meiner Ex und unserer Wohnung, in die ich nicht zurückwill, und bei dieser merkwürdigen alten Frau, in deren Haus ich stattdessen gelandet bin.

Erst als im Morgengrauen die Möwen kreischen, falle ich in einen tiefen Schlaf – bis der Wecker schrillt und ich senkrecht im Bett stehe. Während ich noch überlege, wo ich bin und wie ich heiße, steigt mir Kaffeeduft in die Nase. Immerhin.

Meine Augen bekomme ich zuerst kaum auf und greife halb blind nach der Tasse. Blinzelnd bemerke ich, dass es im Zimmer noch gar nicht so hell ist, wie man es für zehn Uhr erwarten würde.

Ich richte meinen Blick auf den Wecker und falle vom Glauben ab.

Halb acht. Das darf ja wohl nicht wahr sein!

Todmüde sinke ich zurück ins Kissen. Doch vor lauter Ärger kann ich nicht mehr einschlafen. Außerdem habe ich später kalten Kaffee, wenn ich den frisch aufgebrühten jetzt nicht trinke.

Ich rapple mich seufzend auf und schlürfe mein Lebenselixier. Der Kaffee schmeckt hervorragend, das ist mir ein Trost. Aber die Uhrzeit geht wirklich gar nicht.

Genau das will ich der alten Dame sagen, als ich kurz darauf vor ihr stehe. Um Punkt acht Uhr. Im Frühstücksraum. Vor dem gedeckten Tisch.

»Wie schön, dass Sie doch schon auf sind. Es steht alles bereit. Sie müssen mir nur noch sagen, ob Sie lieber ein hart oder weich gekochtes Ei haben möchten. Oder soll ich Ihnen ein Spiegelei machen?«

Ich starre die Alte an. Ist das wirklich ihr Ernst? »Ich will gar nichts haben außer meinem Schlaf!«

»Aber Morgenstund hat Gold im Mund«, sagt sie mit unschuldiger Miene. »Und sehen Sie mal, nun haben Sie ein schönes Frühstück, dazu eine ganze Kanne frisch gebrühten Kaffee, und wenn Sie mit dem Essen fertig sind, haben Sie den ganzen Tag noch vor sich.«

»Sie haben den Wecker doch mit Absicht falsch gestellt, weil Sie mich bekehren wollen. Geben Sie's zu!«

»Niemals!«, verteidigt sie sich, doch es klingt nicht überzeugend.

Ich spare mir eine Erwiderung und beschließe, die Sache auf sich beruhen zu lassen. Noch einmal wird sie das nicht wagen.

Den langen Tag nutze ich zum Sightseeing. Einen Kaffee am Lister Hafen (mit Eis am Vormittag, wenn schon, denn schon), einen Kaffee im Kampener Gogärtchen (der teuerste meines Lebens), einen Kaffee bei Gosch in Wenningstedt (mit einem Fischbrötchen – nie wieder diese Kombi), einen Kaffee auf der Westerländer Promenade (zum Crêpe, den mir eine Möwe geklaut hat), einen Kaffee in Rantum (den weltbesten, in der Rösterei), einen Kaffee in Hörnum (mit grandiosem Erdbeertörtchen) und zum Abschluss einen Pharisäer im Bahnhofscafé plus einen doppelten Schnaps, um mir die Welt und die Rückkehr in mein Quartier schönzutrinken. Denn ganz gleich, in welchem Ort auf der Insel ich nach einem freien Zimmer gefragt habe, es gab entweder ein Kopfschütteln oder ein müdes Lächeln zur Antwort. Selbst der Blick auf den schönen Hintern der Bedienung bleibt mir heute verwehrt, weil sie freihat. Nicht mal das ist mir vergönnt.

Da erinnere ich mich an mein Vorhaben, am Strand den Blick auf den Sonnenuntergang zu genießen. Das tue ich in Begleitung einer Flasche Champagner, die ich mir noch schnell im Supermarkt besorge. Mitsamt zwei Gläsern, man weiß ja nie.

Leider lässt sich damit keine Singlefrau in meinen Strandkorb locken, um mich herum nur Pärchen, und so ertränke ich meinen Kummer im Alkohol. Aus zwei Gläsern. Ach, den Rest kann ich auch direkt aus der Flasche saufen.

Ich denke darüber nach, am Strand zu schlafen, aber bei Sonnenaufgang von schreienden Möwen geweckt zu werden ist keine verlockende Vorstellung. Dann schon lieber zurück zu meiner alten Vermieterin und ihrem vermaledeiten Wecker, den ich am Morgen bereits eigenhändig und in weiser Voraussicht auf zehn Uhr gestellt habe.

Ein Glück, denke ich, als ich ins Bett falle, denn jetzt bin ich dazu nicht mehr in der Lage.

Eine Begegnung mit der Alten blieb mir auch erspart. Wie gut, dass sie mit Einbruch der Dunkelheit zu Bett geht, weil sie so früh aufsteht. Ohne mich.

Dachte ich.

Der Wecker schrillt. Ich stehe senkrecht im Bett. Halb sechs. Unfassbar. Die Alte muss in meinem Zimmer gewesen sein. Die hat den Wecker erneut umgestellt. Die will mich schikanieren!

Wut kocht in mir hoch. Unkontrollierbar. Ich werfe die Bettdecke beiseite. Stehe auf. Taumle. Keine Zeit, auf meinen Kreislauf zu warten. Der Alten werde ich die Meinung geigen. Jetzt und sofort. Mir so unverschämt den Schlaf zu rauben. Die kann was erleben! Ich stürme aus dem Zimmer. Verdammt, die Treppe. Irgendwie hab ich mir das alles anders vorgestellt.

»Milena? Ja, ich bin's. Es hat mal wieder geklappt. Dabei habe ich ihn sogar vor der Treppe gewarnt. Aber er hat nur noch rotgesehen, genau wie all die anderen Männer, angefangen mit meinem Ekkehart. Langschläfer sind ja so herrlich zu provozieren, wenn man sie einfach mal ein bisschen zu früh weckt. Wie bitte? Ja, du kannst sein Konto leer räumen. In seinem Portemonnaie ist alles drin, was wir brauchen. Für mich selbstredend wie immer die Hälfte. Sag deinem Freund, links hinterm Haus ist noch Platz, da soll er das Loch schaufeln. Und er soll den Kerl bald abholen, der liegt da so unschön an meinem Treppenabsatz, dass ich immer drübersteigen muss, und so jung bin ich schließlich auch nicht mehr. Wie bitte? Ja, den jungen Mann hast du richtig ausgesucht. Den wird so schnell keiner vermissen. Typischer Fall von reichem Junggesellen, der sein Geld auf Sylt verprasst, weil er von der Freundin verlassen wurde, und danach beschließt, eine Weile abzutauchen. So war es doch, nicht wahr? Wie bitte? Nein, in der Tat kein Einzelfall. Und ich hab's ihm noch gesagt: Morgenstund hat Gold im Mund. Aber er wollte mir nicht glauben.«

Ulrike Bliefert

Prütt

Heinrich Lebküchner kam am 28. Juni 1933 in Castrop-Rauxel als Sohn des Bäckermeisters Friedrich Lebküchner und seiner Frau Gertrud, geborene Schmölter, zur Welt. Er war ein Vetter meiner Mutter. Ich habe ihn leider nie kennengelernt: Er ist 1949 gemeinsam mit seinen Eltern nach Amerika ausgewandert, und der deutsche Familienzweig verlor den Kontakt zu ihm – zumal sich Fritz und Trude Lebküchner nach ihrer Einbürgerung Fred and Gertie Lepkitch und ihren Sohn Henry nannten.

Als Henry Lepkitch im Herbst 2019 kinderlos in Los Angeles starb, setzte man auf seine letztwillige Verfügung hin eine Erben-Ermittlerin ein, die mich ein Jahr später als einzige Hinterbliebene aufspürte und mit einem hübschen kleinen Barvermögen, einem handgeschriebenen Rezeptbuch und einer zum Bersten vollen Kiste mit Autogrammkarten beglückte: »To my friend Henry«, »Ever so grateful«, »Yours sincerely« oder sogar »With love«. James Stewart, Liz Taylor, Marilyn Monroe, Kirk Douglas; alle waren sie dabei – jung und strahlend und samt und sonders in Schwarz-Weiß.

Nun wird der Name Henry Lepkitch selbst denjenigen unter Ihnen, die sich im Kino den gesamten Abspann anschauen, nie begegnet sein, denn als man damit anfing, dort auch die Caterer zu nennen, hatte Onkel Henry seinen Job beim Film längst aufgegeben und sich mit einem schicken kleinen Coffeeshop selbstständig gemacht: Rose Avenue, Venice. Heutzutage beste Lage.

Ganz zuunterst in seiner Memory-Box fand ich eine leicht lädierte CD. Offenbar sollte das, was er darauf erzählte, als Gedächtnisstütze für seine Memoiren dienen.

Den folgenden Ausschnitt aus dem von mir ins Deutsche

147

übersetzten Transkript möchte ich Ihnen, meinen geneigten Leserinnen und Lesern, nicht vorenthalten.

Los Angeles, 1. Juli 2003
Tja, vorgestern ist sie also von uns gegangen. Sechsundneunzig. Ein gesegnetes Alter. Vielleicht war sie sogar achtundneunzig – sie soll ja bei ihrem Geburtsdatum geschummelt haben. »Garbo für Arme« hat sie damals vor ihrer Abreise irgendein Londoner Schreiberling genannt. Keine Ahnung, wie er darauf gekommen ist. Die Garbo war doch sowieso für Arme. Dreiunddreißig Filme mit ein und demselben Gesichtsausdruck? Wenn Sie mich fragen: Ärmer geht's nicht. Aber okay, ist Geschmackssache, und man soll über die Toten ja nichts Schlechtes sagen. Also weder über die Garbo noch über Kathy.

Heute Abend, Punkt zwanzig Uhr werden jedenfalls ihr – also Kathy – zu Ehren am Broadway sämtliche Lichter gelöscht. Gott sei Dank nur für eine Minute, denn wer geht schon gern im Dunkeln den Broadway runter? Und sie selbst hat ja nun eh nichts mehr davon. Aber bei vier Oscars und zwölf Nominierungen ist so eine Hommage vermutlich angebracht.

Er hat ja nur einen gekriegt – Oscar, mein ich. Und die verf... ten Lichter hat man für ihn auch nicht ausgeknipst. *[Anm.: Henry benutzt hier und im Folgenden häufig einen Kraftausdruck, der sich inhaltlich etwa mit »im Begriff, Geschlechtsverkehr auszuüben« ins Deutsche übersetzen lässt. Ich verzichte im weiteren Verlauf auf diese umständliche Formulierung und bleibe bei »verf...t« und den entsprechenden Deklinationen dieses Adjektivs, auch wenn der englische Ausdruck stets – ganz gleich, ob als Verb, Adjektiv oder Adverb – in derselben Form verwendet wird.]*

Apropos »ausgeknipst«: Eines Morgens lag er leblos am Boden. Das war im Juni 1951, in unserem Basis-Camp in Biondo. Und wenn ich nicht gestolpert wäre, hätte sie sich ihre drei letzten Oscars mitsamt dem zappendusteren Broadway an ihren verf...ten Sombrero stecken können!

Aber ich will nicht vorgreifen. Am besten fang ich ganz von

vorne an: 1948, Deutschland, nicht lange nach der Währungs-reform. Das Ruhrgebiet *[Anm.: Onkel Henry nennt es seiner damali-gen Bestimmung entsprechend »German Coal Mining District«]* sah auch drei Jahre nach Kriegsende noch ausgesprochen »schebbich« aus, wie meine deutsche Mutter zu sagen pflegte. *[Anm.: Henry kichert.]*
Ich merk gerade: Ist fast das gleiche Wort wie *shabby*. Wer weiß? Vielleicht haben wir Deutschen das Wort ja in die Staa-ten exportiert.

Jedenfalls: Wenn man damals in meiner Heimatstadt Ca-strop-Rauxel die Bettwäsche draußen auf die Leine hängte, war sie in 'n paar Stunden wieder dreckig. Und ich musste mir jeden Abend unter der strengen Aufsicht meiner Mutter den Kohlenstaub aus dem Nacken schrubben, um den Hemd-kragen zu schonen. Mein Vater schuftete von früh bis spät in einer Bäckerei in der Langestraße, und meine Mutter häkelte Damenhüte aus aufgeribbelten Jacken und Pullovern und verkaufte sie an Nachbarinnen. Viel Geld kam dabei nicht zusammen, und für den Traum vom Land der unbegrenzten Möglichkeiten wurde zusätzlich strikt gespart.

Tja, und da hab ich es gelernt, das »Aufprütten«. Also: Kaffee war nach dem Krieg so teuer, dass er pingelig in Lot abgemessen wurde. Zu diesem Zweck gab es extra ein gut eierbechergroßes, beidseitig benutzbares Blechgefäß, mit dem man auf der einen Seite ein, auf der anderen Seite zwei Lot gemahlenen Kaffee abmessen konnte. Der Sinn dieses Küchen-utensils hat sich mir nie recht erschlossen, da man mit zwei-maliger Benutzung der Ein-Lot-Seite genauso gut auch die gewünschten zwei Lot in die Filtertüte hätte einfüllen können. Und die als Norm erachteten sechs bis acht Gramm Kaffee pro Tasse wären genauso gut mittels eines leicht gehäuften Esslöffels abzumessen gewesen, zumal der jeweilige Mahlgrad der Bohnen ohnehin zu erheblichen Schwankungen hinsicht-lich des Volumens führt. Aber ich schweife vom Thema ab. Schließlich geht es um Prütt und die Frage, was Bogie auf dem Lehmboden vor unserer Dschungelbar im Kongo ... *[Anm.:*

Henry unterbricht an dieser Stelle die Aufnahme aufgrund eines Nies-anfalls.]
Verf...te Ragweed-Pollen. *[Anm.: Es handelt sich hier offenbar um Beifußblättriges Traubenkraut; soweit ich weiß, sind dessen Blüten-pollen ein in Kalifornien verbreitetes Allergen.]* Wo war ich stehen geblieben? Ach so: Prütt. *[Anm.: Henry schnäuzt sich ausgiebig.]* Also. Prütt nennt man, zumindest im Ruhrgebiet, das, was im Kaffeefilter übrig bleibt, wenn man, wie in meiner Jugend noch üblich, in einer Kanne Kaffee aufbrüht. Und wenn die Kanne leer war, wurde aufgeprüttet. Das heißt: Auf den Prütt in Melitta Bentz' omnipräsentem Kaffeefilter wurde noch mal kochendes Wasser gegossen. Heraus kam ein grauenvolles Ge-bräu – so dünn, dass man das verf...te Blümchen unten in der Tasse sehen konnte. Aber während aufgeprütteter Kaf-fee in Deutschland lediglich der Nachkriegsnot geschuldet war – so wie Margarine aufm Brot statt »guter Butter« –, ist dieses labberige Spülwasser in den USA bis zum heutigen Tag jedermanns absolutes Leib- und Magengetränk, Starbucks hin oder her. Abraham Lincoln soll dereinst einem Kellner gesagt haben: »Falls dies Kaffee ist, bringen Sie mir Tee. Aber falls dies Tee ist, bringen Sie mir Kaffee.« Er war vermutlich der erste und letzte Muckefuck-Verächter der Nation. Da war's für mich nur konsequent, mit der Prütt-Methode in den USA ein Vermögen zu machen.

Also: Man verwendet ein Lot gemahlenen Bohnenkaffee auf zwei Tassen statt wie in Deutschland ein Lot pro Tasse. Den Prütt stellt man beiseite und wiederholt den Vorgang. Anschließend gießt man die zwei Einheiten Prütt mit einer Tasse kochendem Wasser auf. Macht fünf Tassen aus zwei Lot. Oder einfacher ausgedrückt: Mittels Aufprütten erzielt man fünfundzwanzig Prozent mehr.

Beim US-amerikanischen Prinzip mit durchschnittlich drei Komma fünf Gramm gemahlenem Kaffee pro hundertfünf-undzwanzig Milliliter Wasser je Tasse lassen sich aus einem Pfund Kaffee gut hundertzweiundvierzig Tassen generieren.

Deren Prütt ergibt weitere einundsiebzig Tassen – sodass aus dem Kilo Kaffee statt zweihundertvierundachtzig insgesamt vierhundertsechsundzwanzig Tassen gewonnen werden. Bei einem Mittelwert von vier Dollar das Pfund ergibt das – dank Aufprütten – pro Kilo eine Ersparnis von zwei Dollar. Und: Merkt kein Schwein!

Ausprobiert hab ich das gleich bei meinem allerersten Job, und damit wären wir auch wieder bei Bogie. Netter Kerl. Immer freundlich. Hatte seine Frau dabei, Betty. Tolle Frau, immer wie aus dem Ei gepellt und unendlich hilfsbereit. Wenn ich Betty nicht gehabt hätte, damals in Pothierville, wär unser Filmteam glatt verhungert. Dass das Miststück *[Anm.: Onkel Henry benutzt hier und an anderer Stelle anstelle von »Kathy« die im englischsprachigen Raum verwendete Bezeichnung für weibliche Hunde. Ich erlaube mir, diesen als Ausdruck der Verachtung für unbequeme Mädchen und Frauen verwendeten Begriff hier und im Folgenden mit »Miststück« zu übersetzen, auch wenn das Original inzwischen bedauerlicherweise fest in unserem Sprachraum verankert ist],* statt Betty und mir zu helfen, lieber Souvenirs kaufen gegangen ist. Betty und ich haben das Kathy übrigens nie verziehen.

Die Cateringabteilung wurde von den Van Thoms betrieben – einem belgischen Ehepaar –, und ich hatte neben dem Frühstück und den Lunchpaketen für die Desserts zu sorgen. Später hat Kathy die Desserts in ihrem Buch lobend erwähnt – zu Recht, denn schließlich hatte ich bei meinem Vater viel gelernt.

Übrigens hieß die »African Queen« tatsächlich »African Queen«, und an ihr war auch ansonsten fast alles echt. Der Kahn ankerte, wenn er nicht gerade zum Drehen gebraucht wurde, in einer kleinen Bucht nicht weit von unserem Basis-Camp am Ruiki-River entfernt.

Das Camp bestand aus einer Ansammlung von Bambushütten. Die Küche grenzte an einen Speiseraum für fünfzig Personen, und an den wiederum schloss sich die Bar an, auf deren Lehmboden ich Bogie an jenem Morgen vorfand. Ohne erkennbare Lebenszeichen. *[Anm.: Hier schnieft Onkel Henry fast*

eine Minute lang und muss sich mehrfach schnäuzen. Ob wegen des Bei-
fußblättrigen Traubenkrauts oder aus emotionalen Gründen, lässt sich
leider nicht feststellen.] Ich wusste nicht, was ich zuerst tun sollte: Bogies Leiche in eine etwas würdevollere Position bringen – er lag auf dem Bauch, alle viere von sich gestreckt – oder rüber zu Kathys Hütte rennen und ihr die Kehle durchschneiden.

Ich hab mich fürs Kehledurchschneiden entschieden.

Im Camp schlief noch alles. Nur wir Bäcker sind schließlich immer und überall schon zu nachtschlafender Zeit auf den Beinen. Wegen der verf...ten frischen Brötchen.

Ich mir also das Filetiermesser geschnappt und los. Mein Pech: Tahili Bokumba, ihr Diener, schlief auf dem Boden, und in der Hütte war es zappenduster. Ich stolper also und fall der Länge nach ... *[Anm.: Hier springt die CD infolge eines unsichtbaren Kratzers weiter, insofern fehlt ein Teil von Onkel Henrys Diktat.]*

... hatte es von Anfang an geplant! Nett, dass Kathy sich in ihrer Autobiografie selbst als »radikale Egozentrikerin« bezeichnet hat, aber wenn Sie mich fragen, ist »radikale Egozentrikerin« immer noch schwer untertrieben!

Die Nummer ging zumindest ansatzweise schon in Stanley-ville los: Bogie, Betty und unser Buchhalter hatten Hotelzimmer im Obergeschoss, mit Blick auf den Kongo, Kathy hatte man ein Zimmer im Parterre zugewiesen. Unser Buchhalter konnte seine Sachen gar nicht so schnell wieder einpacken, wie Kathy zu ihm hochgestapft kam, um ihn rauszuschmeißen und sein Zimmer in Beschlag zu nehmen! Und John Huston war permanent auf der Flucht vor ihr: »Hör zu, John! Peter *[Anm.: Hier ist Peter Viertel, einer der Drehbuchautoren gemeint]* muss das umschreiben! Ich werde Charlie nicht die Füße küssen! Und dass er mir meinen Hut wegnimmt und durch die Gegend schmeißt, geht gar nicht!«

Das mit dem Hut ist dringeblieben, das Füßeküssen ist tat-sächlich aus dem Drehbuch rausgeflogen. Das hat das Mist-stück natürlich erst recht ermuntert, John die Hölle heißzu-machen. Na, was dabei rausgekommen ist, weiß man ja: Ein

Film, bei dem – jedenfalls, wie ich das sehe – kein Mensch den beiden angeblich Verliebten abnimmt, dass sie sich auch nur mögen!

Das heißt … *[Anm.: Hier entsteht eine längere Pause, während der Onkel Henry tief durchatmet und sich zunächst wieder etwas beruhigt.]* Na ja. Am Anfang ging's ja noch.

Dass sie, kaum in Biondo angekommen, einen Stuhl aus unserer Bar geklaut hat, weil ihr die Möblierung ihres Bambusbungalows nicht komfortabel genug war: Geschenkt! Und dass sie sauer war, weil ihr die Farbe der Gardinen in ihrer Hütte nicht gefiel, während die Bogies welche in ihren Lieblingsfarben hatten: Bescheuert, aber harmlos. Auch dass sie partout einen Oscar wollte und Bogie seinen nicht gegönnt hat: Bitte sehr, selber schuld! So richtig ging das Ganze sowieso erst los, als sie meine Bialetti entdeckt hat. Denn natürlich hab ich die Prüttbrühe, die ich dem Team angedreht hab, nicht selber getrunken! Nee, nee! Nie wieder deutsche Nachkriegsplörre, das hatt ich mir geschworen, kaum dass wir in Amerika gelandet waren. Also hab ich meine ersten selbst verdienten Dollars eins, zwei, drei in eine Caffettiera investiert! Die Dinger gab es damals nur in Little Italy. Und obwohl sie mittlerweile jeder kennt, werden Bialettis achteckige Wunderwerke fälschlicherweise bis heute »Espressokocher« genannt. *[Anm.: Onkel Henry schnalzt abschätzig mit der Zunge.]* Dabei ist das, was man damit auf dem Herd hochblubbern lässt, gar kein Espresso, sondern Mokka!

Das Tolle an den Dingern ist, dass man sich damit wo auch immer auf der Welt – ob in der heimischen Küche, am Nanga Parbat oder eben bei Dreharbeiten mitten im Kongo – einen göttlich starken Kaffee oder besser: Mokka brauen kann. Natürlich hab ich das in unserem Camp am Riuki-River nur klammheimlich betrieben – morgens um vier, wenn alles noch schlief: Kaffee oben, Wasser unten rein, das Ganze zusammengeschraubt und rauf auf die Gasflamme! Dann: Brötchen in 'n Ofen, und nachdem 's in der Caffettiera geblubbert hat, genüsslich die Beine hochgelegt und mich mit dem leckersten

Getränk der Welt ein für alle Mal für Mamas Nachkriegs-Prüttplörre entschädigt.

Ging gerade mal eine Woche lang gut. Weil Kathy wohl allen Ernstes geglaubt hat, mittels literweise Wasser trinken dauerhaft wie dreißig auszusehen. Das heißt, sie musste gnadenlos nachts raus. Zum Pinkeln. Und zu den Latrinen ging es unweigerlich an unserer Küche vorbei. Da muss sie es gerochen haben. *[Anm.: Hier lacht Onkel Henry bitter auf.]* Nicht etwa das Düftchen, das überall auf der Welt improvisierten Latrinen entströmt, sondern das von meinem Mokka! Kaum raus ausm Plumpsklo, kam sie zu mir reingerauscht und bestand darauf, ab sofort jeden Morgen ebenfalls 'nen »doppelten Espresso« zu kriegen.

Tja, und da hab ich dann in meiner Verzweiflung einen unverzeihlichen Fehler begangen. »Oh, tut mir leid, Kathy«, hab ich geflötet, »aber die Caffettiera ist nur ausgeliehen. Die gehört den Bogies.«

Dumm von mir. *[Anm.: verzweifelter Seufzer, gefolgt von exzessivem Schnäuzen]* Sehr, sehr dumm. Aber mir ist in dem Moment siedend heiß durch den Kopf gegangen, wie viele wunderbare Dollars mir entgehen würden, wenn plötzlich jeder statt der Prüttplörre 'nen steifen Mokka zum Frühstück haben wollte.

Na ja, ich hätt es kommen sehen müssen. Kaum waren die Bogies wach, ist das Miststück schnurstracks in deren Hütte getobt und hat ihnen die Hölle heiß gemacht von wegen: »Dem blöden Küchenfuzzi leiht ihr euren komischen Kaffeekocher, und ich krieg nichts?« *[Anm.: Ich habe mir erlaubt, Onkel Henrys Wortschöpfung »dimwitted kitchen futz« mit »blöder Küchenfuzzi« zu übersetzen.]*

Die Bogies waren völlig überrumpelt, denn erstens tranken die beiden willig meinen Blümchenkaffee *[Anm.: Das ist in der Tat fotografisch belegt]*, und zweitens waren sie keineswegs im Besitz eines Kaffeekochers, geschweige denn eines »komischen«. Als Kathy mich zur Rede stellte, musste ich wohl oder übel improvisieren. Ich hab behauptet, das Ganze sei ganz einfach eine Halluzination gewesen: Tropenkoller. Kommt schließlich vor, so was. Besonders in den Tropen.

Na ja, dass mir das Miststück diesen Quatsch nicht abnimmt, war vorauszusehen. Die Konsequenz daraus war, dass ich von Stund an meinen morgendlichen Mokka vergessen konnte.

Mit Kathys Wahnwitz ging's von da an aber erst so richtig los: Ein Mordszenario nach dem anderen hat sie entworfen, ehrlich! Ich hab sie murmeln hören in ihrer Hütte. Ihr Diener Tahili verstand nämlich kein Englisch. Also hat sie in ihren eigenen vier Wänden wüst vor sich hin phantasiert: Ein kleiner »Unfall« bei der Szene mit der kaputten Schiffsschraube vielleicht? Oder 'ne Lungenentzündung? Man müsste dafür lediglich Bogies gesamte Anziehsachen klitschnass machen. »Blöd, dass die Stromschnellen mit Rückpro gedreht werden, sonst würde ein kleiner Stolperer genügen …« Und immer so weiter.

Schließlich muss sie es mit Gift versucht haben. In Whisky und Gin Tonic schmeckt man kein Arsen – oder was auch immer sie ihm in den Drink geschüttet haben mag. *[Anm.: tiefer Seufzer]*

Tja, wie gesagt: Alle viere von sich gestreckt und nicht das geringste Lebenszeichen. Der arme Bogie! Ich hätte schwören können, dass er nicht mehr atmet! *[Anm.: erneuter tiefer Seufzer]*

Ein Filetiermesser ist wirklich sehr, sehr scharf. Und einen auf dem Boden schlafenden Diener in 'ner finsteren Bambushütte übersieht man leicht, besonders wenn man, so wie ich an diesem Morgen, schwer in Rage ist. Tja. Kladderdatsch, liegt man da! *[Anm.: ein ganz besonders tiefer Seufzer]*

Nachdem der Arzt die Stichwunde in meinem Arm genäht und mich verbunden hatte, bin ich zurück in meine Küche. Komischerweise hat kein Mensch mich je gefragt, was ich am frühen Morgen mit 'nem Messer in der Hand in Katharine Hepburns Hütte zu suchen hatte. Nicht mal sie selbst. *[Anm: Hier lacht Onkel Henry geradezu diabolisch.]*

Aber wen wundert's? Dem Miststück war nach diesem Auftritt sonnenklar, dass ich ihr auf die Spur gekommen bin! Aber sie hat genau gewusst, dass weder ich noch sonst jemand ihr diesen heimtückischen Mordversuch beweisen konnte: Es hieß ganz einfach »stockbesoffen«, als Bogie wieder zu sich kam. Und damals, 1951, gab's im ganzen Kongo noch kein einziges forensisches Labor, mit Hilfe dessen man das Gift in seinem Magen hätte finden können.

Sie hat dann später, viel, viel später dieses weichgespülte Buch über die Dreharbeiten geschrieben: »Wie ich mit Bogart, Bacall und Huston nach Afrika fuhr und beinahe den Verstand verlor«. Dreißig Jahre nach den Ereignissen von damals! Da geht schon mal die Erinnerung mit einem durch, besonders wenn man Katharine Hepburn heißt und die achtzig überschritten hat.

Aber: »Gottes Mühlen mahlen zuverlässig«, wie meine deutsche Mutter zu sagen pflegte – den Oscar für »African Queen« hat am Ende nicht sie bekommen, sondern er!

Hier endet Onkel Henrys Bericht von den Dreharbeiten. Ich habe das von ihm erwähnte Buch von Katharine Hepburn natürlich umgehend gelesen, und erstaunlicherweise hatte *sein* Erinnerungsvermögen selbst fünfzig Jahre nach den Ereignissen noch nicht gelitten: Alles, was er erzählt, entspricht der Wahrheit, sogar, dass Lauren Bacall im wahren Leben Betty hieß und allen Ernstes so genannt wurde. Dass er Katharine Hepburns Versuche, dem Drehbuch etwas mehr Pep zu verleihen, mit realen Mordabsichten verwechselt hat, ist eine andere Geschichte.

Oder glauben Sie, dass da was Wahres dran ist?

Christiane Franke

Alles wegen Mokka

Noch ein paar Meter, dann hat er es geschafft. Zwei Komma drei Kilometer ist er heute gelaufen und hat dabei nur dreimal zum Verschnaufen pausiert. Er ist richtig stolz auf sich. Seinen Geburtstagsvorsatz, das sechste Lebensjahrzehnt sportlicher anzugehen, setzt er seit genau einer Woche jeden Tag um.

Schnaufend läuft Jürgen Petermann in die Zielgerade ein: die Stichstraße, in der er mit seiner Frau Britta und deren zweiundachtzigjähriger Mutter in einer Doppelhaushälfte lebt. Britta wollte ihre Mutter nach einem leichten Schlaganfall vor zwei Monaten nicht ins Heim geben. Sie hätten genügend Platz, hat sie gesagt und sich über seine Gegenwehr hinweggesetzt.

Er will gerade auf die andere Straßenseite wechseln, als ein Auto mit Karacho an ihm vorbeibraust. Sein Nachbar Enno.

Typisch. Der fährt seinen Hyundai SUV, als säße er in einem Formel-1-Wagen, dabei ist das hier eine Spielstraße. Jürgen hat schon ein paarmal überlegt, ob er davon ein Video machen und es anonym der Polizei zuspielen soll, damit die Enno den Führerschein entziehen. Aber dann hat er es doch gelassen, es wohnen ja keine kleinen Kinder mehr in diesem Teil der Straße. Wenn Britta das mitbekäme, gäb's außerdem Ärger, denn Enno und Heike besitzen die andere Hälfte des Doppelhauses. Und die beiden Frauen verstehen sich gut. Gemeinsam besuchen sie zweimal wöchentlich einen Pilates-Kurs. Diese Zeit genießt Jürgen. Er lümmelt dann meistens im Jogginganzug und mit dem einen oder anderen Döschen Bier auf der Couch.

»Moin, Jürgen! Kannste mir mal eben helfen?« Enno ist in der Einfahrt aus dem Wagen gestiegen und dehnt und reckt sich.

Neugierig tritt Jürgen näher. »Was haste denn eingekauft?«

»Kaffee.« Enno drückt auf die Fernbedienung seines Autos, und die Heckklappe öffnet sich.

Jürgen staunt nicht schlecht, als Enno die bunte Fleece-decke wegzieht, die das Transportgut verbirgt. Die gesamte Ladefläche ist mit Packungen voller Kaffeebohnen gefüllt. Er blickt Enno schräg von der Seite an. Jetzt ist sein Nachbar vollkommen durchgeknallt. »Was willst du denn mit so viel Kaffee?«

Enno verdreht die Augen. »Womit verdienen Heike und ich seit zwei Jahren Geld, hä?«

Ach so. Bei Jürgen fällt der Groschen. »Mit eurem Kaffeemobil!«

Seit sie sich den kleinen Verkaufswagen angeschafft haben, grasen die beiden damit sämtliche Wochenmärkte ab. Anfangs war das nur so ein Spleen, Heike hatte eine per Lastenrad mobile Kaffeestation auf einer Landpartie gesehen und fand das total urig. Und weil Enno Kfz-Mechaniker im Vorruhestand ist, haben sie sich einen alten Dreirad-Lieferwagen in Knallrot gekauft, und Enno hat den hinteren Teil umgebaut. Nun kann man die Seitenfront hochklappen und direkt die teure Barista-Edelstahl-Kaffeemaschine bedienen, die die Bohnen frisch mahlt und eine Milchaufschäumdüse hat. Tassen, Untertassen, Löffel sowie Zucker und Milch werden davor auf einem Bierzelt-Tisch aufgebaut. Heike hat sich auf You-Tube extra einen Barista-Kurs angeguckt, damit sie Muster in den Milchschaum zaubern kann. Ein Herz beim Cappuccino klappt schon ganz gut.

»Aber warum hast du denn so viele Packungen gekauft? Ihr habt das Kaffeemobil doch als Gewerbe angemeldet, die Kaffeebohnen musst du doch auch günstig im Großhandel kaufen können.«

»Stimmt. Gibt's. Aber nicht *so* günstig. Plietsch muss man sein.« Enno hievt den ersten Plastikkorb aus dem Wagen. »Die hier sind nämlich aus Holland. Da zahlt man keine Kaffeesteuer. Dadurch spare ich pro Kilo zwei Euro neunzig. Unsere gebrauchten Kaffeesäcke habe ich alle aufbewahrt, da fülle ich die Bohnen rein und vermarkte das als extra für uns gerösteten Bohnenkaffee. Damit kann ich richtig Gewinn machen. Gewusst wie, wenn du verstehst!« Er grinst wie ein Honigkuchenpferd und stellt den Korb in der Garage ab.

Auch Jürgen zieht sich einen heran und schleppt den Kaffee seinem Nachbarn hinterher. Ganz schön schwer. Fast so wie bei seinen schlimmsten Touren als Paketauslieferer. »Herrschaftszeiten, wie viel Kilo hast du denn da drin?« Schnaufend stellt er den Korb neben den von Enno. Wenn sie den Kofferraum restlos ausgeladen haben, passt das Auto garantiert nicht mehr in die Garage.

✳✳✳

Für den Abend hat Enno Britta und ihn zum Grillen eingeladen. Als Dankeschön für die Nachbarschaftshilfe. Britta hat einen grünen Salat als Beilage gezaubert, das Fleisch schmeckt prima, das Bier auch, und selbstverständlich gehört Ouzo als Verdauungsschnaps dazu. Der Feuerkorb verbreitet rustikale Atmosphäre, die Ouzo-Flasche wird zwischen den Männern hin- und hergereicht, Heike hat Wolldecken für sich und Britta geholt, und aus dem Bluetooth-Lautsprecher kommt leise Musik.

»Ach«, entfährt es Britta, als sich Heikes Söhne von ihren Eltern und deren Besuch verabschiedet haben, »ihr seid wirklich zu beneiden. So stattliche Jungs. Auf die könnt ihr stolz sein.«

»Sind wir auch«, sagt Heike und greift zu ihrem Weinglas.

»Wir hätten auch gern Kinder gehabt, aber es hat leider nicht geklappt.« Britta hebt ihr Glas, um mit Heike anzustoßen. »Prost. Auf eure Jungs.«

Enno kippt derweil den x-ten Ouzo hinunter, ein breites Lächeln überzieht sein Gesicht. »Ja, Heike ist eben eine gute Zuchtstute«, wirft er mit schwerer Zunge ein, »mit einem extrem gebärfreudigen Becken. Nicht so ein verknöchertes Wesen wie du.«

Jürgen sieht Britta erstarren, und Heike zischt: »Enno. Hör auf.«

»Ach was. Entweder liegt es an ihr, oder Jürgens Petermännchen ist zu schlapp.« Er lacht blubbernd. »Hättest mal zu mir kommen sollen, Britta. Ich hätte dir sicher einen dicken Bauch gemacht. Nicht wahr, Heike, wir mussten uns tüchtig zurückhalten, um nach unseren vier Jungs nicht noch ein paar Kinder mehr in die Welt zu setzen. Bei uns kracht es immer noch richtig im Bett.«

Abrupt schiebt Britta den Stuhl zurück. »Das reicht. Gute Nacht.«

* * *

Der Eklat am Grillabend ist leider nicht förderlich für die nachbarschaftliche Beziehung. Und obwohl Jürgen versucht, Britta zu besänftigen, ist ihre Wut auf Enno so groß, dass sie einen Gegenangriff startet. Jürgen hat ihr nämlich zu seinem Bedauern von Ennos Kaffee-Einkäufen in Holland erzählt und dass der Nachbar auf diese Art die Steuern umgeht. Dieses Wissen nutzt die zutiefst verletzte Britta gnadenlos aus und verpfeift Enno beim Finanzamt.

Als die Zollbeamten in Ennos Garage kurz darauf Berge von unversteuerten Kaffeepaketen sicherstellen – Enno ist in der Zwischenzeit noch zweimal in Holland gewesen –, sind die Beamten begeistert. Endlich haben sie einen satten Fund in Sachen Steuerhinterziehung zu verbuchen.

Heike kündigt Britta daraufhin die Freundschaft. Die Stimmung zwischen den Doppelhaushälften ist von nun an nicht nur kühl, sondern tiefgefroren. Sie reden nicht mehr miteinander. Zudem lässt Enno nachts, wenn Jürgen und Britta schlafen wollen, laute Schlagermusik laufen, und Jürgen argwöhnt, dass er den Lautsprecher des CD-Players dazu direkt vor die Steckdose in der Wand zu ihrem Schlafzimmer stellt. Schließlich sind Steckdosen Schallübertragungsbrücken. Seit einer Woche geht das so. Britta und er müssen nachts Ohropax benutzen und können trotzdem nicht richtig schlafen. Seine Schwiegermutter hingegen schläft im Gästezimmer tief und fest, aber die ist ja auch schwerhörig.

***

»Jürgen!« Brittas schrille Stimme reißt ihn aus dem Schlaf, es ist sechs Uhr fünfunddreißig. Britta steht immer um Viertel nach sechs auf und füttert Mokka, ihren acht Jahre alten Kater, bevor sie zur Arbeit geht.

Genervt verdreht Jürgen die Augen. Garantiert hat Mokka nach durchstromerter Nacht mal wieder ein Geschenk mitgebracht, das er nun entsorgen soll. Einen toten Vogel oder eine tote Maus. Diesmal hört es sich allerdings nach einer nur vermeintlich toten Maus an, das haben sie schon öfter erlebt. Ächzend schwingt er die Beine aus dem Bett. Das ging auch schon mal geschmeidiger, aber man wird ja nicht jünger. Seine Schlappen stehen neben dem Nachtschrank, er zieht die Schlafanzughose hoch – das Gummi ist schon etwas ausgeleiert – und schlurft in Richtung Küche. Hoffentlich war Britta so schlau und hat die Tür zur Diele verschlossen. Nicht dass er sich wieder im gesamten Erdgeschoss auf die Suche nach einer inzwischen irgendwo verendeten Maus machen muss. Letztens hat er auf Knien vor der Couch gelegen und mit einem Besenstiel versucht, an den Mäusekadaver zu gelangen, während Mokka interessiert, aber unbeteiligt zusah.

»Also, wo ist das Vieh?«, fragt Jürgen statt eines Morgengrußes.

»Daaaaa!« Britta deutet durch das große Fenster in der Tür auf die Auffahrt und heult los.

Jürgen wird von einem unguten Gefühl gepackt. Langsam tritt er ans Fenster und entdeckt den Kater. Lang gestreckt und platt liegt er vor seinem Opel Zafira.

Jürgen schluckt. »Was ist denn da passiert?«

»Ich weiß es nicht!« Britta schluchzt. »Du musst zu ihm gehen. Guck, ob er noch lebt.«

Jürgen räuspert sich. »Ich soll …«

»Mach doch bitte! Vielleicht kann die Tierärztin ihm noch helfen.« Schon eilt Britta in die Diele, um das Telefon zu holen. Jürgen atmet tief ein und öffnet die Tür. »Mokka«, ruft er leise. Der Kater rührt sich nicht. Vorsichtig tritt er näher. Er ist nicht der große Katzenfreund, aber da Britta und er keine Kinder haben, wollte er ihr wenigstens diese Freude nicht verwehren. »Mokka?«

Nichts.

Er beugt sich nach unten. Die Schlafanzughose rutscht ihm das halbe Gesäß runter, doch das ist jetzt egal. Zögernd berührt er mit den Fingerspitzen das Fell. Fühlt sich normal an. Also, nicht dass er das Tier oft anfassen würde, aber das Fell ist weich. Stopp. Er blinzelt und blickt genauer hin. Da ist doch ein dunkler Fleck?

Argwöhnisch geht er in die Hocke. Betrachtet das Haustier und sieht von seiner Auffahrt hinüber zu der von Enno. Dunkle Flecken auch drüben.

***

Sie wickeln den Kater in ein Handtuch.

»Und jetzt?«, fragt Jürgen.

»Wir beerdigen ihn im Garten«, bestimmt Britta.

Jürgen willigt ein, in so einer Situation will er keinen Ärger mit seiner Frau. Er hebt gerade vorsichtig den Kadaver hoch, als Enno aus dem Haus tritt.

»Moin«, grüßt er knapp und guckt auf das Bündel in Jürgens Armen. »Was habt ihr denn da?«

»Mokka.« Britta schluchzt auf. »Er ist tot.«

»Ach so, na denn.« Enno entriegelt sein Auto mit der Fernbedienung. »Kann er mir wenigstens nicht mehr in den Garten scheißen. Stinkt ja bestialisch, was der so hinterlässt.«

Das ist der Moment, in dem Britta die dunkelbraunen Flecken auf Ennos Auffahrt entdeckt. Entsetzt blickt sie ihn an. »Du … Du …«

»Was denn?« Enno macht Anstalten, einzusteigen, aber sie ist schon bei ihm und packt ihn am Kragen seiner Jacke.

»Du warst das«, brüllt sie. »Du hast Mokka überfahren!«

Enno blickt sie genervt an. »Lass mich los.«

Britta stemmt die Hände in die Hüften, weicht aber keinen Millimeter zur Seite.

Enno zuckt mit den Schultern. »Kann schon sein. Als ich gestern Abend nach Hause kam, war da was, als ich auf die Auffahrt fuhr. Ich dachte, das ist ein Marder. Da ist man ja froh, den los zu sein.«

»Wir hätten ihn zum Tierarzt bringen können, wenn du uns Bescheid gegeben hättest!«, ruft Britta wütend. »So ist er elendig auf der Auffahrt verreckt.«

»Ihr hättet eben besser auf das Vieh aufpassen sollen.« Ungerührt steigt Enno in den Wagen, legt den Rückwärtsgang ein und braust mit Karacho davon.

»Das hätte er nicht tun dürfen«, stellt Britta mit eisiger Stimme fest. Jürgen erschaudert, als er ihren zu allem entschlossenen Blick bemerkt. »Nicht Mokka! Er hat mir das Liebste genommen, was ich hab.«

Irritiert schaut Jürgen seine Frau an. Das Liebste?

»Wir müssen uns was einfallen lassen.« Sie streckt das Kinn vor, ihre Augen funkeln kampfbereit. »Das wird ein Nachspiel haben.«

Jürgen ist überhaupt nicht wohl, als er das hässliche Grinsen auf ihrem Gesicht sieht.

∗∗∗

Am nächsten Morgen steht Britta fröhlich vor sich hin trällernd in der Küche, als Jürgen herunterkommt. Hat sie sich also wieder beruhigt. Zufrieden trinkt er seinen Kaffee – bis draußen ein wütendes Gebrüll ertönt.

»Das darf doch wohl nicht wahr sein!«, hört er Enno schreien.

Neugierig tritt Jürgen ans Fenster. Sein Nachbar steht mit

geballten Fäusten neben seinem Auto. Als er genauer hinguckt, entdeckt Jürgen auch, was Enno so wütend macht. Die Reifen sind platt. Zumindest die beiden, die er von hier aus sehen kann.

Langsam dreht er sich zu Britta um. »Hast du was damit zu tun?«, fragt er mit belegter Stimme.

Unschuldig lächelnd hebt sie die Hände. »Ich? Wie kommst du denn darauf?« Sie drückt ihm einen Kuss auf die Wange. »Jedenfalls kann er jetzt nicht mehr nach Holland zum Kaffeekaufen fahren. Ich geh dann mal ins Bad.«

Kaum ist sie aus dem Raum, öffnet Jürgen die Schublade, in der sie die scharfen Messer aufbewahren. Das Ausbeinmesser fehlt.

***

Brittas Rechnung geht nicht auf, im Gegenteil.

Nun legt Enno erst richtig los. Im Internet bestellt er säckeweise Rohkaffee. Für den fällt ja keine Kaffeesteuer an. Nach dem Rösten müsste er ihn als Kaffeemobilbetreiber zwar versteuern, aber: Wo kein Kläger, da kein Richter. Er röstet die Bohnen im Backofen, das geht prima, hat er gesagt, als er das erste Mal welchen bestellt hat. Ohne entsprechende Maschine kann ihm niemand nachweisen, dass er selbst röstet. Und nun ordert Enno Sechzig-Kilo-Säcke. Die lässt er von dem Paketdienst liefern, bei dem Jürgen arbeitet. Voller Genugtuung steht er jedes Mal in der Haustür und sieht schadenfroh zu, wie Jürgen die Säcke aus dem Lieferwagen hievt.

***

Mit jeder Bestellung wächst Jürgens Wut auf seinen Nachbarn. Auch heute wieder, nach einer weiteren schlaflosen Schlagernacht. Britta schläft inzwischen auf der Couch im Wohnzimmer, aber Jürgen hat keine Ausweichmöglichkeit, denn seine Schwiegermutter belegt ja das Gästezimmer.

Wütend wuchtet er den nächsten Sack aus dem Lieferwagen. Fünf Stück muss er Enno diesmal vor die Haustür stellen. Endlich hat er auch den letzten ausgeladen. Schmerzerfüllt hält er sich das Kreuz und wischt sich den Schweiß von der Stirn. Das muss ein Ende haben. So viel ist mal klar. »Unterschreiben.« Er hält Enno den Scanner hin, auf dem sein Nachbar mit einem Plastikstift den Empfang der Ware quittieren muss.

Nach Feierabend kommt er erschöpft heim. Sein Kreuz fühlt sich an wie in der Mitte entzweigebrochen. Als er die Küche betritt, sitzt Britta heulend am Tisch.

»Was ist denn nun schon wieder los?«, fragt Jürgen kraftlos und lässt sich auf den Stuhl ihr gegenüber fallen.

»Mokka. Er ist weg.«

»Mäuschen. Mokka ist tot«, sagt Jürgen nachsichtig und macht sich Sorgen um Brittas Gesundheitszustand. »Wir haben ihn im Beet vergraben. Bei den Rosen. Weißt du nicht mehr?«

»Enno hat ihn ausgebuddelt«, sagt Britta schluchzend. »Da ist nur noch ein Loch.«

Augenblicklich erwacht in Jürgen neues Leben. Was für ein hundsgemeiner Kerl! »Wir lassen uns das nicht länger gefallen«, sagt er mit fester Stimme. »Wir verkaufen das Haus und ziehen fort von hier.«

»Du Schlappschwanz«, ruft Britta. Sie sieht ihn verächtlich an und steht auf. »Mehr fällt dir nicht ein?«

Ermattet sackt Jürgen in sich zusammen. Britta nennt ihn einen Schlappschwanz. Genau wie Enno. Aber er ist keiner. Das muss er beweisen. Er überlegt noch, wie genau, als seine Schwiegermutter hereinkommt, einen gefüllten Leinenbeutel in der Hand. Sie schüttet den Inhalt auf dem Küchentisch aus. Lauter Pilze.

Verblüfft blickt Jürgen auf. »Wo hast du die denn her?«

»Die wachsen um die Ecke. Am Rand vom Fußballfeld«, sagt sie zufrieden. »Damit können wir ein leckeres Wildragout kochen. Und dazu laden wir Enno und Heike ein.«

»Ich glaub nicht, dass Britta das möchte.«

»Papperlapapp, dafür sorge ich schon. Ihr müsst euch doch mit den Nachbarn vertragen.«

✳✳✳

Nur mit größter Mühe können die beiden Britta dazu überreden, diese Einladung auszusprechen. Doch es gelingt. Jürgen hilft seiner Schwiegermutter beim Kochen. Eine Portion Pilze schmoren sie extra, weil Heike keine mag, obwohl Enno begeisterter Pilzsammler und Koch ist. Den Rest trocknen sie in zwei Partien im Backofen. Zwei große Gläser kommen dabei zusammen, die Jürgens Schwiegermutter liebevoll beschriftet. Die Soße würzen sie mit Thymian, Rosmarin, Lorbeer und Portwein, ein köstlicher Duft zieht durch das Haus.

Dennoch verläuft der Abend zu viert ziemlich unterkühlt. Nach dem Essen packt Britta das Gastgeschenk aus, das Enno und Heike mitgebracht haben. »Kaffee, wie originell«, sagt sie nicht gerade begeistert.

»Hat Enno selbst geröstet«, erklärt Heike stolz und fügt hinzu: »Ich bin dafür, dass wir ihn ›Brittas Mokka‹ nennen, als Hommage an eure Katze. Schmeckt lecker.«

Britta jault auf und stürzt hinaus. Gleich darauf sind aus dem Gästeklo Würgegeräusche zu hören, wenig später knallt oben die Schlafzimmertür zu.

Unglücklich blickt Heike Enno an. »War wohl doch keine so gute Idee«, sagt sie und schlägt den Aufbruch vor.

Enno nickt emotionslos. »Dann eben nicht. War nur ein Friedensangebot. Eine einmalige Röstung. Ich werde ihn ohnehin nicht in unser Sortiment aufnehmen.«

Sie sind schon an der Tür, als Jürgens Schwiegermutter angelaufen kommt. Sie drückt Enno ein Glas mit dem Rest vom Wildragout und eines mit getrockneten Pilzen in die Hand. »Nehmt es Britta nicht übel. Sie wird sich wieder beruhigen. Du hast es ja nur gut gemeint. Das Ragout könnt ihr morgen aufwärmen.«

Danach räumen Jürgen und seine Schwiegermutter schweigend den Tisch ab und die Küche auf. Als der Geschirrspüler läuft und alles blitzsauber ist, öffnet sie die Tüte mit Ennos Mokka und befüllt den Edelstahl-Espressokocher mit dem Pulver.

»Ich brauche deinen Rat, Jürgen«, sagt sie, nachdem sie den ersten Schluck Kaffee getrunken hat. »Es geht um Mokka.« Verwirrt guckt Jürgen sie an.

»Weißt du, Britta war so unglücklich über seinen Tod … und ich hab gedacht, ich könnte sie etwas aufmuntern. Aber nun zweifele ich, ob das, was ich getan habe, das Richtige war.« Jürgen versteht nicht.

»Na, ich war das. Ich hab Mokka ausgebuddelt. Und zu einem Präparator gebracht.« Sie schaut ihn treuherzig an. »Nächste Woche kann ich ihn abholen. Dann sieht er aus, als würde er fröhlich zusammengerollt an seinem Platz auf der Fensterbank liegen und vor sich hin schnurren. Ich dachte, das freut Britta.« Sie trinkt noch einen Schluck und verzieht den Mund. »Aber wenn sie schon so empfindlich auf das Wort Mokka reagiert …«

»Du warst das? Das war gar nicht Enno?«, fragt Jürgen ungläubig.

»Nee.« Ein Grinsen legt sich auf das Gesicht seiner Schwiegermutter. »Aber der kriegt sein Fett auch noch weg. Niemand darf meiner Tochter ungestraft wehtun.«

»Wie meinst du das?« In Jürgen beginnen leise Alarmglocken zu läuten.

Der Blick seiner Schwiegermutter ist erschreckend unschuldig, als sie sagt: »In dem Glas, das ich ihm mitgegeben hab, sind die Pilze vom unteren Blech. Denen hab ich einen Knollenblätterpilz beigemischt, der neben den anderen am Fußballfeld stand. Garantiert kann Enno nicht widerstehen und verarbeitet die Pilze zum Rest vom Ragout. Er ist doch ein Feinschmecker. Und dann …«

»Du hast …« Er kann den Satz nicht zu Ende sprechen.

Jürgens Schwiegermutter zuckt mit den Schultern. »Natürlich. Du wolltest ja nichts unternehmen, du Weichei.« Sie trinkt den Espresso aus, verzieht das Gesicht vor Schmerz und fasst sich an den Bauch. Dann sinkt sie vom Stuhl.

»Mathilde?« Jürgen steht auf. Keine Reaktion. Er beugt sich über sie. »Mathilde?«

Sein Blick wandert von der Schwiegermutter zur Espressotasse und von dort zur Tüte. Es sei ein Geschenk für sie gewesen, hat Enno gesagt. Eine einmalige Röstung.

Jürgen lächelt zufrieden und ruft den Rettungsdienst. Dann entsorgt er Ennos Mokka in der Mülltonne neben dem Haus und spült Tasse und Espressokocher ab.

Er wird das Gästezimmer zu seinem Schlafzimmer umgestalten, wenn es ab morgen wieder frei ist. Obwohl ... allzu lange wird er es wohl nicht belegen müssen, wenn Enno in den nächsten Tagen noch mal Appetit auf Wildragout mit Pilzen bekommt.

Carsten Sebastian Henn

Das vierte Gebot – Biblisches Drama in einem Akt

Handelnde Personen:
Sophia Brüggemeier – Klassenlehrerin der 9c des Carl-Orff-
 Gymnasiums (G8)
Horst Kapischke – Vorsitzender der Klassenpflegschaft,
 Oberstleutnant a. D. der Bundeswehr, Vater von Dirk
Ursel Schmitz – seine Stellvertreterin, Mutter von Florian
Dr. Gaby Moser – Lehrerin an einer Schule im sozialen
 Brennpunkt, Mutter von Miriam
Diethelm Schwaner-Breitenstreu – evangelischer Pfarrer,
 Vater von Eleonore

Ort:
Klassenzimmer der 9c; siebenundzwanzig Eltern sind an-
wesend. Rechts ist ein kleines Büfett aufgebaut (Frikadellen,
Käsewürfel, Schichtsalat, Nudelsalat, Kartoffelsalat, dreierlei
Kuchen – alle Marmor-), daneben Getränke (Wasser, Limo-
nade, alkoholfreies Bier, Kaffee).

Sophia Brüggemeier: Dann wollen wir mal loslegen, oder?
 Als Erstes möchte ich Sie ganz herzlich zu unserem letz-
 ten Elternabend in diesem Schuljahr willkommen heißen.
 Da keine Wahlen anstehen, wird es sicher ganz entspannt
 werden *(lacht).*
Horst Kapischke: Die Abschlusszeugnisse stehen aber an.
Sophia Brüggemeier: Das stimmt, Herr Kapischke. Für viele
 Schüler stellt sich jetzt die Frage –
Dr. Gaby Moser: Schülerinnen und Schüler.
Sophia Brüggemeier: Wie?
Dr. Gaby Moser: Schülerinnen und Schüler. Sprache formt

das Denken. Bei uns an der Schule achten wir konsequent auf genderkonforme Sprache. Und obwohl wir eine Schule in einem sozialen Brennpunkt sind, bekommen wir das hin. Auch die Lehrerinnen und Lehrer.

Sophia Brüggemeier: Also die ... Schülerinnen und Schüler. Die Klasse. Für die Klasse stellt sich die Frage, wer abgeht und wer in die Oberstufe wechselt. Als gemeinsamen Abschluss für alle haben wir ja vor Kurzem unsere letzte Fahrt als Klasse gemacht – und die war wirklich sehr, sehr schön, aber das werden Ihnen Ihre Kinder bestimmt schon berichtet haben. Zweiter Tagesordnungspunkt heute ist das Klassenklima, Punkt drei die neuen Regeln zur Handynutzung an unserer Schule. Dann kommen wir zur Schulbibliothek, die aktuell zum einen Spenden für die Digitalisierung sammelt und sich zum anderen über freiwillige Helfer freuen würde – und Helferinnen, danke, Frau Dr. Moser, Sie müssen nicht aufzeigen, um mich zu korrigieren. Ich bin jetzt sensibilisiert. Zum Schluss dann: Verschiedenes. Frau Schmitz, wären Sie heute wieder so nett, das Protokoll zu führen?

Ursel Schmitz: Wenn sich sonst keiner meldet *(lacht verlegen, hört aber schnell auf, als niemand mitlacht).* Gern.

Horst Kapischke: Ich darf doch davon ausgehen, dass unter »Verschiedenes« auch die Beurteilung der Schüler ... äh, innen und Schüler ausführlich besprochen wird?

Sophia Brüggemeier: Nein, darüber habe ich mit Ihren Kindern geredet, das soll heute nicht Thema sein.

Ursel Schmitz: Mein Florian kam weinend nach Hause, weil er nicht versetzt wird. Er weiß nicht, was er falsch gemacht hat.

Sophia Brüggemeier: Hier und heute ist weder der richtige Ort noch die richtige Zeit dafür. Sie können über einzelne Noten auf dem Elternsprechtag mit mir reden. Und seien Sie unbesorgt: Es gibt manchmal einfach Schuljahre, in denen die Noten schlechter werden, das war diesmal bei all Ihren Kindern so. Hängt vermutlich mit der Pubertät zusammen.

Horst Kapischke: Dirk soll in Sport eine Fünf bekommen! Wie sieht das aus für einen zukünftigen Bundeswehrsoldaten? Ich sag es Ihnen: peinlich! Diese Note ist ein Armutszeugnis für Sie als seine Sportlehrerin.

Sophia Brüggemeier: Noch mal. Dafür gibt es Elternsprechtage. Lassen wir uns von den Benotungen jetzt nicht die gute Laune verderben.

Diethelm Schwaner-Breitenstreu: Ich möchte Ihnen wirklich nicht widersprechen, aber Eleonore hat zum ersten Mal in ihrem Leben nur eine Zwei in Evangelischer Religion. Und das ist dann schon ein Thema, das wir in großer Runde besprechen sollten. Ich frage mich, wie solch eine Note für die Tochter eines Pastors überhaupt möglich sein kann? Darüber wundern sich sicher auch andere in der Gemeinde ... der Eltern. Und Sie, Frau Brüggemeier, sind schließlich die Religionslehrerin.

Sophia Brüggemeier: *(Seufzt)* Ich kann sehr gut verstehen, dass hinsichtlich der einen oder anderen Note Gesprächsbedarf besteht, und ich bin die Letzte, die sich diesem Ansinnen verweigert. Auf dem Elternsprechtag haben wir alle Zeit dafür. Und jetzt müssen wir wirklich weitermachen, die Zeit rennt. – Gut, dass Sie den Zettel hochhalten, Frau Schmitz, das hatte ich ganz vergessen. Die Zettel mit der Wahl des Musikinstruments für Ihr Kind haben Sie sicher alle dabei. Sie können sie am Ende unseres Elternabends einfach bei mir abgeben. Danach geht es dann über zum gemütlichen Teil des Abends. Da viele von Ihnen netterweise Speisen und Getränke mitgebracht haben, können wir dann gemeinsam auf das Ende des Schuljahres anstoßen.

Dr. Gaby Moser: Also bei uns bringt die Klassenlehrerin ... oder der Klassenlehrer immer einen Kuchen mit, aber hier an der Schule macht man es sich ja immer sehr einfach.

Sophia Brüggemeier: *(Lauter)* Kommen wir jetzt zur Klassenfahrt. Richtig toll war die! Zwar nur ein verlängertes Wochenende an der Nordsee, aber die Sonne hat die ganze Zeit geschienen, also bis auf nachts *(lacht)*, da natürlich nicht.

Horst Kapischke: *(Murmelt)* Das tut sie dann für gewöhnlich nicht.

Sophia Brüggemeier: Wir haben die Robben-Aufzuchtstation besucht, das Museum zum Wattenmeer und auch eine geführte Wanderung durchs Watt gemacht. Die haben die Kinder sehr genossen. Abends haben wir dann am Lagerfeuer Stockbrot gegrillt und –

Diethelm Schwaner-Breitenstreu: Da würde ich gerne kurz einhaken, wenn Sie erlauben.

Sophia Brüggemeier: Ja, Herr Schwaner-Breitenstreu?

Diethelm Schwaner-Breitenstreu: Eleonore hat mir erzählt, wie schön es am Lagerfeuer war.

Sophia Brüggemeier: Das freut mich!

Diethelm Schwaner-Breitenstreu: Sie hat auch erzählt, dass es Kaffee gab.

Sophia Brüggemeier: Nun ja, es gab Limonade, Wasser, und wer wollte, konnte auch einen Schluck Kaffee trinken. Der hat schön gewärmt, als es spät wurde. Natürlich haben die Kinder viel Milch und Zucker genommen – und den meisten hat er trotzdem nicht geschmeckt *(lacht)*.

Diethelm Schwaner-Breitenstreu: Kaffee ist nicht nur ein koffeinhaltiges, sondern auch ein psychotropes Getränk. Das war unverantwortlich von Ihnen!

Sophia Brüggemeier: Es war doch nur ganz wenig …

Dr. Gaby Moser: In unserer Schule passen wir da ja höllisch auf! Denn Kindern Kaffee zu geben ist, als würde man eine Lunte anzünden. Später treten da ruck, zuck Entzugssymptome auf. Nicht nur Kopfschmerzen und Energieverlust, manchmal auch Konzentrationsstörungen und depressive Stimmungen. Sogar grippeähnliche Sachen. *(Wendet sich an die anderen Eltern)* War das bei einem Ihrer Kinder so?

Diethelm Schwaner-Breitenstreu: Eleonore hat tatsächlich über Kopfschmerzen geklagt und war sehr schlapp nach der Klassenfahrt.

Sophia Brüggemeier: Aber doch nur, weil wir so viel unternommen haben *(lacht)*. Es waren wirklich nur ein paar kleine Schlucke Kaffee. Nicht der Rede wert.

Horst Kapischke: Mit kleinen Mengen fängt es immer an. Wie bei allen Drogen. Stichwort: Der erste Schuss ist umsonst! Stimmt es eigentlich, dass Sie aus Hamburg stammen? Ist Ihre Familie vielleicht im Kaffeehandel tätig? Verdienen Sie daran, unschuldige Kinder zum Kaffee zu verführen?

Sophia Brüggemeier: Also bitte! Meine Familie hat nicht … also nur ein ganz entfernter Onkel, der –

Horst Kapischke: Aha! *(Richtet den Zeigefinger auf Frau Brüggemeier)* Da haben wir es!

Dr. Gaby Moser: Wie viel Provision bekommen Sie, na?

Sophia Brüggemeier: Vielleicht sollten wir die Sitzung an dieser Stelle kurz unterbrechen und alle zusammen einen Kaffee trinken *(lacht nervös)*. Der wird uns guttun. Unseren angespannten Nerven.

Horst Kapischke: Jetzt wird mir auch klar, warum mein Dirk seit der Klassenfahrt so schlecht schläft! Es ist das ganze Koffein in seinem Blut.

Sophia Brüggemeier: Machen Sie sich doch nicht lächerlich! Der Kaffee war ganz dünn, und die Kinder fanden es lustig.

Dr. Gaby Moser: Lustig! Haben Sie lustig gesagt? *(Hält ihr Handy hoch)* Hier habe ich gerade gelesen –

Sophia Brüggemeier: Die Handynutzung in der Schule ist nicht gestattet.

Dr. Gaby Moser: Hier habe ich gelesen, dass zu hohe Dosierungen häufig zu Herzrasen, Gliederzittern und Wahrnehmungsstörungen führen. Bei starken Überdosierungen sogar zu akuten Vergiftungen mit der Folge von Krämpfen, Durchfällen und rauschartigen Erregungszuständen! Und das bei Kindern in diesem Alter!

Diethelm Schwaner-Breitenstreu: Ich bin wirklich schockiert. Und Ihnen haben wir unsere Kinder anvertraut!

Sophia Brüggemeier: Niemand wurde überdosiert.

Dr. Gaby Moser: *(Liest von ihrem Handy ab)* »Bei hochsensiblen Menschen nährt Koffein Reizüberflutung und

Überstimulation.« Wer hochsensibel ist, unter Reizüberflutung leidet und Koffein zu sich nimmt, ist genauso vernünftig wie jemand, der ein Feuer mit Kerosin löschen will! Ich will mir gar nicht ausmalen, wie die Nacht nach dem Drogenkonsum für unsere Kinder war. Die haben sicher kein Auge zugetan.

Sophia Brüggemeier: Nein, haben sie nicht – und zwar weil sie Teenager sind! Die sind vom Zucker in der Limonade mehr aufgeputscht gewesen als vom Kaffee.

Ursel Schmitz: *(Grübelt)* Florians Noten sind nach der Klassenfahrt rapide nach unten gegangen. Zuerst geben Sie unseren Kindern dieses Gift, und wenn die Leistungen dann schlechter werden, sorgen Sie mit Ihren Noten dafür, dass sie sitzen bleiben? Was sind Sie nur für ein durchtriebener Mensch?

Sophia Brüggemeier: Leute, wirklich! Es geht um Kaffee! Wir alle trinken Kaffee, und keiner von uns ist süchtig. So, und jetzt ist Schluss. Kein Wort mehr über Kaffee, wir machen weiter mit dem nächsten Tagesordnungspunkt!

Horst Kapischke: Was würde eigentlich passieren – also nur mal so gefragt, ganz ohne Hintergedanken –, wenn Sie die mit unseren Kindern besprochenen Schulnoten nicht an die Schuldirektion weitergeben? Stattdessen einfach … andere Noten. Und wir der Schulleitung nicht erzählen, wie unverantwortlich Sie in Sachen Kaffee waren?

Sophia Brüggemeier: Habe ich gerade richtig gehört? Soll das etwa ein Erpressungsversuch sein, Herr Kapischke? Natürlich werde ich die Noten weiterleiten! Etwas anderes steht nicht zur Debatte. Und wir zwei reden gleich noch mal unter vier Augen miteinander.

Horst Kapischke: Es war ja nur eine ganz harmlose Frage.

Sophia Brüggemeier: War es nicht!

Dr. Gaby Moser: Falls Frau Brüggemeier die Noten nicht weiterleiten kann, weil sie zum Beispiel überraschend das Zeitliche segnet, müssten noch einmal die Halbjahresnoten genommen werden. Das ist bei einem Kollegen so gewesen, der am Ende des Schuljahres ganz überraschend verstorben ist *(blickt in die Runde, einer nach dem anderen nickt)*.

Sophia Brüggemeier: Hören Sie mir jetzt alle bitte mal zu, es tut mir leid, dass ich Ihren Kindern Kaffee angeboten habe. Das war ein Fehler, in Ordnung, und er kommt nicht wieder vor.

Horst Kapischke: Nein, ganz bestimmt nicht … *(steht auf)*

Ursel Schmitz: *(Weint)* Mit einer einfachen Entschuldigung ist es nicht getan. Das, was Sie unseren Kindern angetan haben, wird diesen ein Leben lang Probleme bereiten! Das ist Körperverletzung!

Dr. Gaby Moser: *(An Frau Brüggemeier gewandt)* Dafür müsste man Sie zu einer ebenso lebenslänglichen Strafe verurteilen. Als Pädagogin haben Sie nämlich komplett versagt.

Sophia Brüggemeier: Frau Kollegin, gerade von Ihnen hätte ich etwas anderes erwartet!

Horst Kapischke: Ich finde, Exekution ist eine sauberere Sache als irgendeine lebenslängliche Strafe.

Sophia Brüggemeier: Wovon reden Sie, um Gottes willen? Und Herr Schwaner-Breitenstreu, Sie müssen jetzt wirklich nicht beten.

Diethelm Schwaner-Breitenstreu: Ich bitte um Vergebung. *(Bekreuzigt sich und steht auf)* Herr Kapischke, ich bin ganz bei Ihnen. Denn erst nach dem Tod kann der Herr Gnade zeigen. Wie sollte das in einem Gefängnis zu bewerkstelligen sein?

Sophia Brüggemeier: Was für ein Gefängnis? Und wieso stehen Sie jetzt alle auf? Frau Schmitz, holen Sie doch bitte den Hausmeister, ich brauche hier etwas Unterstützung. Sie sind doch immer mein Fels in der Brandung!

Ursel Schmitz: Ich geh gern zur Tür *(steht auf und geht zum Eingang)*.

Sophia Brüggemeier: Warum schließen Sie denn jetzt die Tür ab, Frau Schmitz? Was soll das?

Ursel Schmitz: Damit wir ungestört sind. Das ist sicher im

Interesse aller. *(Wendet sich an die anderen Eltern)* Sollen wir darüber abstimmen? Nur um sicherzugehen.

Horst Kapischke: Ich bitte um Handzeichen, wer dafür ist! *(Blickt sich um)* Einstimmig angenommen.

Sophia Brüggemeier: Wo ist mein Handy?

Dr. Gaby Moser: Das habe ich sichergestellt, die Handynutzung in der Schule ist nicht gestattet. Haben Sie selbst gesagt. Als Lehrerin müssen Sie mit gutem Beispiel vorangehen. Ich helfe Ihnen dabei.

Horst Kapischke: Kann mal einer den Kaffee holen? Auf den steht Frau Brüggemeier doch so. Und er ist ihrer Aussage nach völlig ungefährlich. Ich glaube, es ist Zeit für etwas praktischen Unterricht.

Diethelm Schwaner-Breitenstreu: Kaffee würde uns allen guttun, hat sie gesagt. Unseren Nerven.

Horst Kapischke: Da hat sie ausnahmsweise recht! Fixieren Sie Frau Brüggemeier bitte auf dem Stuhl.

Sophia Brüggemeier: Lassen Sie mich sofort los! Hilfe! HILFE! HÖRT MICH JEMAND!

Horst Kapischke: Man muss ihr den Mund zuhalten, damit sie nicht weiter schreit. – Ja, danke, Frau Schmitz. Und dann gleich auf die Nase wechseln. Ich gebe das Zeichen.

Ursel Schmitz: Wir machen das nur für die Gesundheit unserer Kinder. Die müssen vor Ihnen geschützt werden, Frau Brüggemeier! Dass es nun so mit Ihnen enden muss, tut mir persönlich schon leid, aber was will man machen?

Dr. Gaby Moser: Sonst geben Sie denen beim nächsten Mal noch Crystal Meth am Lagerfeuer. Zum Ausprobieren. Weil es so lustig ist!

Diethelm Schwaner-Breitenstreu: Oder feiern mit ihnen gar eine satanische Messe, bei der sie Blut trinken müssen. »Nur ein paar kleine Schlucke.« Das kann der Herr wahrlich nicht wollen!

Horst Kapischke: Wir sind uns einig: Als Elternpflegschaft können wir so ein Verhalten nicht akzeptieren. Wir haben schließlich eine Aufsichtspflicht gegenüber unseren Kindern. – Nun halten Sie doch still, Frau Brüggemeier. Umso schneller ist es vorbei. *(Blickt zu den Eltern, die Sophia Brüggemeier auf dem Stuhl fixieren)* So, jetzt besonders gut festhalten, der heiße Kaffee kommt. Und die Nase unbedingt ganz dicht zupressen!

Dr. Gaby Moser: Aber nur ein bisschen Kaffee. Gerade so viel, wie sie unseren Kindern gegeben hat. Also allen unseren Kindern zusammengenommen. Das ist Gerechtigkeit!

Horst Kapischke: Prusten bringt gar nichts, Frau Brüggemeier, ich schütte einfach weiter nach. Und es sind noch zwei volle Kannen da.

Ursel Schmitz: Ich kann das gar nicht mitansehen. Jetzt hören Sie doch schon auf zu zappeln! – Na, sehen Sie, geht doch.

Horst Kapischke: Ist der Exitus bereits eingetreten?

Diethelm Schwaner-Breitenstreu: *(Prüft den Puls am Handgelenk, segnet Frau Brüggemeier dann)* Ganz friedlich dahingeschieden. An einer Überdosis Kaffee. Wir haben alle gesehen, wie sie viel zu viel davon zu sich genommen hat.

Ursel Schmitz: *(Lässt sich auf einen Stuhl fallen)* Das hat mich jetzt doch sehr mitgenommen. Mein Kreislauf …

Dr. Gaby Moser: Ich glaube, in einer Kanne ist noch etwas Kaffee. Der wird Ihnen jetzt so richtig guttun!

Jürgen Ehlers

Bohnenkaffee kurz vor Mitternacht

Der Tag fing gut an. Es war warm im Juli 1943, und die Sonne schien. Dagmar öffnete die Tür zum Balkon. Der Geruch von Rauch war fast wieder verflogen. Sie setzte sich auf einen Stuhl und holte den Brief aus ihrer Schürze. Heinz hatte geschrieben, ihr Sohn. Von ihm wusste sie nur, dass er jetzt in Russland war. Sie riss den Feldpostbrief auf und überflog die wenigen Zeilen. Er lebte, das war das Entscheidende. Und es ging ihm gut. Wenn sie den Text richtig deutete, war er zurzeit nicht in Gefahr. Die Lage in dem nördlichen Frontabschnitt war ruhig.

Heinz fragte, ob sie Nachricht von Judith hätten.

Nein, hatten sie nicht. Judith Seidenbaum, seine jüdische Freundin, hatte es gerade noch rechtzeitig vor Kriegsausbruch geschafft, zusammen mit ihren Eltern nach England zu gehen. Jedenfalls hatte Herbert das erzählt. Herbert war Dagmars Mann. Ein Nazi durch und durch, aber mit einem guten Kern. Zumindest glaubte sie das. Auf ihr Drängen, den Nachbarn zu helfen, hatte er damals die Flucht vorbereitet. Angeblich hatte er sogar dafür gesorgt, dass sie die kleine Kaffeerösterei verkaufen konnten, obwohl das 1939 kaum noch möglich war. Dabei mochte er die Juden allesamt gar nicht.

Zum Glück wusste er nicht, dass Heinz und Judith so gut wie verlobt gewesen waren.

Nicht nur bei Heinz an der Front, auch hier in Hamburg war wieder Ruhe eingekehrt. Die englischen Bomber waren nach dem schweren Luftangriff vom Sonntag nicht wiedergekommen. Der Westen Hamburgs sei schwer getroffen worden, hieß es. Aber sie wohnten in Hammerbrook, mehr als fünf Kilometer östlich des Stadtzentrums, und das Einzige, was Dagmar von der Bombennacht mitbekommen hatte, war der Rauch, der auch jetzt noch, drei Tage später, als leichter grauer Dunst in der Luft hing. Herbert hatte ihr die kostenlose Sonderausgabe der »Hamburger Zeitung« mit der Schlagzeile »Der Terrorangriff auf Hamburg« nicht zeigen wollen. Sie hatte sie trotzdem gefunden. Es schockierte sie weit weniger, als Herbert wohl erwartet hatte. Es gab so viele schreckliche Dinge, Tag für Tag. Man gewöhnte sich daran.

Dagmar war müde. Die langen Nächte fast ohne Schlaf hinterließen ihre Spuren. Sie dachte über ihre Ehe nach. Herbert war nicht eingezogen worden. Dank seiner Verbindungen zur Parteiführung im Gau Hamburg hatte man ihn als unabkömmlich klassifiziert. So könnten sie nun gemeinsam hier in ihrer Wohnung sitzen und das Leben genießen. Aber Dagmar genoss es nicht. Herbert war ihr fremd geworden. Einst hatte ihr seine Durchsetzungsfähigkeit imponiert. Heute wusste sie, dass diese Eigenschaft seinem Egoismus und einem Hang zur Brutalität geschuldet war. Er konnte charmant sein. Aber das war meist nur Fassade.

Heute hatte Herbert sogar Karten fürs Kino besorgt, für die »Schauburg« in Wandsbek. Es gab einen Film mit Marianne Hoppe. Die Straßenbahn fuhr wieder, es war alles wie immer. Und wenn man der »Wochenschau« glauben durfte, könnte die Lage kaum besser sein.

Die »Deutsche Wochenschau«. Sie erreichten das Kino kurz vor Beginn. Der erste Beitrag kam aus Erfurt, es ging um die Deutschen Kriegsmeisterschaften im Schwimmen. Die Soldaten, die daran teilnahmen, hatten dafür natürlich Fronturlaub bekommen. Anschließend sah man, wie Verwundete ihren Genesungsurlaub auf der Sonnenterrasse eines Krankenhauses in der Nähe von Arles verbrachten. In Südfrankreich war das. Die Soldaten nahmen als Zuschauer an einem unblutigen Stierkampf teil. Friedliche Bilder. Beruhigend. Dann sah man Reihen von Männern in Aufstellung. Neue U-Boot-Besatzungen waren zur Besichtigung durch den Großadmiral angetreten. Hunderte von Matrosen. Tausende vielleicht. Der Sprecher sagte: »Nach monatelanger Ausbildung stehen sie jetzt zum Kampf bereit – im Atlantik und auf fernen Weltmeeren.« Und an der Ostfront war die Wehrmacht angeblich unaufhaltsam auf dem Vormarsch. Auf der Leinwand sah es so aus, als verlaufe die Frontlinie mitten durch Woronesch. Das wusste Dagmar besser. Wenn Herbert schlief, stieg sie auf den Dachboden und hörte Radio London. Was man ihnen hier im Film vorführte, war alles nur Wunschdenken. In Wahrheit standen die Russen schon zweihundert Kilometer weiter westlich. Und die Amerikaner waren in Sizilien gelandet. Aber davon war in der Wochenschau keine Rede. Die Kriegsberichte konzentrierten sich auf die Kämpfe im Osten. Die militärischen Einzelheiten interessierten Dagmar nicht. Sie schaute stattdessen in die Gesichter der Offiziere. Sie sahen besorgt aus. Sehr besorgt. Auch Dagmar machte sich Sorgen. Sie dachte an einen anderen Beitrag der Wochenschau, in dem es hieß: »Nach den Morden von Katyn ist jetzt eine neue Untat der jüdischen GPU-Schergen aufgedeckt worden. Tausende von ukrainischen Arbeitern und Bauern fielen in Winnitsa dem bolschewistischen Blutterror zum Opfer. Winnitsa ist neben Katyn ein neues Schandmal jüdisch-bolschewistischer Mordgier und Blutschuld.«

Dagmar glaubte nicht an die jüdischen Mörder. Dazu kannte sie zu viele Juden. Seidenbaums zum Beispiel. Die waren nicht böse, geschweige denn Mörder. Aber vor den Russen hatte sie Angst. Sie stellte sich vor, was sein würde, wenn die Russen kämen. Seit dem Ende von Stalingrad Anfang Februar hatte sie schon oft daran gedacht. Sicher, Hamburg lag weit, weit im Westen, aber was hieß das schon? Sie hatte vorgesorgt, für alle Fälle. Der Apotheker hatte sie wissend angesehen, als sie Rattengift verlangte. Ihr Mann war ein hohes Tier in der Partei. Und sie war nicht die Erste, die nach Rattengift fragte.

»Zyankali ist am besten«, hatte er gesagt. »Es wirkt durch innere Erstickung. Aber davon merkt man nichts mehr. Wenn man das schluckt, verliert man sofort das Bewusstsein, und nach wenigen Atemzügen ist man tot. Das gilt für Ratten wie für Menschen.«

»Romanze in Moll«, das war der Hauptfilm. Die Geschichte fing so harmlos an. Die Kamera schwebte über den Dächern von Paris, zeigte Madeleines Schlafzimmer. Dort lag sie, selig lächelnd, wie es schien. Ihr Mann trat ins Zimmer, rief sie. Aber Madeleine antwortete nicht. Sie hatte sich umgebracht. Warum das geschehen war, erfuhren die Zuschauer in dem Film. Als die Vorstellung vorbei war, wischte Dagmar sich die Tränen aus dem Gesicht.

Es war kurz vor Mitternacht, als sie wieder zu Hause waren. »Ich mach uns einen Kaffee«, sagte Herbert.

Dagmar nickte. Sie tranken oft einen Kaffee kurz vor Mitternacht. Dann waren sie wenigstens wach, wenn es Alarm gab. Sie schaltete den Volksempfänger ein. Die normalen Rundfunksender waren nachts ausgeschaltet, damit sie nicht von den Bombern angepeilt werden konnten. Die Luftwarnungen wurden über den Drahtfunk durchgegeben, der lief über das Telefonnetz. Im Augenblick war alles ruhig. Sie hörten nur das Ticken der Uhr, die anzeigte, dass das Gerät lief. Jeden Moment konnte das Ticken aufhören und der Sprecher sich melden: *Hier spricht der Drahtfunk. Wir geben eine Luftlagemeldung ...* Aber der Sprecher blieb stumm.

Der Kaffee schmeckte besser als gewöhnlich. Herbert erklärte stolz, es sei diesmal kein Malzkaffee, sondern echter Bohnenkaffee.

»Echter Bohnenkaffee? Wo hast du den her?«

»Von den Juden. Von Seidenbaums.«

Dagmar setzte die Tasse ab. »Seidenbaums? Hast du nicht gesagt, dass die ausgewandert sind?«

Ihr Mann schüttelte den Kopf. »Untergetaucht.«

»Das stimmt doch nicht, Herbert! Du hast mir damals gesagt, dass du ihnen zur Flucht nach England verholfen hast.«

»Ja, das habe ich gesagt. Aber es stimmte nicht. Ich hielt es für sicherer. Niemand sollte wissen, dass sie noch hier waren, dass sie sich hier versteckt hielten.«

»Woher weißt du das?«

Er zuckte mit den Achseln. »Weil ich ihnen das Versteck besorgt habe, ganz einfach.«

»Und die haben dir den Kaffee gegeben?«

»Nein.«

»Sondern?«

»Sie sind verhaftet worden.« Herbert sagte es so, als sei das eine belanglose Nebensächlichkeit.

Dagmar sagte gar nichts, sie sah ihn nur an.

»Jemand muss sie verpfiffen haben«, erklärte er.

»Jemand? Wer?«

»Keine Ahnung.«

Sie kannte ihn gut genug, um zu wissen, dass er log. »Warst du das?« Ihre Stimme zitterte leicht.

Er war es, er hat sie verpfiffen, dachte sie.

Herbert zögerte nur kurz. »Ich hab gesehen, wie sie verhaftet wurden«, behauptete er. »Ich kam zufällig vorbei, als die Gestapo sie abgeführt hat. Sie hatten sich im Keller einen Unterschlupf gebaut. Da hockten sie alle drin, in diesem Loch. Vater, Mutter, Tochter. Als sie abgeführt wurden, bin ich kurzerhand hinuntergegangen und hab mich ein bisschen umgesehen. Und da hab ich die Dose mit Kaffee gefunden, noch halb voll.« Er erwartete ein Lob, aber Dagmar nickte nur stumm. Ihr fehlten die Worte.

Herbert schilderte, nicht ohne Stolz, was weiter geschehen war. Ein Polizist sei eingeschritten. »Sie können hier nichts mitnehmen«, habe er gesagt. »Der jüdische Besitz geht an die Vermögensverwertungsstelle.« Herbert habe ihn ausgelacht. »Kaffee ist kein Vermögen«, habe er erklärt und seine Beute behalten.

»Den brauchen die drei jetzt nicht mehr«, fügte er überflüssigerweise hinzu. Es klang nicht gehässig, einfach nur gedankenlos. Aber dieser Satz gab den Ausschlag. Er wusste genauso gut wie sie, was mit den Juden geschah.

Sie hatte immer gewusst, dass ihr Mann skrupellos war, aber dass er eine befreundete Familie in den Tod schicken würde, das hatte sie nicht geglaubt. Noch einmal dachte Dagmar an den Film, den sie gemeinsam gesehen hatten. »Romanze in Moll«. Aber sie würde nicht Selbstmord begehen wie Madeleine in dem Film, nein, ganz sicher nicht.

Sie stand auf, suchte in der Kommode nach der Kapsel mit dem Zyankali, das sie besorgt hatte für den Fall, dass die Russen kamen. Ein rascher Blick zurück ins Esszimmer. Nein, Herbert merkte nichts. Er las im »Hamburger Fremdenblatt« die Berichte über die Deutsche Leichtathletik-Meisterschaften in Berlin. Das Gift, das kriegte jetzt ihr Mann in den Kaffee.

Ihre Hand zitterte, als sie ihm die Tasse eingoss. Aber bevor er trinken konnte, heulten die Sirenen.

»Verdammt! Kein Voralarm«, rief Herbert verärgert.

Dagmar stand auf. »Komm«, sagte sie.

»Gleich.« Ihr Mann griff zur Tasse. Gierig trank er den Kaffee in einem Zug aus.

Dagmar ging nach unten. Herbert folgte ihr nicht. Es klang, als ob hinter ihr in der Wohnung etwas zu Boden stürzte. Sie drehte sich nicht um.

Anstatt sich sofort in den mit Balken abgestützten Luftschutzraum zu begeben, öffnete sie die Haustür und trat auf die Straße. Direkt über ihr am Nachthimmel hing etwas, das aussah wie ein grell leuchtender Tannenbaum. Es erinnerte sie an Weihnachten, doch es war eine der Zielmarkierungen für die Bomber. Dagmar wusste jetzt sicher, dass sie kein weiteres Weihnachten mehr erleben würde. Sie ging zurück ins Haus. Es war Mittwoch, der 28. Juli 1943. Die Nacht des zweiten schweren Angriffs im Rahmen der »Operation Gomorrha« mit über siebenhundert Bombern. Hammerbrook lag im Zentrum der Bombardierung und des anschließenden Feuersturms. In dem Haus und in allen Nachbarhäusern gab es keine Überlebenden.

Petra K. Gungl

Stille Ecken

Das Rettungshorn hallte von den Häuserfassaden der Wiener Innenstadtgasse wider und jagte einen Blitz durch Irmas Eingeweide. Genauso schien es der Handvoll Stammgäste zu ergehen, die sich an diesem Herbstmorgen gewohnheitsmäßig im Café Novak eingefunden hatten und nun alle mit aufgerissenen Augen durch die Scheiben des Lokals nach draußen gafften. Allein Irmas Großmutter, der eigentlich nach ihrer Bronchitis vom Arzt Schonung verordnet worden war, stand unbeeindruckt hinter dem Tresen, eine Hand am Stock, die andere verteilte weiter Himbeerkipferl auf Silberkörbchen. Irma vergaß für den Moment, ihre Oma zur Rückkehr in die Wohnung im ersten Stock zu bewegen – ein ohnehin sinnloses Unterfangen, weil siebenundachtzigjährige Ohren nur hören, was sie hören wollen.

»Frau Novak, da wird jemand aus dem ›Suncups‹ gebracht.«

Irma lief zur pensionierten Schuldirektorin hinüber, die so nahe an der Scheibe neben ihrer Sitznische klebte, dass das Horngestell der Brille am Glas kratzte.

»Und Polizei kommt! Vielleicht ist jemand an deren grauslichem Sirup-Kaffeeshake krepiert.«

»Wir propagieren die gesunde Jause, und die Kinder kaufen für teures Geld Koffeinbomben voller künstlicher Aromen«, schimpfte ihre deutlich jüngere Freundin, dass ihre hennarote Stachelfrisur erbebte.

Aus dem Nebenlokal trat jetzt auch der zweite Sanitäter, die Trage vor sich herschiebend.

Endlich wurde das Gesicht des Patienten sichtbar, und Irma keuchte auf. »Das ist Jens Krammer!«

»Dann ist Beten doch nicht vergebens«, krächzte ihre Oma im Vorübertrippeln, schwer auf den Gehstock gestützt und mit einem Silberkörbchen in den Spinnenfingern der anderen Hand. Der Silberzopf um ihren Kopf war mit an die tausend Haarnadeln festgesteckt, was wirklich nötig war angesichts ihres parkinsonbedingten Kopfschüttelns.

»Oma, lass das!«, rief Irma, was Oma Novak natürlich niemals tun würde, ehe sich nicht die Erde auftat und sechs fesche Sargträger sie am Seil hinunterließen. Ihre Beerdigung hatte die alte Dame längst durchgeplant, von den Musikeinlagen während der Trauerrede bis zur Aftershow-Party. »Du bist siebenundachtzig Jahre alt, schone dich mal.«

»Der stille Gast will sein Himbeerkipferl«, protestierte ihre Oma, als Irma sie sanft auf den nächsten freien Stuhl drückte. Anstandslos reichte Oma das Silberkörbchen an Irma weiter. »Der wäre übrigens was für dich.«

Der »stille Gast« war ein attraktiver Mann, der neuerdings zum Stammgast geworden war. Irmas Oma hatte einen Narren an ihm gefressen. Er besetzte stets die hintere Ecke nahe am Notausgang, las ausnahmslos alle Zeitungen und verschwand nach einer Melange mit Himbeerkipferl genauso wortkarg, wie er zwei Stunden zuvor gekommen war. Das heißt, er verschwand nicht, sondern humpelte an einer Krücke hinaus. Irgendetwas mit seinem linken Bein war im Argen, ein Sportunfall vielleicht, wobei der Rest von ihm dafür umso mehr in Ordnung war. Bedauerlicherweise nahm der Adonis Irma lediglich in ihrer Funktion als Servier-Roboter wahr. Dabei war sie selbst ebenfalls nicht ganz unansehnlich und zudem seit einem halben Jahr die Chefin dieses traditionsreichen, aber zu ihrem Leidwesen etwas abgehalfterten Cafés.

»Kein Wunder, dass wir bankrottgehen, wenn du die Gäste hungern lässt«, maulte ihre Oma, während sie zusah, wie Jens Krammer vor ihren Fenstern in den Rettungswagen geschoben wurde.

»Die Gäste nebenan müssen sich ihre Sachen sogar selbst vom Tresen abholen«, erwiderte Irma und eilte zum stillen Gast, von dem man nur die aufgeschlagene Zeitung sah. »Das

Himbeerkipferl ist noch warm«, sagte sie mit einem Lächeln und stellte das Körbchen vor ihm auf den Tisch. Zwar bedankte sich ihr Adonis, sah sie dabei aber nicht an. Enttäuscht kehrte Irma ihm den Rücken und beschloss, vor die Tür zu gehen.

Die Gäste des »Suncups«, jener vermaledeiten US-Kette, die direkt neben dem »Novak« eröffnet hatte, strömten aus dem Lokal. Ihren aufgebrachten Gesprächen entnahm Irma, dass nicht nur der Krammer erkrankt war, sondern auch einige Kunden unter Übelkeit litten. Man munkelte etwas von einer Lebensmittelvergiftung – was Irma nachvollziehbar fand, denn die Inhaltsstoffe der Coffeeshakes, die das Franchise-Unternehmen zu Wucherpreisen an seine Kunden verkaufte, waren in ihren Augen geradezu Giftmüll. Sie wusste selbstverständlich, wie sehr ihre Meinung vom drohenden Konkurs des Café Novak geprägt wurde. Auch der Streit mit Jens Krammer trug das seine zu ihrer sardonischen Sicht auf den Konkurrenten bei, aber Fakt war, dass die mit Glukosesirup und künstlichen Aromen versetzten Kaffeezubereitungen des ungeliebten Nachbarn mit dem handgerösteten, nach traditioneller Art gesiedeten Kaffee ihres Hauses nicht mithalten konnten.

»Sind Sie die Inhaberin des Café Novak?«, hörte sie unversehens eine Männerstimme fragen. Irma sah überrascht zur Seite und fand sich zwei Männern gegenüber, die ihr Ausweise entgegenstreckten. »Kriminalpolizei, Seidl mein Name«, sagte der bärtige und ältere der beiden. »Können wir uns unterhalten?«

Kriminalpolizei! Was wollten die von ihr? Irma hatte noch nie mit der Polizei zu tun gehabt, und jetzt sahen die beiden sie an, als hätte sie jemanden umgebracht – ach du liebe Güte, dachten die etwa …

Mit einem dicken Kloß im Hals wies Irma den Beamten den Weg in ihr Café.

»Möchten Sie einen Kaffee?«, fragte sie reflexartig und biss sich auf die Lippe. Hoffentlich legten die beiden ihr das nicht als Bestechung einer Amtsperson aus.

Der Jüngere blickte hoffnungsvoll zum Chef, und der nickte.

Erleichtert bereitete Irma drei Tassen vor und sah dann zu den Ermittlungsbeamten auf. »Ein Mokka? Kleiner Brauner? Melange? Franziskaner?«, fragte sie, während sie hinter dem Tresen Omas frisch aufgebrühten Kaffee in der Karlsbader Kanne zur Hand nahm.

»Gibt's auch einen Caffè Latte?«, fragte der junge Inspektor und wirkte reichlich verwirrt.

»Sie meinen einen ›Verkehrten‹ – sollte ein Wiener eigentlich wissen«, wies ihn Irma zurecht. Soll er mich einsperren, dachte sie, aber die Wiener Kaffeetradition ist den Einsatz wert. Seit das »Suncups« nebenan eingezogen war, nahm sie eine deutliche Radikalisierung in Richtung Kaffeekultur-Kämpferin an sich wahr.

Inspektor Seidl schien das ebenfalls zu bemerken und brachte ein schüchternes »Franziskaner« über die Lippen. Leider fing er sich schnell wieder. »Sie hatten mit Jens Krammer einen Konflikt?«

Kurz stockten ihre Hände beim Eingießen der Milch in das Silberkännchen. Irma schluckte, fürchtete, dass ihr die Stimme versagen würde.

»Krammer will unsere Geschäftsräume übernehmen und hat der Hausbesitzerin ein Angebot gemacht, bei dem ich nicht mithalten kann.« Und er ist ein fieser Arsch, der sich für den zweiten Ray Kroc hält, ergänzte sie in Gedanken. »Was ist denn überhaupt los?«

Die beiden Beamten wechselten vielsagende Blicke, ehe Seidl sich räusperte.

»Möglicherweise wurde etwas unter das Chai-Latte-Pulver gemischt. Damit läge eine vorsätzliche Gemeingefährdung vor.«

»Was hat das mit mir zu tun?«, fragte Irma arglos nach.

»Herr Krammer behauptet, Sie wären die Übeltäterin.«

Irma entglitt die Milchflasche. Der Inhalt ergoss sich über den Tresen und tropfte zu Boden. *Das Glück ist ein Vogerl,* sagt man, aber Irma kam es so vor, als hätte das Vogerl für sie nicht mehr als einen Vogelschiss übrig. Erst der Zores mit dem »Suncups« und jetzt Verdächtige in einem Kriminalfall! Wütend warf sie ein Geschirrtuch auf die Milchlache am Boden. Mit einem weiteren Tuch wischte sie den Tresen sauber und wünschte sich, sie könnte damit den ganzen Tag wegwischen.

»Er hat ausgesagt, Sie wären gestern im ›Suncups‹ gewesen«, las der Junior-Inspektor vom Blatt seines Notizbüchleins ab. »Sie hätten vor Zeugen zu ihm gesagt: ›Wenn Sie die Hausbesitzerin bestechen, wird Ihnen das noch leidtun!‹«

»So war das nicht gemeint!«, fauchte Irma. Ihre Rage nahm sie dermaßen gefangen, dass sie ihre Oma nicht kommen sah. Die ergriff in Festival-Lautstärke das Wort, sodass Irma erneut die Milch entglitt.

»Grüß Sie, die Herren! Die Lust auf den Kaffee von nebenan ist Ihnen wohl vergangen, was? Die schenken auch das pure Gift aus. Musste ja mal einer tot umfallen. Schön, dass es keinen Falschen, sondern diese Ratte von Geschäftsführer erwischt hat. Man muss nur warten können.«

»Oma!«, rief Irma und wollte ihrer Altvorderen am liebsten den Mund mit beiden Händen zuhalten.

»Was denn, ist doch wahr! Ich bin zu alt, um noch ein Blatt vor den Mund zu nehmen. Wo bleibt eigentlich der Alfred?« Mit einem Lächeln, das die Falten in ihrem Gesicht in ein Meer aus Sonnenstrahlen verwandelte, wandte sie sich an den jungen Beamten, der die ganze Zeit über hocherfreut Notizen anfertigte. »Himbeerkipferl zum Kaffee?«

»Dem Alfred habe ich gestern gekündigt«, sagte Irma direkt in ihre rechte Ohrmuschel. »Er wird heute nicht kommen.«

»Wie kannst du dem Buben kündigen?«, echauffierte sich ihre Oma, als wäre ihr die prekäre finanzielle Lage des Cafés nicht hinlänglich bekannt – ganz abgesehen davon, dass der »Bub« siebenundfünfzig Jahre jung war. »Was! Auf den Schock muss ich mich jetzt wirklich ausruhen.«

Damit tippelte sie am Tresen vorbei durch den Torbogen, hinter dem es rechts zu den Toiletten und links zur Küche sowie zum Hinterausgang und in Richtung Hausflur ging. Irma schluckte ihren Ärger hinunter und überlegte fieberhaft, wie sie jetzt noch einen guten Eindruck bei der Polizei hinterlassen konnte. Nur ein perfekter Franziskaner konnte da noch helfen!

Hastig schäumte sie die Milch auf und holte Schlagobers aus dem Kühlschrank. In die große Kaffeeschale kam zum Mokka nun etwas heißes Wasser, dann die warme Milch und obendrauf ein Gupf Obers. Nein, sie sagte niemals Schlagsahne. Die Touristen liebten ihre authentisch wienerische Karte.

Während sie mit dem Verkehrten und einem Mokka für sich selbst beschäftigt war, setzten sich die beiden Ermittler an einen Tisch und sprachen leise miteinander. Irma stellte alles auf ein Tablett und ging zu ihnen.

»Hier, ein Franziskaner und ein Verkehrter«, sagte sie möglichst unbeschwert und schob die Kaffeetassen und Wassergläser auf den Tisch. Die Männer bedankten sich, wurden aber gleich darauf ernst.

»Wo waren Sie gestern nach Feierabend?« Die Miene von Inspektor Seidl war finsterer als ihr Mokka.

»Zuerst bei Omi im ersten Stock und danach in meiner eigenen Wohnung im Dachgeschoss drei Häuser weiter.«

»Allein?«

»Zählt ein Siamkater?«

»Nein.«

»Dann allein.« Der erste Schluck vom Mokka entfaltete seine Röstaromen in Irmas Mund und sandte seine Superkräfte durch ihre Blutbahn. Jetzt fühlte sie sich deutlich besser gewappnet.

Der junge Inspektor nippte unterdessen an seinem Verkehrten und stieß einen anerkennenden Pfiff aus. »Wow, schmeckt der klasse – so einen guten Caffè Latte hatte ich noch nie!«

Irma verzichtete darauf, den Banausen zu berichtigen, und behielt lieber Seidl im Blick, der offenkundig das Sagen hatte, während der Junge in puncto Grips gerade mal dem Milchschaum an seiner Oberlippe das Wasser reichen konnte.

»Sind Sie Diabetikerin?«, fragte Seidl, als sie den Zucker ablehnte, den er ihr anbot.

»Nein, aber meine Großmutter. Da passe ich lieber auf.«

Seidl nickte, schüttete allerdings reichlich Zucker in seinen Franziskaner und begann, darin zu rühren. »Erzählen Sie mal – das Kaffeehaus hat Probleme?«

Irma schossen Tränen in die Augen. Einfach so, ohne Vorwarnung. Sie versuchte sie fortzublinzeln und sah sich nach ihren Gästen um, als würde sie glauben, es hätte jemand nach ihr gerufen. Der stille Gast war bereits gegangen. Bestimmt hatte er wie üblich einen Zehn-Euro-Schein unter die Kaffeetasse geschoben. Am Tresen schimpfte zu ihrer Überraschung Alfred über das Geschirrtuch am Boden. Bei seinem Anblick machte ihr Herz einen wehmütigen Hüpfer.

»Frau Novak?«, fragte Seidl nach und holte Irma zurück ins Gespräch.

»Das ›Suncups‹ nimmt uns eine Menge Umsatz weg«, antwortete sie hastig. »Wenn jetzt auch noch die Miete auf das erhöht wird, was Krammer bereit ist zu zahlen, müssen wir zusperren.«

Irma meinte, Seidls Gedanken an dessen gerunzelter Stirn ablesen zu können – und das waren empörende Gedanken.

»Hören Sie, ich mache so was nicht!«

Der Inspektor winkte ab, hob seine Tasse an die Lippen und schlürfte den heißen Kaffee durch das Obers. Alfreds Stimme übertönte sein Schmatzen.

»Frau Chefin, auf ein Wort.« Er beugte sich elegant zu ihr herab, wie üblich im schwarzen Anzug mit weißem Hemd und Krawatte.

Irma entschuldigte sich und stellte sich mit Alfred an den Tresen. »Alfred, ›Frau Chefin‹ ist die Oma«, raunte sie ihm zu. »Warum bist du überhaupt da?«

»Ich hab's mir überlegt, ich bleibe bis zum Schluss«, begann er, als hätte er seine Rede lange einstudiert. »Ich lasse sogar meinen Urlaub verfallen. Das Café ist mein Zuhause, ich pfeif aufs Geld. Sie brauchen mich, Irma.«

Die Rührung schnürte Irma die Kehle zu. Gott, sie wollte das Café nicht verlieren, Alfred, die Stammgäste – und ihre Oma würde die Schließung nicht überleben. Offensichtlich sprach ihr Gesicht Bände, denn Alfred nahm es als gegeben, dass sie zustimmte, und griff bereits nach der Schürze. Da trat Inspektor Seidl an sie beide heran und räusperte sich.

»Kriminalpolizei«, sagte er mit gezücktem Ausweis, »Sie sind der gekündigte Angestellte? Wo waren Sie gestern nach Feierabend?«

Alfred riss die Augen auf. »Ich bin früher heim – es ging mir nicht besonders«, antwortete er misstrauisch und blickte zwischen Seidl und Irma hin und her, als könnte er so herausfinden, was los war. »Gegen sechzehn Uhr hab ich den Müll rausgetragen und bin durch den Stadtpark nach Hause gegangen.«

Seidls Augenbrauen wanderten interessiert nach oben. »Zeigen Sie mir mal, wo die Mülltonnen stehen.«

Alfred führte ihn und seinen Kollegen am Tresen vorbei zum Durchgang, Irma folgte auf dem Fuß. An der Tür zum Hausflur sperrte Alfred auf, und sie traten hinaus auf den muffigen Gang. Er deutete stumm auf die Tür zum Hinterhof, wo die Mülltonnen standen.

Seidl ging darauf zu und fragte: »Das ›Suncups‹ benutzt ebenfalls die Mülltonnen auf dem Hinterhof – treffen Sie die Angestellten manchmal?«

Alfred und Irma nickten synchron. War aber auch eine blöde Frage – gerade die hatten doch jede Menge Müll.

Wie auf eine Regieanweisung hin ging in diesem Moment die »Suncups«-Tür auf, und ein blasser Spargel von einem Burschen trat mit zwei Müllsäcken auf den Gang. Zuerst bemerkte er sie nicht, sondern nickte mit dem Kopf im Beat seiner AirPods, die, überdimensionalen Wattestäbchen gleich, unter seinem Zottelhaar aus den Ohren herauslugten. Seidl trat ihm in den Weg, und der Junge zuckte zusammen.

»Haben Sie gestern auch den Müll rausgetragen?«, schrie der Inspektor.

»Alter, erschreck mich nicht so! Klar, ich hatte Schicht.«

Irma bemerkte ein Zucken um Zottelhaars Augen. Er stellte sich als Gerry vor, dessen Probemonat sich dem Ende zuneigte. »Scheißjob. Für das bisschen Kohle mach ich lieber einen PC-Kurs beim Arbeitsamt und kann sitzen.« Er schob sich an Seidl vorbei und stieß die Hoftür mit dem Fuß auf.

Irma blickte hinaus in den Hof und entdeckte: Oma! Seelenruhig stand sie vor dem Papiercontainer und zerkleinerte Pappkartons.

»Grüß dich, Novak-Omi!«, rief Gerry laut.

»Ach, du«, sagte sie nach einem prüfenden Blick auf sein »Suncups«-Shirt. »Willst mich wieder ausspionieren, Burschi.«

Gerry lachte. »Hab dir doch gesagt, ich arbeite nicht mehr lang für den Feind.«

Irma trat ebenfalls nach draußen. »Ich dachte, du legst dich hin, Oma?« Sie rümpfte die Nase wegen des Mistkübel-Miefs.

»Ich leg mich vormittags nie hin!«, entgegnete ihre Großmutter mit Nachdruck. Das war mehr an die umstehenden Männer gerichtet als an sie. Irma wusste, wie peinlich Oma solche Gespräche vor Fremden waren. Auch mit siebenundachtzig hatte eine Frau ihren Stolz. »Und da sagen die Ärzte, *ich* wäre dement«, murrte die alte Dame und drehte sich mit kleinen Schritten um. »Alfred, was stehst du hier herum? Wer ist bei den Gästen?«

»Bin schon weg, Chefin«, sagte Alfred und trollte sich, ehe Inspektor Seidl zum Luftholen kam.

»Und *du* wolltest Alfred kündigen.« Sie sah tadelnd zu Irma. Die wiederum meinte, in ihrem Kopf platzte eine Ader – zum ganzen Ballawatsch, der heute abging, kehrte Oma die Chefin raus!

»Meine Herren, ich muss mich jetzt entschuldigen.« Sie wandte sich mit letzter Beherrschung an die Ermittler. »Meine Großmutter braucht ihre Medikamente, und dann wartet die Arbeit. Sie finden allein hinaus. Der Kaffee geht aufs Haus.« Damit nickte sie den beiden zu und zog mit ihrer Oma am Arm vom Hof.

In dieser Nacht machte Irma kein Auge zu. Die Schlagzeile im Newsfeed auf ihrem Handy rotierte ohne Unterlass in ihren Gedanken.

»Anschlag auf ›Suncups‹-Filiale – Kulturkampf zwischen Wiener Kaffeehaus und amerikanischem Lifestyle?«

Dem Bericht zufolge hatte jemand orale Antidiabetika ins Instantpulver gemischt, woraufhin der Blutzuckerspiegel bei den Chai-Latte-Konsumenten ins Bodenlose gefallen war. Noch hatte man Irma nicht öffentlich beschuldigt – doch morgen würde Inspektor Seidl womöglich schon mit einem Haftbefehl vor der Tür stehen. Irmas Furcht verwandelte sich in einen Marmorfels, der direkt auf ihrer Brust zu liegen kam. Sie sprang voller Panik aus dem Bett, rannte zum Fenster und riss es auf. Die Herbstluft linderte die Beklemmungen etwas, aber in Gedanken sah sie sich bereits in einer kahlen Gefängniszelle sitzen.

Oma nahm nicht nur Antidiabetika-Tabletten ein, sie hamsterte den Stoff, als befände sie sich mitten im Zweiten Weltkrieg. Wenn dazu noch ans Licht kam, dass sie seit Jahrzehnten einen Schlüssel für die Hintertür des »Suncups« besaß, der aus der Zeit ihrer Affäre mit einem der Vormieter stammte – eine Katastrophe.

Was, wenn es Oma gewesen …

»Unsinn«, fuhr Irma sich selbst an. Ihr Kater Felix sprang auf die Fensterbank und stieß sein Köpfchen gegen ihren Arm. »Ach Felix«, sagte sie seufzend, »wärst du doch bloß ein Mann. Dann hätte ich wenigstens ein Alibi.«

Am nächsten Morgen half weder Concealer noch offenes Haar und auch kein doppelter Mokka – nichts vertrieb den zweifelhaften Zombie-Liebreiz ihrer Erscheinung. Und weil das Leben ein perverser Jahrmarktsgaukler auf LSD war, erkor es ausgerechnet diesen Morgen für den ersten Annäherungsversuch ihres stillen Gastes aus.

»Fräulein Irma? Ich meine natürlich Frau Novak …«

Irma lugte durch den Goldvorhang ihrer Haare zu ihm hinunter und stellte die Melange ab. Auch er sah heute reichlich müde aus, was vielleicht daran lag, dass er erstmals unrasiert war.

»Sagen Sie ruhig Irma zu mir, Frau Novak ist meine Oma.« Gott, jetzt lächelte er, und das stand ihm verboten gut! Hätte er das vorgestern gemacht, wäre sie auf Wolken geschwebt. Heute blieb der Untergrund steinig und voller Schlaglöcher. »Das Kipferl kommt gleich.«

»Wir müssen reden«, raunte er ihr zu und hielt sie am Arm fest. Sein Blick war so drängend, dass Irma vergaß, sich hinter Haarsträhnen zu verstecken. »Ich heiße übrigens Arif, Arif Polat«, ergänzte er und wies auf den Sessel gegenüber. Hier in der stillen Ecke würde niemand ihr Gespräch belauschen, hier konnte sie ihm getrost einen Korb geben. Denn für sie gab es ab sofort keine Romanzen mehr, bloß einsame Untersuchungshaft und einen Gerichtsprozess.

»Arif, es tut mir leid, aber ich habe gerade andere Sorgen als –«

Ihr Gegenüber winkte energisch ab. »Die Zeit drängt. Ich konnte für Sie gerade mal eine Galgenfrist bis heute Mittag herausschlagen, dann werden Sie zur Einvernahme abgeholt.«

Das Gefühl, eine Stufe verfehlt zu haben und die Treppe hinabzustürzen, überfiel Irma. »Woher zum Teufel –«

Doch Arif ließ sie nicht weitersprechen, er hielt ihr einen Ausweis hin. »Ich bin Kriminalbeamter. Im Krankenstand.« Er wies auf sein Bein. »Gestern bin ich, gleich nachdem ich gehört hatte, was passiert war, ins Landeskriminalamt. Ich habe mir alles zu diesem Fall angesehen und den Kollegen versichert, dass Sie unmöglich die Täterin sein können. Leider vergeblich.«

Irmas Mund verlor jeglichen Halt und klappte auf. Er war – was? Und er hatte – wie?

Arif senkte den Blick, und erstmals bemerkte sie Verlegenheit auf seinem Gesicht. Sah er in ihr vielleicht doch mehr als nur einen Servier-Roboter? Er fuhr sich durchs Haar. »Ich habe nicht vor, auf mein tägliches Himbeerkipferl und die

Melange von der schönsten Kaffeesiederin der Stadt zu verzichten. Wir brauchen rasch den Täter.«

Irma wurde trotz aller Verzweiflung ein klein wenig warm ums Herz, und sie sank auf den freien Stuhl am Tisch. »Wie soll *ich* den Scherzkeks ausfindig machen, der dem ›Suncups‹ Diabetesmedikamente untergejubelt hat?«, fragte sie ungläubig. Wenn die Polizei bloß nichts von Omas Schlüssel erfuhr!

»Was ist mit diesem Alfred?«, warf Arif ein. »Wollte er sich am ›Suncups‹ für den Niedergang seiner geliebten Arbeitsstätte rächen? Er hat deswegen seinen Job verloren, Irma! Und er hat Zugang zu den Medikamenten Ihrer Oma, so oft, wie er sie in die Wohnung begleitet. Ja, das ist bereits aktenkundig.«

»Unser Alfred? Niemals!« Die Streifen der vergilbten Seidentapete begannen sich zu verbiegen, und Irma musste blinzeln. Alfred wusste vom Schlüssel, vom Medikamenten-Depot – Herrgott noch mal, sie konnte ihn doch nicht ans Messer liefern, damit sie selbst aus dem Schneider war!

»Wir dürfen nichts ausschließen, Irma«, redete Arif ihr ins Gewissen.

»Spionieren Sie uns aus?«, fauchte sie, und die Entrüstung legte sich wohltuend über ihre Angst.

»Ich will Ihnen helfen.« Er sah sie mit Glutaugen an.

Irma hob eine Augenbraue. Drei Monate lang hatte er nicht mit ihr flirten können, und jetzt das? So ging das wirklich nicht.

»Bin aber ungeschickt, was Frauen angeht«, fügte er hinzu und biss sich auf die Lippen.

Okay, da hatte er allerdings recht.

»Locken Sie Alfred in den Hinterhof, konfrontieren Sie ihn mit Ihrem Verdacht. Ich gebe Ihnen Rückendeckung.«

»Alfred ist ein anständiger Mensch«, beharrte Irma. »Er gehört zur Familie.«

»Die er wegen des ›Suncups‹ verliert«, wandte Arif ein. »Ich habe viele anständige Menschen gesehen, die in einer Ausnahmesituation Mist bauen. Alfred stand vor dem Nichts.«

In Irma keimten Zweifel, und gleichzeitig protestierte ihr

Gewissen. Gut, dann würde sie eben Alfreds Unschuld beweisen!

»Geben Sie mir ein paar Minuten Vorsprung«, bat Arif. »Provozieren Sie Alfred, locken Sie ihn in den Hinterhof.« Nach einem tiefen Atemzug und einem letzten Blick in Arifs kantiges Gesicht erhob sich Irma und ging zurück zum Tresen. Ihre Oma goss gerade frisch aufgebrühten Kaffee in eine Tasse und brabbelte mit einem Grinsen im Gesicht vor sich hin: »Schau einer an. Ich dachte schon, der stille Gast ist womöglich schwul. Man muss nur warten können.« Ehe Irma etwas dazu sagen konnte, rief Oma nach Alfred, der sofort aus der Küche kam, ein Tablett Himbeerkipferl in den Händen. »Die Melange ist für Tisch sieben.«

Alfreds Lächeln erlosch, als Irma ihm leise zuraunte, er solle ihr unverzüglich in den Hinterhof folgen, weil sie *alles* *wüsste*. Zeitgleich sah sie Arif durch den Torbogen in Richtung Hausflur verschwinden.

Im Hinterhof stapelte sich Sperrmüll, Fliegen umschwirrten die Mülltonnen, und in der Raucherecke lagen Berge ausgetretener Zigaretten. Arif war nirgends zu entdecken. Weil sie nicht wusste, was sie mit ihrer Anspannung anfangen sollte, drückte Irma den Deckel des Papiercontainers gegen den Widerstand der darin befindlichen Pappschachteln nach unten. Hinter ihr knarrte die Hoftür in den Angeln, und sie wusste, jetzt musste sie ihren guten Alfred eines Verbrechens beschuldigen. Unmöglich, ihn dabei anzusehen, dafür schämte sie sich viel zu sehr. Also schleuderte sie ihre Anschuldigung dem Müllcontainer entgegen.

»Ich weiß, dass du es warst – du hast Omas Diabetesmedikamente zerstoßen und sie unter das Instantpulver gemischt, gib es zu. Du warst schrecklich wütend auf Jens Krammer, wegen seines hämischen Getues und wegen der Kündigung. Alles passt zusammen.« Jedes einzelne Wort tat ihr weh.

»Wird bloß keiner erfahren«, knurrte eine Männerstimme, die Irma Gänsehaut verursachte. Alfred?

Ein Schrei hallte im Hof wider. Im Herumwirbeln sah Irma zwei Männer miteinander am Boden ringen.

»Kriminalpolizei! Jetzt ist Schluss, Bürscherl«, keuchte Arif, das verletzte Bein steif von sich gestreckt, aber nichtsdestotrotz Sieger des Kampfes. »Auf dich warten bis zu zehn Jahre Gefängnis.«

Er drückte das Gesicht seines Gegners auf den Asphalt, die Arme hatte er ihm auf den Rücken gedreht. Doch da lag nicht Alfred. Der stand vielmehr in der Hoftür und blickte genauso verdattert auf die beiden Männer am Boden wie Irma.

Unter Arif lag Zottel-Gerry! Das Gesicht zur Tomate mutiert, zappelte er unter der personifizierten Macht des Gesetzes.

»Das war doch nur ein Denkzettel, weil mich der Arsch von Geschäftsführer rausgeschmissen hat!«, wimmerte Gerry, und Resignation ergriff allmählich von ihm Besitz. »Der Omi war schwindlig, weil sie unterzuckert war. Ich hab sie in die Wohnung begleitet, und da hat sie mir ihr Medi-Lager gezeigt. Ein paar Schachteln weniger fallen nicht auf, hab ich gedacht, und die vom ›Suncups‹ sind die totalen Ausbeuter – dem Krammer musste doch mal jemand in die Suppe spucken!«

Irma war zwar im Großen und Ganzen seiner Meinung, aber natürlich durfte niemand die Gesundheit von Menschen aufs Spiel setzen. Wenngleich den Konkurrenten von seiner eigenen Chai-Latte niedergestreckt zu sehen vermutlich der Höhepunkt des Jahres gewesen war.

Handschellen klickten, und Arif zog Gerry auf die Beine. Alfred machte hastig den Weg frei, da betrat Oma den Hof. Sie blieb unmittelbar vor Gerry stehen und schüttelte den Kopf – wobei schwer zu sagen war, ob es am Parkinson lag oder an Gerrys Verbrechen.

»Was bist du nur für ein Dummkopf, Burschi!«, schimpfte sie mit ernster Miene. Gerry sah sie mit verzerrtem Gesicht an und erinnerte Irma mehr an ein trotziges Kind als einen Kriminellen. »Hör zu – wenn du aus dem Bau kommst, kriegst du hier bei uns einen Job. Und dann machst du keinen Blödsinn mehr, verstanden?«

»Falls es uns dann noch gibt«, fügte Irma hinzu. Oma Novak sah sie an, als würde sie ihre Anwesenheit erst jetzt bemerken, und tippte sich mit dem Zeigefinger gegen die Schläfe. »Der Telefonanruf, richtig! Deswegen habe ich dich gesucht«, rief sie hocherfreut. »Die Hauseigentümerin verlängert unseren Vertrag – zum gleichen Mietzins. Sie möchte nicht als ›Mörderin der Wiener Kaffeehauskultur‹ in der Zeitung verunglimpft werden.«

In Irma explodierte eine Glückskugel – sie waren gerettet! Stürmisch umarmte sie ihre Oma, gleich danach Alfred und dann wieder ihre Oma. Und zu guter Letzt zwinkerte ihr Arif beim Verlassen des Hofes auch noch in einer Weise zu, die klarstellte, dass er morgen mehr als eine Melange bei ihr bestellen würde.

»Wie ich immer sage: Man muss warten können«, erklärte Irmas Oma. Dann hakte sie sich kichernd bei Irma unter und dirigierte alle zurück ins Café.

Frank Friedrichs

Pflanzenrausch in Vertikow

19. Oktober 2019, 11.25 Uhr
»Tachschön, Peer!« Erich Schlüter tippte an seine Mütze.
»Moin, Erich. Mal wieder Zeit für die ›Eiche‹?«
»Jo. Winterweizen is gesät, nu is erst mal Ruhe. Und du, willst auch zum Stammtisch?«
Peer grinste. »Nee, ich wollte da bloß mal feucht durchwischen.«
Nach kurzem Stirnrunzeln lachte Erich auf. »Ach so, hast recht, blöde Frage. Aber das trifft sich gut. Weißt was? Ich glaub, ich hab 'n Fall für dich.«
»Einen Fall?« Zögernd stellte Peer die Bremsen seines Rollstuhls fest. Das verhieß nichts Gutes. Wenn Vertikower ihn als Detektiv beauftragten, ging es meist nur um vermisste Katzen, gestohlene Fahrräder oder maximal um eine eifersüchtige Ehefrau.
»Ja.« Erich beugte sich zu ihm hinunter. »Drogen.«
»Wie bitte?« Eine Windbö wirbelte ihm ein feuchtes Blatt ins Gesicht. »Bäh! Können wir das drinnen klären?«
»Klar. Komm mit!« Erich wandte sich dem Eingang zu.
Peer starrte den Bauern entgeistert an und wies auf die Treppe. »Natürlich, Erich. Ich steh auf, klapp meinen Rolli zusammen und trag ihn nach oben.«
»Ach ja.« Mit hochrotem Gesicht nahm Erich die Mütze ab. »Entschuldige, wie blöd. Manchmal vergess ich das mit dem Rollstuhl und denk, du bist immer noch du.«
»Ich bin immer noch ich. Nur nehme ich nicht mehr die Treppe, sondern den Hintereingang.«
Erich nickte, murmelte etwas wie »Ich geh schoma vor« und verschwand im Gasthaus.
Peer musste an der »Alten Eiche« entlang auf den Hof der

benachbarten Feuerwehr fahren, Eilien anrufen und warten, bis sie ihm die Hintertür öffnete.

»Rauschgift natürlich! Was sonst?«

Als Peer reinrollte, saß Erich am runden Tisch neben dem Tresen, drei Stammtischbrüder hingen gebannt an seinen Lippen. Das entwickelte sich in keine gute Richtung – gleichwohl in eine erwartete. Beim Tratsch in der »Eiche« gehörte es zu den Regeln, sich an Spannung, Dramatik und Ungeheuerlichkeit zu überbieten.

Er lenkte seinen Rolli an den Platz, an dem seinetwegen kein Stuhl mehr stand. »Nun mal ganz langsam, Erich. Und vor allem leiser. Mit solchen Äußerungen solltest du vorsichtig sein, wenn du keine Beweise hast.«

Eilien, die Wirtin der »Eiche«, stellte zwei Biergläser auf die vernarbte Tischplatte. »Dit find ick ooch, Erich. Mach hier keen Ärger, wa? Tachschön, Peer!«

Der Bauer lehnte sich auf seinem Stuhl zurück. »Beweise? Hab ich. Frag Heinzes Tim und seine Freunde: Gewächshaus, Kunstlicht, süßlicher Geruch ... was willste noch? Liest man doch ständig, dass jemand hier in Meck-Pomm Haschisch anbaut.«

»Was? Cool! Wer baut Hasch an?«

Peer sah sich um. Kevin Grenzin stand in der Tür und ließ mit einem Strahlen im Gesicht den Autoschlüssel um den Zeigefinger kreisen.

Allerdings nur so lange, bis er von seinem Großvater, der nach ihm eintrat, einen Klaps auf den Hinterkopf bekam. »Das geht dich gar nichts an, Junge! Da lässt du die Finger von, klar?« Die Rüge ging in rasselndem Husten unter.

Kevin grinste. »Schon gut, Opa. Spaß!« Er winkte Peer zu und verschwand in den Billardraum.

Walter Grenzin trat an Peers Tisch. »Was verbreiten Sie schon wieder für 'n Unfug, Wesendonk?«

Ehe Peer reagieren konnte, sprang Erich ihm bei: »Er nich, das war ich. 'n paar Kinder ausm Dorf sind abends im Moor rumgekrochen. Mutprobe oder so. Und da ham sie Licht in den Gewächshäusern gesehn und sind neugierig geworden.«

»Kinder *werden* nicht neugierig, sie sind es von Natur aus«, brummte Grenzin. »Licht in den Gewächshäusern des Barons? Was geht das denn die Gören an?«

Erich zuckte mit den Schultern. »Jedenfalls, Heinzes Tim, der hat sich wohl am weitesten aufs Grundstück getraut, und er hat danach gemeint, es hat so komisch süßlich gerochen.«

»Ach?« Grenzin musterte ihn uninteressiert. »Und so«, er wurde erneut durch einen Hustenanfall unterbrochen, »so riecht also Haschisch?«

»Keine Ahnung«, gestand Erich. Die beiden Männer wandten sich Peer zu.

»Was guckt ihr mich an?« Peers Stimme klang nicht so fest wie erhofft. »Ich weiß auch nicht, wie … wie eine Hanfplantage riecht.« Gerade noch die Kurve gekriegt. »Also, ich sehe da keinen Fall. Mal ehrlich: Der Baron kümmert sich bestimmt lieber um seine rassige Latina als um Grünzeug.«

»Miranda«, säuselte Grenzin und lachte kollernd.

»Macht da keine Witze drüber«, mahnte Erich. »Der Baron baut Rauschgift an und will das den Jungs im Dorf andrehn!«

Peer schlug mit der Hand auf den Tisch. »Schluss jetzt! Das ist üble Nachrede und Verleumdung. Du kannst froh sein, wenn der Baron dich nicht anzeigt.«

»Das denke ich auch«, brummte Grenzin. »Zum Glück hab ich nichts davon gehört.« Hustend schlurfte er zum Tresen.

Erich riss die Augen auf. »Mich anzeigen? Wieso mich?«

»Weil du absolut keine Beweise für die Behauptung hast.«

»Und die Aussage von Heinzes Tim?«

»Mutmaßungen eines Halbstarken, der sich unerlaubt auf fremdem Grund und Boden aufhält, sind keine Beweise. Wenn Tim überhaupt eine Aussage macht.« Peer griff nach seinem Bierglas und nahm einen ordentlichen Schluck. »Und was glaubst du, warum der Baron so was tun sollte?«

»Weil er Geld braucht.«

»Dit stimmt«, pflichtete Eilien ihm bei. »Denk an den Flohmarkt vor zwee Jahrn, wo er die Hälfte der alten Möbel aus dem Schloss verkooft hat, wa?« Sie stellte einen Teller mit zwei Buletten vor Erich ab und rauschte davon.

Peer schüttelte den Kopf. »Aber nach dem Tod der Baronin hat er doch als einziger Sohn alles geerbt.«

»Tscha«, meinte Erich lakonisch. »Hat wohl nur für 'n Jahr gereicht.«

Die Tür öffnete sich erneut, und die alte Treskow trat ein. Na wunderbar. Bekäme seine Nachbarin Wind von der Sache, würde sie ihn auf der Stelle zusammenfalten, weil er den Fall nach fünf Minuten noch immer nicht aufgeklärt hatte. »Guten Tag, Frau Treskow. Was machen Sie denn hier?«

Die alte Dame stakste zu ihm, bemüht, sich nicht zu sehr auf dem Regenschirm abzustützen, den sie statt eines Gehstocks dabeihatte. »Dies ist ein freies Land, ich bin nicht entmündigt, ich darf gehen, wohin ich will.«

Peer schloss die Augen. »Natürlich, so war das doch –«

»Da Sie schon fragen: Seit es in der ›Eiche‹ sonntags Kuchen gibt, hole ich mir ab und zu ein Stück für zu Hause.«

»Oh, schön«, sagte Peer so freundlich wie möglich.

Sie hob die Augenbrauen. »Zumindest besser, als freitags in Gadebusch Kuchen zu kaufen und am Sonntag einen Stein auf dem Teller liegen zu haben.«

»Und warum essen Sie den Kuchen nicht hier bei Eilien?«

Die alte Treskow kräuselte abschätzig die Lippen. »Haben Sie ihren Kaffee mal probiert?«

»Nein, ich hab ja mein Bier.« Er nickte in Richtung seines Glases.

»Sehr vernünftig, bleiben Sie dabei.« Seufzend setzte sie ihren Weg zum Tresen fort. »Eilien, meine Liebe, ist mein Kuchenpaket schon fertig?«

Ehe die Wirtin sie begrüßen konnte, rief Erich ihr hinterher: »Frau Treskow, was meinen Sie? Peer ist doch Detektiv ...«

»Ich weiß nicht, ob wir uns da vollkommen einig sind«, gab sie zurück.

Unbeirrt fuhr der Bauer fort: »Wenn er von ei'm Verbrechen erfährt, muss er dann nichts unternehmen?«

Peer fuhr ihn an: »Jetzt ist aber Schluss, Erich. Es gibt hier kein Verbrechen. Drogen, so ein Blödsinn.«

Mit einem sachten Wedeln ihres Schirms zog die alte Treskow ihre Aufmerksamkeit wieder auf sich. »Nun, Herr Wesendonk, dann beweisen Sie halt, dass es kein Verbrechen gibt.«

Wieder einmal wurde Peer bewusst, welche Eigenschaft seine Nachbarin so unleidlich machte: Sie traf verdammt oft ins Schwarze.

Eilien legte ein Päckchen aus weißem Papier auf die Theke. »Jetz aba mal im Ernst, Peer: Wat soll er 'n sonst in so 'nem Jewächshaus anbaun? Kaffee vielleicht?«

»Warum nicht?«

Die alte Treskow griff nach dem Päckchen. »Dann lass uns hoffen, dass er besser ist als deiner, meine Liebe.«

22. Oktober 2019, 15.50 Uhr

»Jeht dit ooch 'n bisschen schneller? Ick dachte, dit is extra 'n Jelände-Rolli, wa?«

»Aber kein Amphibienfahrzeug!« Vorsichtig lenkte Peer den umgebauten Segway mit extrabreiten Reifen durch den Sumpf. »Wieso hab ich mich bloß darauf eingelassen?«

Eilien wandte sich um. »Da wüsst ick zwee Antworten zu: Du bist neujierig, und du hast Angst vor deiner Nachbarin.« Sie wies auf eine breite Pfütze. »Vorsicht!«

»Blödsinn! Ich hab doch keine Angst vor ihr. Ich folge nur ihrem Rat, euch von diesen absurden Gerüchten abzubringen.« Er fluchte, als ein Matschspritzer auf seiner Jeans landete. »Verdammt, warum sind wir nicht durch den Park gefahren?«

»Wat? Wie denkste dir 'n dit? Soll'n wir anner Schlosstür fragen, ob Herr von Radenow uns mal eben seine Hanfplantage zeigt?«

»Ob er uns zeigt, was er in seinem Gewächshaus anbaut.«

Eilien stemmte die Hände in die Hüften. »Jungchen, für 'n Detektiv biste echt janz schön naiv.«

Die Mauer, der sie folgten, war hier, wo der Park ans Moor grenzte, nur in Teilen erhalten. Breite Lücken erweckten den Eindruck einer uralten Ruine, schmalere Risse erinnerten an Schießscharten. Ob ein Spalt breit genug für den Rollstuhl ... Moment mal! Schießscharten? Abrupt stoppte Peer. »Eilien, warte. Was machen wir, wenn Erich recht hat?«

»Wie? Wat meenste? Ob wir ihn anzeigen?«

»Nein, jetzt gleich.« Lag es allein am sonnigen Wetter, dass ihm Schweiß auf die Stirn trat? »Falls es wirklich um Drogen geht, ist eine Menge Geld im Spiel. Dann sind hier sicher überall Wachen. Bewaffnete Wachen!«

Erschrocken riss Eilien die Augen auf. »Scheiße auch!«

Peer nickte. »Wir müssen verdammt vorsichtig sein. Kein ...«

Ein Knacken ließ ihn herumfahren. Irgendwo im Moor bewegte sich etwas. Oder jemand. Im selben Moment kiekste Eilien und wies mit zitterndem Zeigefinger auf ein niedriges Kieferndickicht. Oder genauer: auf den Gewehrlauf, der sich über den Zweigen bewegte.

So schnell und leise es ging, verbargen sie sich hinter einer Eibe an der Mauer. Sekunden später trat der Baron aus dem Dickicht, eine Doppelflinte über der Schulter.

»Kommt er von der Jagd?«, fragte Eilien leise.

»Jagd auf wen?«, entgegnete Peer düster.

Der Baron blieb stehen und sah sich um, sein kräftiger Brustkorb hob und senkte sich einmal. Dann ging er weiter, geradewegs durch die Mauer, wie es schien.

»Da muss ein Loch sein«, flüsterte Peer. »Aber lass uns noch warten. Mindestens eine Minute!«

Tatsächlich fanden sie, nachdem sie sich aus ihrer Deckung trauten, wenige Schritte vor sich eine rund zwei Meter breite Lücke.

Eilien spähte vorsichtig um die Mauerkante. »Keener da«, raunte sie. »Aber vom Schloss aus kann man direkt auf dit Jewächshaus kieken.«

»Ich weiß. Irgendwelche Büsche, um uns zu verstecken?«
»Drei Magnolien. Keen wirklicher Sichtschutz.« Sie ließ
den Blick noch einmal schweifen. »Aba och keene Wachen.«
»Dann los!« Peer neigte die Lenkstange nach vorn, bugsierte
den Segway-Rollstuhl durch die Mauerlücke und rollte hinter
die erste Magnolie.

Das Gewächshaus stand etwa dreißig Meter entfernt; es
war viel größer, als es damals vom Schloss aus gewirkt hatte.
Dunkelgrüne Stahlstreben, die Glasscheiben spiegelten das
Sonnenlicht, darüber wölbte sich das Dach wie eine flache
Kuppel. Ein prachtvoller Bau aus einer Zeit, als die mecklen-
burgischen Landjunker noch Geld und Macht besessen hatten.

»Riechste wat?«, wisperte Eilien, die dicht hinter ihm stand.
»Nichts. Außer dem Moos am Baumstamm. Los, weiter.«
Auch an der zweiten Magnolie roch Peer nichts. Dafür sah
er etwas: Auf den Glasscheiben des Gewächshauses lag innen
ein feiner Tröpfchenschleier. Und dahinter bewegte sich jemand! Ob der sie sehen konnte?

»Nicht rühren!« Peers Hände krallten sich in die rissige
Rinde. Er spürte Eiliens Kopf an seinem Rücken. Die eifrige
Verbrecherjägerin war ziemlich kleinlaut geworden.

Ehe er überlegen konnte, was nun zu tun war, hörte er ein
Quietschen. Vorsichtig linste er um den Baumstamm herum:
Baron von Radenow hatte das Gewächshaus verlassen und die
Tür geschlossen, jetzt zog er einen Schlüssel aus der Tasche.
Aufmerksam blickte er sich um, die Flinte über der Schulter.
Wenn er jetzt abschlösse, könnten sie im Gewächshaus bei
dieser Helligkeit und den benebelten Scheiben nichts erken-
nen. Doch offenbar war der Inhalt wertvoll – und geheim.

In diesem Moment glitt von Radenow der Schlüssel aus der
Hand und landete klirrend auf dem Weg. Der Baron bückte
sich murrend – und der Gewehrlauf zielte auf einmal genau
auf Peer und Eilien.

Beide ächzten leise auf.

Einen Augenblick lang verharrte von Radenow, schien
zu horchen. Hatte er sie bemerkt? Dann richtete er sich auf,

steckte den Schlüssel ein und ging. Ohne die Tür abgeschlossen zu haben.

Sie warteten, bis die Luft rein war. »Das ist unsere Chance«, sagte Peer und hielt aufs Gewächshaus zu.

»Warte!«, rief Eilien. »Was, wenn da noch Leute drin sind?«

»Dann hätte er nicht abschließen wollen.«

Eilien überholte ihn und zog sachte die Tür auf. Es quietschte ohrenbetäubend.

»Psst! Bist du wahnsinnig geworden?«, zischte Peer.

»Sorry«, hauchte Eilien.

Hastig rollte Peer hinein, während Eilien die Tür millimeterweise zuzog. Er sah sich um.

Sie standen in einer Art Schleuse zwischen zwei Türen. Die Wände waren mit Regalen, Geräten und Pflanzstützen so zugestellt, dass man nicht ins Innere des Gewächshauses sehen konnte. Dafür nahm er einen intensiven Geruch wahr. Allerdings …

»Dit riecht ja wie im Blumenladen. Oder wie inner Drogerie.«

»Im Internet steht, dass Hanfpflanzen nach Stinktier riechen.«

»Und wie riecht dit? *So* bestimmt nich. Dit sind eher Veilchen. Oder Jasmin?« Sie ging zur inneren Tür.

Kaum hatte sie sie geöffnet, hob ein Summen an, das die gläserne Halle füllte; der Duft wurde noch intensiver.

»Wie schön.« Eilien blieb in der offenen Tür stehen. Erst als Peer sie anstieß, trat sie zur Seite, sodass er endlich in die Halle rollen konnte.

Sie standen in einer Art Plantage aus Büschen, jeder knapp zwei Meter hoch. Zwischen länglichen, dunkelgrün glänzenden Blättern trugen sie kleine Knäuel aus weißen Blüten.

»Kiek ma«, flüsterte Eilien, »kleene weiße Sterne. Dit is aber keen Hanf.«

»Ach nee, das seh ich auch.« Peer rollte zu einem der Büsche. Um die Blütenstände herrschte reges Treiben, der betörende Duft der filigranen weißen Sterne lockte Scharen von

Bienen an. Offenbar hatte man ein Volk im Haus platziert. Und auch sonst wirkte alles hier äußerst planmäßig: Die Glasflächen des Daches waren durch automatische Rollos halb verdunkelt, Sprinkler hingen in regelmäßigen Abständen von der Decke und versprühten einen feinen Nebel. Es war wärmer als draußen, jedoch nicht zu drückend – von irgendwo schien ein leichter Windhauch zu kommen.

»Seltsam.« Auch Eilien war an den Busch getreten. »So wat kenn ick nich. Wat wird denn da für 'ne Droge draus jemacht?« Peer stöhnte. »Hör endlich auf mit Drogen! Das kann doch was ganz anderes sein. Vielleicht einfach –«

»Vielleicht einfach Kaffee?«

Beide erstarrten, als die Stimme des Barons von der Tür herübertönte. Na wunderbar, Peer! Ein echter Detektiv hätte als Erstes den Eingang gesichert.

»Warum besichtigen wir die Plantage nicht gemeinsam?« Herr von Radenow trat zu ihnen. »Ich zeige Ihnen gern alles.«

»Also, es ist …«, begann Peer, »ich kann …«

»Hamse grad Kaffee jesacht?«, fiel ihm Eilien ins Wort.

Schmunzelnd deutete der Baron eine Verbeugung an. »Habe ich, meine Teuerste.«

Peer wendete den Rollstuhl, um ihn anzusehen. »Ich dachte, der wächst bei uns gar nicht.«

»Eigentlich nicht.« Es schien den Baron nicht zu stören, ja, nicht einmal zu wundern, zwei ungebetene Gäste in seinem Gewächshaus vorzufinden. »Schwer zu sagen, ob wir mit nennenswertem Ertrag rechnen können. Die Arabica-Bäume sind heikel, was Wärme, Licht und Feuchtigkeit angeht.« Er wies zur Decke. »Aber Miranda, meine Frau, ist auf einer Kaffeeplantage in Venezuela groß geworden und leidet schrecklich unter Heimweh. Da ihr Vater das nötige Kleingeld und meine Vorfahren schon immer ein Faible für botanische Experimente hatten, haben wir uns die Pflanzen samt technischem Equipment von Südamerika hierherschicken lassen.« Von Radenow strahlte Eilien an. »Und ich wette, Sie wollen jetzt wissen, ob ich Sie exklusiv mit bestem Kaffee beliefern kann, was?«

»J…ja.« Zaghaft nickte Eilien. Dann, als wäre ein Schalter umgelegt worden, ratterte sie los: »Also, ick zahl jetz schlappe hundert Euro für zehn Kilo, wa? Aber der Kaffee is ooch Müll. Ihnen würd ick hundertdreißig bieten, wennse mich wirklich exklusiv beliefern. Und 'n Stück Kuchen jeden Sonntag is denn ooch mit drin, wa?«

Schmunzelnd schlug der Baron ein. »Na, dann ist ja alles so gelaufen, wie Frau Treskow sich das gedacht hat.«

»Wie jetz? Wollnse damit sagen, Valentina hat ihre Hand im Spiel jehabt?«

»Sie hat mich gleich am Sonntagnachmittag angerufen.«

Peers Augen weiteten sich. »Dann haben Sie zusammen diese Räuberpistole ausbaldowert? Gewehr, Schlüssel und so?«

Von Radenow zwinkerte ihm lächelnd zu. »Was tut man nicht alles für eine gute Tasse Kaffee?«

Heidi Ramlow

Muckefuck spezial

Berlin, 1946
»Willste nich bei uns wohnen?«, fragt Roland. »Mit dia uff'm
Schwarzmarkt Jeschäfte machen, dit wär dufte. Und ditte
Ahnung von Pflanzen hast, is ooch praktisch. Wie heißt dit
Unkraut, aus dem du den Muckefuck jemacht hast? Weg-
warte?«
Max nickt.
»Und aus den Wurzeln haste den Muckefuck jemacht,
echt?«
»Ja. Erst trocknen, dann rösten, dann mahlen, dann heißes
Wasser druff.«
Sie liegen am Lietzensee und schauen in eine Trauerweide,
deren Ruten dicht über dem Wasser sanft im Wind schaukeln.
»Wat is nu mit'm Wohnen?«, fragt Roland noch einmal.
»Nee, das wird nix«, sagt Max. »Meine Mama. Die kann
nicht mehr alleine. Meschugge, verstehst du?«
Roland kneift die Augen zusammen, weil ihn die Sonne
blendet. »Nee. Vasteh ick nich.«
Max kaut auf einem Grashalm. »Sie redet nicht mehr, ist
stumm.«
»Wie, stumm?«
»Is egal. Willst du noch 'n Schluck Muckefuck?«
Roland nimmt die Feldflasche von ihm entgegen und trinkt.
»Schmeckt echt, oder?«
Roland nickt. Max verschränkt die Arme unter seinem Kopf
und schließt die Augen. Unter den Armen ist sein Hemd zer-
rissen, gut belüftet, trotzdem stinkt er. Er weiß es. Ein Bad
wäre dringend nötig. »Verwahrlost«, würde man wohl sagen.
Max hat keine Freunde. Ist besser so. Seine dunkelblonden
Haare schneidet er selbst. Er beißt sich durch. Andere haben

eine Mutter, die sich kümmert. Max muss sich selber kümmern, dabei ist er erst zehn.

»Hast du schon mal einen getötet?«, will Max von Roland wissen und setzt sich auf.

»Icke? Nee. Aber meen Vater. Anner Ostfront. Viele. Tausend bestimmt. Und du?«

»Auch nicht. Aber ich werde welche töten. Russen. Fünf mindestens.«

»Dit gloobste ja selbst nich. Russen sind stark.« Roland nimmt noch einen Schluck aus der Feldflasche. »Schmeckt echt, wirklich«, lobt er. »Und dit mit den Russen, dit is Quatsch. Wir ham doch Frieden. Ick hab richtig nette Russen kennenjelernt. Die warn ziemlich knülle und wollten, dass ick Wodka trinke.«

Sie schweigen eine Weile. »Wolln wa schwimmen jehen?«, fragt Roland.

»Keine Lust«, sagt Max. »Hab zu tun. Ich muss innen Ostsektor.«

»Wat willste denn im Osten? Da liegt doch der Hund begraben.«

»Was denkste? Russen umbringen natürlich!«

Roland steht auf und schlurft in seinen zu großen Schuhen, die nicht einmal Schnürsenkel haben, runter zum See. »Nu komm schon.« Er spritzt mit Wasser und versucht, Max zu treffen, der sitzen geblieben ist und die Feldflasche mit dem Muckefuck in der Hand hält.

»Ich kann nicht schwimmen.«

»Hast it aber nötich. Du stinkst.«

»Selber nötig«, ruft Max. »Ich geh nicht in diese Brühe!«

»Brühe? Dit Wasser is klar. Brühe wird dit erst, wenn *du* drin bist.« Roland lacht und hängt die Schuhe an einen dicken Zweig, der über den See ragt, zieht sein Hemd und die Hose aus und hängt sie daneben. Er hangelt sich an dem Ast entlang, baumelt eine Weile daran und lässt sich dann ins Wasser gleiten.

Max hockt sich ans Ufer. »Das ist Leichenwasser«, sagt er auf einmal.

»Ick fühl mia ziemlich lebendig!« Roland grinst und planscht im See. »Herrlich! Los, komm rinn. Hier kannste stehen.«

»Oben auf der Wiese haben die Russen ihre toten Soldaten eingebuddelt. Weißt du?«, ruft Max. »Mit Holzbohlen um jedes Grab. Ich hab's genau gesehen.«

»Ja, und meen Nachbar hat die Bohlen jeklaut. Dit hab *ick* jesehen. Wer Bretter klaut und Jott vertraut, eene jute Laube baut.« Roland watet zurück ans Ufer und setzt sich triefend neben Max. Er erzählt ihm, dass die Russen die Leichen letzten Sommer wieder ausgegraben haben. »Und ab damit nach Treptow, sagt meen Nachbar. Gloob mir.«

»Und wennse eine vergessen haben?« Max schüttelt sich.

»Jenau«, sagt Roland, »und nachts erschrecken se kleene Jungen wie dich, deshalb willste se ooch alle umbringen.«

»Du schnallst ooch jarnüscht«, sagt Max. »Als sie über meine Mutter her sind, auf dem Friedhof. Und ich mich verstecken musste, da hab ich sie beobachtet und mir die Fratzen gemerkt. Jede Nacht grinsen sie mich an. Die erkenne ich im Schlaf.«

* * *

Max tigert durch die Stadt, in den Ostsektor, zu Fuß an Trümmerbergen vorbei und auf dem Trittbrett der Straßenbahn. Entschlossen und voller Wut. Fünf sollen es sein. Fünf Soldaten will er totmachen, mit Muckefuck. Er hat genug Eibennadeln getrocknet, zerstoßen und in den Rest vom Muckefuck geschüttet. Sein »Muckefuck spezial«. Ob er die Russen findet? Es gibt so verdammt viele von denen. Vielleicht sollte er am Brandenburger Tor rüber?

»Wenn ich zehn bin, räche ich dich!«, hatte er seiner Mutter geschworen. Letzten Monat war sein Geburtstag. Und Versprechen muss man halten.

Das Bild seiner Mutter quält ihn jede Nacht. Minutenlang hatte sie wie tot am Boden gelegen, nachdem die Russen weg waren. Sie kam kaum in den Keller, in dem sie in den Ruinen

Unterschlupf gefunden hatten. Blut lief an den Beinen runter. Sie weinte die ganze Nacht, wimmerte vor Schmerzen. Am nächsten Morgen wollte sie nicht in die russische Kommandantur und auch nicht in die Nehringschule, wo die Soldaten wohnten. Seine Mutter putzte für sie und versorgte die Pferde in der Turnhalle. Über zwei Monate waren die Russen da schon in Berlin. Einige in der Straße hatten weiße Bettlaken rausgehängt, als sie kamen. Viele jubelten, andere fürchteten sich. Vor allem die Frauen und Mädchen.

Das war jetzt über ein Jahr her. Mutter redete nicht mehr, sang keine Lieder mehr, streifte nicht mehr mit ihm durch die Natur, um ihm alles über Wildkräuter und Sträucher beizubringen. Sie hatte Max früher viel gezeigt und erklärt.

Am Brandenburger Tor beobachtet Max den Übergang. Da vorne beginnt der russische Sektor. Eine Soldatin regelt den Verkehr. Streng sieht sie aus. Mit einem Dutt. Max muss sich unsichtbar machen. Auf der anderen Straßenseite stehen einige Iwans, acht oder neun. Sie lachen laut. Als eine Frau mit zwei Kindern die Straße überquert, schließt er sich ihr an. Er bleibt bei den Russen stehen, sie beachten ihn nicht. Er bietet ihnen seine Feldflasche an, aber sie jagen ihn weg. Dann eben nicht. Es ist sowieso keiner von seinen Russen dabei.

Er geht die Linden entlang, weiter in den Ostsektor rein, auf der Suche nach den richtigen Soldaten. Nein, den lass ich leben, überlegt er, als ihm ein junger Soldat entgegenkommt. Den übernächsten aber spreche ich an, ganz bestimmt. Doch auch ihn lässt Max am Leben. Hier sind zu viele Zivilisten, denkt er. Sein Herz klopft. Er setzt sich auf einen Trümmerhaufen auf dem Mittelstreifen, beobachtet die Vorbeigehenden und die Fahrzeuge. Die Straßen sind jetzt freigeschippt, die Bombentrichter auf den Fahrdämmen zugeschüttet und geebnet. Löwenzahn treibt seine Blätter durch Schutt und Ritzen. Er streichelt über einen der gelben Blütenköpfe. Wie schön er in der Abendsonne leuchtet. Nein, er pflückt ihn nicht. Nein. Auch wenn er Hunger hat. Aber einige junge Blätter entfernt

Max, wischt den Staub darauf an seiner dreckigen Hose ab und kaut sie genüsslich. Die Blätter schmecken herb und bitter. Jemand zeigt auf ihn. Keine Ahnung, was der will. Max steht auf und geht in eine Seitenstraße. Hier war er noch nie, kennt sich nicht aus.

Max sieht sich um, keiner ist ihm gefolgt. Er ist bereit, bei jedem verdächtigen Verfolger sofort in das schützende Dunkel der Ruinen zu springen.

Dämmerung legt sich über den russischen Sektor. Grau in grau versinkt die Stadt. Max überlegt, was er jetzt tun soll. Er muss zurück in den Westen zu seiner Mutter.

»Aber ich habe es geschworen!«, sagt er zu sich selbst und drückt die Feldflasche an sich.

In einigen Fenstern der zertrümmerten Häuser sieht er Petroleumlampen flackern. In der Ferne spielt jemand Akkordeon. Zivilisten sind kaum auf der Straße zu sehen. Max kommt an einer Reihe Fenster vorbei, schwach beleuchtet sieht er im Innern Soldaten, die mit Frauen tanzen, »Russenliebchen«, wie die Leute sagen. Eng umschlungen kommt ein Pärchen aus dem Tanzlokal. Sie wiegen sich in den Hüften. Das Akkordeonspiel wird schneller. Max drückt die Nase an die Fensterscheibe und sieht zwei Russen, die in der Hocke die Beine vor und zurück werfen, dann geht der Nächste in die Hocke. Wie geschickt sie tanzen! Schweiß tropft von der Stirn des Akkordeonspielers.

Da wird Max von hinten gepackt, und jemand schleppt ihn ins Lokal.

»Mal'chik! Mal'chik!«, brüllen alle und klatschten in die Hände. Die Musik spielt. Max grinst schief, einer nimmt ihm die Feldflasche ab, riecht am Muckefuck, probiert, reicht die Flasche weiter, spuckt aus, ein anderer geht in die Hocke und fordert Max zum Tanz heraus.

Max macht mit. Die Russen stampfen im Takt und feuern ihn an. Er kippt auf den Boden, lacht, wird hochgehoben und auf den Tisch gestellt. Seine Feldflasche macht weiter die Runde. Dann sieht er, wie sich in einer Ecke drei oder vier von ihnen über eines der Russenliebchen hermachen. Sie versucht sich zu wehren. Keiner hilft ihr. Max denkt an seine Mutter. Er springt vom Tisch, reißt einem der Russen seine Feldflasche aus der Hand, als der gerade daraus trinken will, und rennt hinaus. Rennt, rennt, rennt. Außer Atem steht er irgendwo zwischen den Ruinen. Er schüttelt die Flasche. Fast leer. Wie viele waren es? Genug? Er schüttet den Rest des Muckefucks auf den Boden. Eine Pfütze bildet sich. Er wischt sich Tränen aus dem Gesicht, als ihn etwas Feuchtes anstupst. Es ist ein dürrer, klappriger, verlauster, hungriger Hund. Max streichelt ihn, fühlt den warmen Körper. Gemeinsam schlafen sie in den Trümmern ein.

***

Drei Tage hat Max den Roland nicht gesehen. Sie treffen sich wieder am Lietzensee.

»Und?«, fragt Roland. »Warste drüben? Haste die Russen kaltjemacht?«

Max zuckt mit den Schultern, legt sich in die Sonne und reicht ihm seine Feldflasche.

»Erzähl doch ma, wie war's im Ostsektor?«

»Da liegt der Hund begraben«, sagt Max und denkt an den Streuner, der am Morgen tot in seinem Arm gelegen hatte. Er muss wohl die Reste aus der Pfütze aufgeschleckt haben.

»Hier. Lies ma.« Roland reicht Max die Abend-Zeitung.
»Die drüben suchen 'nen Mörder, steht da. Der soll zehn Russen mit Kaffee vajiftet haben.« Er grinst. »Da war wohl eener schneller wie du. Sei nicht traurich, dit nächste Mal schaffste dit ooch. Kommste mit zu mir? Ick hab echten Nescafé vom Ami. Schmeckt aber nich so jut wie dein Muckefuck.«

Regina Schleheck

Corona(r)insuffizienz

Ich beobachte sie aus den Augenwinkeln, während sie, gestützt auf den Stock, zu ihrem Stammplatz schlurft. Sie bewegt sich genauso, wie sie ihren Kaffee trinkt – nein, schlürft, mit halb gesenkten Lidern. Neben den rissigen, rot übermalten gespitzten Lippen hängt rechts und links pigmentgefleckte lappige Haut herab. Wie die Lefzen eines Bluthunds. Sie geben ihrem Gesicht etwas Griesgrämiges.

Sie ist meine beste Kundin. Vom ersten Tag an. Und mein Alptraum.

Diese Stadt hat mich aufgenommen und akzeptiert. So, wie ich bin. Nein, sie hat mir *gezeigt*, wie ich bin. Was ich kann. Nach der Schule hatte ich nicht gewusst, wohin. Was ich überhaupt wollte. Zwei Jahre bin ich durch die Welt gereist, ziellos, wie ich dachte, aber am Ende war ich angekommen. Einfach drauflosgetrampt, erst quer durch Europa, dies und das gejobbt, dann – einer spontanen Eingebung folgend – meinen kompletten Lohn als Kellner in einer Kaffeebar nahe der Piazza Navona in Rom in ein Flugticket nach Indien umgesetzt. In den südlichen Teil des Landes: Karnataka, Kerala und Tamil Nadu, wo ich auf Kaffeeplantagen gearbeitet habe. Von da bin ich weitergeflogen nach Kambodscha und Vietnam. Dann Südamerika: Kolumbien, Peru, Bolivien und Brasilien. Schließlich Köln. Warum? Weil es die weltoffenste Stadt Deutschlands ist.

Dass ich zurückwollte, war immer klar gewesen. Aber mit Sicherheit nie mehr zurück in die bayerische Provinz, in der mein Vater ausgerastet war, als ich ihm am Abend der Abiturfeier erklärte, dass ich nicht daran dachte, zu studieren und die Kanzlei zu übernehmen. Sein verzerrtes Gesicht. Irgendwas mit »Dankbarkeit« wurde mir um die Ohren gehauen und ins Gesicht gespuckt.

Kann man jemanden dafür bezahlen, dass er glücklich ist? An dem Abend hatte ich es ihm gesagt. Obwohl ich es selbst noch nicht ganz realisiert hatte. Leben konnte ich es erst in Südamerika. Der Metropole des Machismo. Ach, Rafael ... Ich habe gelernt, dass man mit Anstrengung und Glück überall überleben kann. Dass zum Wohlfühlen viel mehr gehört. Dass Frieden aber nur gelingt, wenn Menschen glücklich sind. Wenn sie ihre Bedürfnisse ausleben und Träume verwirklichen können. Also Köln. Von dem Erbe konnte ich im letzten Jahr auf dem Eigelstein das »Café Bohne« eröffnen. Meine persönliche Philosophie: Kaffeemanufaktur, innovative Gastronomie und Begegnungsstätte. Ich importiere nur Bohnen von Plantagen, die ich persönlich kenne. Die nachhaltig anbauen und ihre Arbeiter fair bezahlen. Dafür gebe ich zwanzig Prozent auf den Fair-Trade-Preis obendrauf. Röste selbst. Auf dem Dachboden. Äußerst schonend bei knapp über zweihundert Grad Celsius, jede Sorte im eigenen Trommelröster. Im Parterre und auf der ersten Etage ist die Gastronomie. Darüber der Wohnbereich. Mein – nein, *unser* persönliches Paradies.

Vom ersten Tag an war die Pütz dabei. Ganz in Schwarz, auf ihren Gehstock gestützt, dessen silberner Knauf zwischen krallenbewehrten, knochigen Fingern hervorlugte. Die Kroko-Handtasche schlackerte gegen das Holz. Die weißen Haare hatte sie zum Nackenknoten gebunden, darüber saß ein schwarzes Kapotthütchen, dessen keck drapierter Spitzenschleier die Stirn halb bedeckte. Dame durch und durch. Nicht zuletzt der Gesichtsausdruck. Ein Pokerface. Sie erwiderte meinen Gruß nicht, sondern spähte nach rechts und links, setzte sich schließlich in Bewegung und steuerte den letzten Tisch am Fenster an, von wo aus sie mit dem Rücken zur Wand nicht nur die Straße, sondern auch das Café bis in den Küchenbereich hinein überblicken konnte. Als ich ihr die Karte reichte, nahm sie sie mit huldvollem Kopfnicken entgegen und studierte sie gründlich, ehe sie einen Caffè Crema verlangte, den sie seitdem immer bestellt. So, wie sie immer den Tisch in der Ecke haben will. Und kriegt. Da sie meist schon vor der Tür steht, wenn ich aufschließe, kommt es so gut wie nie vor, dass er bereits besetzt ist. Mit der Zeit habe ich mir dennoch angewöhnt, ein »Reserviert«-Schild darauf zu platzieren, das ich erst abräume, wenn sie gegen Mittag aufbricht.

Gelegentlich kommt sie auch nachmittags vorbei. Dann bitte ich Gäste, die sich in der Ecke niedergelassen haben, den Tisch freizugeben, was schon mal auf Widerstand stößt, aber bei ihrem Anblick lächeln die meisten verständnisvoll. Ihre scheinbare Gebrechlichkeit mag dazu beitragen. Gepaart mit einer Hoheit, die keinen Widerspruch duldet. Ein bisschen wie Queen Mum, die zu Lebzeiten allerdings ein wahrer Sonnenschein war im Vergleich zu Apollonia Pütz.

Nein, vorgestellt hat sie sich nie. Sie bevorzugt die schriftliche Form. »Herr Huber!«, so beginnen ihre Briefe. »Mit Entsetzen habe ich zur Kenntnis genommen …« Mit Höflichkeitsfloskeln hält sie sich nicht auf. Die Schlussformel lautet stets: »In großer Sorge und Erwartung einer Besserung – Apollonia Pütz«. Damit meint sie nicht meine Gesundheit. Die geht ihr sonst wo vorbei. Wie ihr alles jenseits der eigenen Befindlichkeit sonst wo vorbeigeht. Auch wenn sie die Dringlichkeit jeder ihrer Beschwerden damit unterstreicht, dass es keineswegs um ihr persönliches, sondern um Wohl und Wehe mindestens meiner Kundschaft, wenn nicht der Bewohner des Planeten gehe.

Als ich ihr heute Morgen die Tür aufhielt, kitzelte ein morgendlicher Sonnenstrahl meine Nase. Ich wandte mich blitzartig ab und nieste in die Ellenbeuge – nicht ohne sofort um Verzeihung zu bitten. Statt eines »Gesundheit!« traf mich ihr Blick, als hätte ich einen Anschlag auf ihr Leben verübt.

Ich habe mich längst daran gewöhnt. Halte es sogar für eine gute Schule. Wenn ich sage, dass zum Glücklichsein gehört, seine Bedürfnisse ausleben und Träume verwirklichen zu können, heißt das nicht, dass es nicht auch eines kleinen Stachels im Fleisch bedarf, der einen daran erinnert, *wie* glücklich man eigentlich ist. Frau Pütz ist mein persönlicher Stachel.

Ich habe alles, wovon ich je träumte, erreicht. Den Kaffee von der Pike – der Plantage – bis zum Barista studiert. Ich beherrsche die Praxis vom Anbau über die Röstung, Zubereitung und die Handhabung der Maschinen und Mahlwerke bis zu den Mustern beim Eingießen aufgeschäumter Milch. Frau Pütz beherrsche ich nicht.

Ich arbeite dran.

Die Einwohner der »Colonia Claudia Ara Agrippinensium«, wie die Römer die Stadt am Rhein bei ihrer Gründung nannten, sind im Allgemeinen genau das Gegenteil von Apollonia Pütz: generationenübergreifend kumpelhaft, grundsätzlich wohlwollend und grenzenlos tolerant. Der Eigelstein liegt im Herzen von Köln, zwischen Musikschule und Hauptbahnhof, nahe der Kirche Sankt Ursula, die der Stadtpatronin geweiht ist. Hier kommen ureingesessene Kölner mit Künstlern, anatolischen und Balkanzuwanderern entlang des Straßenstrichs, an Dönerbuden, in Brauhäusern, Schwulenbars und Musikkneipen zusammen. Seit einem Jahr auch im Café Bohne.

»Welche Temperatur hat dieses Getränk?«, hatte sie als Erstes gefragt, als ich ihr den Caffè Crema servierte. Sie hielt die leicht gewölbten Hände rechts und links der Tasse demonstrativ auf Abstand, während sie sich mit bebenden Nasenflügeln vorbeugte.

»Die richtige. Er ist, wie er sein muss, um mit Talleyrand zu sprechen: schwarz wie der Teufel, heiß wie die Hölle, rein wie ein Engel und süß wie die Liebe«, entgegnete ich.

Und erhielt stante pede die erste Lektion in Sachen Apollonia Pütz: »In den USA kann es Sie drei Millionen Dollar kosten, wenn ein Kunde sich verbrüht.«

»Unser Kaffee wird bei idealen vierundneunzig Grad Celsius gebrüht«, besserte ich nach. »Damit die Aromastoffe sich entfalten können. Er ist schon auf dem kurzen Stück bis hierher zu Ihnen heruntergekühlt. Genießen Sie den Geruch, die Vorfreude auf den Geschmack. Es dauert nicht lange.«

Sie antwortete nicht. Schnupperte, prüfte die Temperatur

der Tasse mit den Händen, hob sie vorsichtig an, senkte die Nase, nahm einen tiefen Atemzug, setzte den Kaffee wieder ab, griff zum Löffelchen, rührte, kostete von dem Schaum, ehe sie mit gespitzten Lippen vorsichtig daran nippte. Ich hatte zum Glück zu viel zu tun, als dass ich sie die ganze Zeit hätte beobachten können. Warf nur von Zeit zu Zeit einen Blick hinüber, um mich zu vergewissern, ob sie noch etwas benötigte. Als ich nach einer gefühlten Ewigkeit registrierte, dass sie ausgetrunken hatte, trat ich wieder an den Tisch und langte nach der Tasse. »Kann ich Ihnen noch etwas Gutes tun?«

Sie hob die linke Hand, an deren hagerem Gelenk eine winzige Armbanduhr mit dünnen goldfarbenen Kettengliedern schlackerte, schob mit der anderen das Gehäuse mit dem Ziffernblatt nach oben und kniff die Lider zusammen.

»Bringen Sie in fünfundzwanzig Minuten noch einen.«

Genau so verliefen fortan alle Besuche. Sie kam, schlurfte zu ihrem Stammplatz und ließ sich exakt einmal pro Stunde einen Caffè Crema servieren, ehe sie gegen Mittag wieder aufbrach. Spätestens nach der zweiten Tasse öffnete sie die Handtasche und zog eine sorgfältig zusammengefaltete Tageszeitung heraus, die sie umständlich auf dem Tischchen ausbreitete und stundenlang studierte. Auch wenn sie den Augenkontakt mit mir auf ein Minimum beschränkte, wieselten ihre Blicke, wenn sie nicht gerade las, durch den Raum und checkten, was auf dem Eigelstein abging. Manchmal kamen Menschen vorbei oder betraten das Café, die sie grüßten, worauf sie mit einem Nicken reagierte. Ein Lächeln konnte ich nie an ihr beobachten.

Bei ihren gelegentlichen nachmittäglichen Besuchen muss ich aufpassen, dass ich nicht automatisch einen Caffè Crema vor ihr abstelle. Im Sommer verlangt sie gern einen Eiskaffee.

Gut einmal im Monat bekomme ich Post von ihr. Daher weiß ich, dass sie meinen Namen kennt. Und mein Interesse für Kaffee teilt. Nur ist ihr Fokus immer auf die Kehrseite dessen gerichtet, worum es mir geht. Ganz offensichtlich scheut sie Gespräche. Stattdessen wählt sie den postalischen Weg.

Und verliert auch da nicht viele Worte, sondern fügt den Anschreiben in zittriger Tintenschrift auf feinstem Büttenpapier Kopien von Zeitungsartikeln hinzu, in denen sie etwas umkringelt oder unterstrichen hat.

Beim ersten Mal war ich so verblüfft, dass ich sie anderntags darauf ansprach: »Frau Pütz, ich habe gestern einen Brief von Ihnen be–«

»Dann wissen Sie ja Bescheid«, unterbrach sie mich und wedelte mit der Hand vor ihrem Gesicht, als wollte sie ein lästiges Insekt verscheuchen.

Ich nahm es als Signal, dass sie ihre Ruhe haben wollte, und zog mich zurück. Keine Stellungnahme, kein Austausch, so wenig Kontakt wie irgend möglich. Litt sie unter einer Form von Autismus? War ihr Rückzugsort in der Ecke das Maximum an Nähe, das sie ertrug? Auf der anderen Seite zeigten ihre Briefe und täglichen Besuche ein Bedürfnis nach Annäherung. Gelegentlich frage ich mich, was sie wohl montags treibt, wenn das Café Bohne geschlossen hat.

Definitiv ist sie ein Kaffee-Junkie. Dass sie ihre Order streng nach der Uhr richtet, legt nahe, dass sie bemüht ist, die Sucht unter Kontrolle zu halten. Vielleicht ist das auch der Grund, warum sie zum Trinken die Öffentlichkeit aufsucht? Als therapeutische Maßnahme sozusagen – unter meinen Augen als Dealer und Therapeut in Personalunion?

Einer der Zeitungsausschnitte, die sie mir schickte, beschrieb das Phänomen des »Coffeinismus«, klassifiziert nach ICD-10 der Weltgesundheitsorganisation WHO. Psychische Beeinträchtigungen wie erhöhte Reizbarkeit, dazu physische Folgen wie Tachykardie – Herzrasen –, die zu Coronarinsuffizienz, also einer Verengung der Gefäße, und zum Infarkt führen kann. Als ich die Überschrift »Todesursache Herzinfarkt?« las, setzte mein Herzschlag für einen Moment aus. Ich musste ein paarmal durchatmen, ehe die Buchstaben nicht mehr vor meinen Augen tanzten. Beim dritten Lesen verstand ich, dass dieses Schreiben tatsächlich eine persönliche Botschaft enthielt – dass es nämlich nicht um mich, sondern um *sie* ging. Alle beschriebenen Symptome trafen auf sie zu. Es konnte nichts anderes bedeuten, als dass sie mich bat, auf sie zu achten.

Als wenn ich die Tücken des übermäßigen Koffeinkonsums nicht kennen würde – wie fast alles, was sie mir schickt. Immer geht es um besondere Gefahren im Zusammenhang mit Kaffee. Im ersten Brief der Klassiker: ein Kommentar von 2014 zu dem McDonald's-Gerichtsurteil von 1994. Eine Kundin des Fast-Food-Konzerns hatte nach einer Verbrühung durch zu heißen Kaffee fast drei Millionen Dollar erstritten – was Apollonia Pütz mir schon am ersten Tag aufs Butterbrot geschmiert hatte. Nach einem zweiten Verfahren einigte man sich schlussendlich auf eine halbe Million Dollar, und zwanzig Jahre später hatte eine US-Amerikanerin es aufs Neue versucht.

Was sollte das? Mir diesen kalten Kaffee zu kredenzen! Per Brief! Rückblickend erkenne ich die implizite Drohung.

Apollonia Pütz ließ nichts aus. Als sie im Juli mit dem Eiskaffee anfing, kriegte ich eine Focus-Meldung über eine Starbucks-Kundin in Illinois, die das Unternehmen verklagt hatte, weil die Mengenangabe des Eiskaffees irreführend sei, man bezahle die Bechergröße und nicht den darin enthaltenen Kaffee, der durch die Eisbeigabe drastisch reduziert sei. Okay, die spinnen, die Amerikaner, dachte ich. Hier gelten andere Gesetze. Aber was sollten diese wenig subtilen Hinweise? Wollte Apollonia Pütz mir ans Bein pinkeln? Den Preis drücken? Ich servierte ihr den nachmittäglichen Eiskaffee wie immer. Kein Kommentar.

Mehrfach schickte sie Meldungen über Mängel bei der Reinigung von Kaffeeautomaten, deren Inneres ein idealer Nährboden für Schimmelpilzkulturen sei: Trester im Gehäuse, verdreckte Schläuche, Sporen selbst im Kaffee – außen hui und innen pfui.

Unverschämt! Wollte sie unterstellen, ich würde im Café Bohne nicht penibel auf Hygiene achten?

Das Ammenmärchen, dass Kaffee dem Körper Wasser entzieht – ein »Brigitte«-Ratgeber-Beitrag –, war leider ohne

Datum. Anderntags konnte ich mir nicht verkneifen, der Pütz eine »Apothekenrundschau« auf ihren Tisch zu legen, die auf der Titelseite Franz Kafka zitierte: »Kaffee dehydriert den Körper nicht. Ich wäre sonst schon Staub.«

Sie las lange in der Zeitschrift, sagte aber nichts. Dann die Sache mit den Nanopartikeln im Instantkaffee – was ging mich das an? Bei mir gibt es keine Instantprodukte! Der Bericht zum Verdacht, dass H-Milch krebserregend sein könne. Über Melamin im Milchpulver. Gezuckerte Kondensmilch als Kalorienbombe. Listeriose-Erreger in Rohmilch. Die Meldung des Bundesamts für Verbraucherschutz und Lebensmittelsicherheit von Oktober 2019, nach der siebenundsechzig Komma fünf Prozent aller Hygiene-Beanstandungen auf den Gastronomiebereich entfielen.

Der stete Stachel im Fleisch zeigte Wirkung. Oder lag es an Bruno, der mir nach zwei glücklichen Jahren und ebenso vielen krisenhaften Monaten Anfang März alles vor die Füße geschmissen hatte? Am Morgen, nachdem er von der Mailänder Modewoche zurückgekehrt war. Als Einkäufer für die Edelboutique »Moda Donna« an der Mittelstraße war er dauernd in der Welt unterwegs. Immer wieder fragte ich mich in seiner Abwesenheit, wie viele andere Männer er bei solchen Gelegenheiten datete – und verdrängte den Gedanken jedes Mal. Telefonieren war grundsätzlich schwierig, weil er von einer Veranstaltung zur nächsten hetzte. Aber diesmal war er auch per WhatsApp kaum zu erreichen. Seine knappen Auskünfte klangen ausweichend – er fühle sich schlapp, sei erkältet, anderntags klagte er über Durchfall, am dritten Tag schob er Kopfschmerzen vor. Als ich ihn am Sonntagabend am Flughafen abholte, wirkte er seltsam distanziert, wand sich gleich wieder aus meinem Arm. Im Auto war er einsilbig, zu Hause wollte er den Koffer gar nicht erst auspacken, fiel direkt ins Bett, und als ich ihm wenig später folgte, wehrte er meine Zärtlichkeiten ab. Beim Frühstück am nächsten Morgen konnte ich mir die Frage nicht verkneifen: »Und? Was Nettes aufgerissen?«

Wie bleich er wurde! Stierte mich mit großen Augen an. Der Adamsapfel hüpfte, als kaute er an einer Antwort. Schließlich sprang er auf, fauchte »Fick dich!« und verschwand im Bad. Kurz darauf hörte ich ihn im Schlafzimmer rumoren, dann den Koffer im Flur. Er steckte den Kopf zur Tür rein. »Ich brauch eine Woche Pause, okay? Und tu mir *einen* Gefallen: Ruf nicht an.«

Unmittelbar darauf fiel die Wohnungstür hinter ihm zu.

Als ich am frühen Nachmittag wieder Post von Apollonia Pütz im Briefkasten fand, der sie einen Kommentar über die Ausbreitung dieses neuen Virus aus China im Kreis Heinsberg beigefügt hatte, kriegte ich im wahrsten Sinne des Wortes einen dicken Hals. Der Verfasser forderte eindringlich, gastronomische Einrichtungen als ideale Übertragungsorte für Viren sowie sämtliche Veranstaltungslocations von Kinos bis Konzertsälen zu schließen.

Ich pfefferte Artikel und Brief in die Mülltonne und stand den Tag mehr recht als schlecht durch. Zum Glück tauchte die Pütz nachmittags nicht auf.

Nächtliche Alpträume. Keine Nachricht von Bruno. Nein, ich habe nicht angerufen. Der Kloß im Hals schwoll an.

Während ich den Caffè Crema zubereite, versuche ich, meinen Frust herunterzuschlucken. Es gelingt mir nicht. Ich verspüre eine unbändige Lust, es der alten Zimtziege heimzuzahlen. Ihren hinterfotzigen Post-Terror mit einer vergleichbaren Hinterfotzigkeit zu beantworten, die ihr so richtig wehtut. Ohne dass sie es überhaupt checkt. Als ich mich rumdrehe und nach einem Kaffeelöffelchen greife, stecke ich es blitzschnell in den Mund und speichele es ein, bevor ich es auf der Untertasse platziere. Herpes soll sie kriegen! Mindestens!

Da sitzt sie nun, vorgebeugt, schnuppert, führt die gewölbten Hände zur Tasse, das Wasser läuft ihr im Mund zusammen, man sieht es, weil sie schlucken muss. Sie greift nach dem Löffelchen … einen kurzen Panikmoment lang denke ich, sie merkt es, aber dann taucht sie ihn in die dicke goldbraune Schaumkrone, nimmt ein wenig davon auf, führt den

Löffel zum Mund, spitzt die Lippen, die Lefzen wackeln, als sie die Zungenspitze ausfährt, kostet und den Löffel genüsslich ableckt. Ha! Wie lange habe ich mich nicht mehr diesem wohligen Aufwallen von Wut hingegeben! Es tut so gut! Das verzerrte Gesicht meines Vaters. Sein Gebrüll: »*Mein* Sohn? Du *abartige Sau*!« Es war so leicht gewesen. Ein Impuls. Kurz das Bein vorgestreckt, als er zur Treppe stürmte. Selbst nachdem er sich mehrfach überschlagen und mit einem hässlichen Krachen den Marmorboden geküsst hatte, war die Wut noch da. Erst als ich neben ihm kniete, Puls und Atmung kontrollierte, wich sie allmählich einem warmen Gefühl – der Befreiung. So schrecklich es klingt: Ich spüre bis heute kein Bedauern. Nur Erleichterung. Bei der Autopsie wurde festgestellt, dass mein Vater einen Herzinfarkt erlitten hatte. Kein Wunder, dass er die Treppe hinuntergefallen war.

Mein Smartphone vibriert.

Bruno. Eine Sprachnachricht: »Der Arzt hat das Gesundheitsamt verständigt. Die werden dir den Laden schließen. Du musst in Quarantäne. Ich hab Corona!«

Schlagartig ist die Wut weg.

Ein leises Klirren. Ich blicke mich um.

Apollonia Pütz hat die Tasse abgesetzt. Sie schaut zu mir herüber und – ja, tatsächlich! – lächelt mich an.

Cupping, bis der Tod kommt

»Schatz, geh es heute ruhig an, ja?«, bat mich meine Freundin und Geschäftspartnerin Liliana, während sie mit einem nassen Lappen über die Theke unserer Bar »Vittorio Emmanuele« wischte. »Die Freaks sind es nicht wert.« Ich sah auf die Uhr. Viertel vor zehn. Cupping-Time. Meine Kehle verengte sich.

Die Freaks, wie Liliana sie wenig liebevoll nannte, waren unsere Spezialgäste: eine Gruppe von »Cuppern«, Kaffee-Sommeliers, die unsere Bar in der Galleria Vittorio Emanuele im Herzen Mailands zu ihrem Stammlokal auserkoren hatten. Nicht weil wir für den besten Kaffee bekannt waren, sondern weil unsere Bar die einzige war, aus der sie nicht hinausgeworfen werden konnten. Ihr wichtigstes Mitglied war Gianluca Zigone, eine dickliche Version von Gargamel und ... unser Vermieter. Er war böse, skrupellos und unbestechlich – zumindest was die Bewertung von Kaffee anging –, und es war vor allem seinem blasierten Verhalten zu verdanken, dass die Cupper in keinem anderen Lokal der Stadt mehr erwünscht waren. Mit der Androhung, die Pacht für die Bar zu erhöhen, hatte er sich das Recht erpresst, unsere Räumlichkeiten samstags von zehn bis elf Uhr für das Training der Sommeliers zu besetzen.

Zu der Abmachung gehörte auch, dass ich die Sommeliers bei jedem Treffen mit einem Spezialkaffee zu überraschen hatte – qualitativ hochwertige Ware, an der sie ihre hochempfindlichen Geschmacksknospen weiter verfeinern konnten. Fand ich einen Kaffee, dessen Herkunft, Geschmacksnuancen oder SCA-Score – die Bewertung der Speciality Coffee Association – Zigone nicht erriet, würde er mir die Pacht für ein ganzes Jahr erlassen.

Das war für mich Motivation genug. Seither forschte ich, abonnierte kaffeerelevante Newsletter und knüpfte Kontakte. So hatte ich Konstantin kennengelernt, den Inhaber einer Kaffeerösterei, der sich von meinem Ehrgeiz anstecken ließ und den Wettkampf mit Gargamel zu seinem eigenen erklärte. Bisher hatten wir es nie geschafft, den für unsere Zwecke perfekten Kaffee zu finden, denn – das muss ich leider zugeben – Zigone war gut. Bei jedem Cupping, Samstag für Samstag, erriet er Herkunft, Aufbereitungsmethoden und die verschiedenen Nuancen des Kaffees, für den Konstantin und ich uns entschieden hatten, und gab eine Bewertung ab, die bis auf den letzten Punkt mit dem SCA-Score übereinstimmte. Als hätte er das Etikett auf der Packung gelesen.

Doch diesmal hielt ich eine Überraschung für ihn bereit, die er nicht erwarten würde.

»Bitte, Schatz. Morgen ist Valentinstag. Ich möchte wenigstens einmal im Jahr einen gemütlichen Sonntag mit dir verbringen«, ermahnte mich Liliana.

Ich wusste, worauf sie anspielte. Nach dem Besuch der Cupper war ich regelmäßig mies drauf. Die Missstimmung hielt den ganzen Samstag an und raubte mir nachts den Schlaf, mit dem Ergebnis, dass ich auch am drauffolgenden Tag kaum ansprechbar war. Liliana hatte bereits angedroht, übers Wochenende zu ihren Eltern zu flüchten, sollte das so weitergehen.

Doch dieses Treffen der Sommeliers würde anders verlaufen. Ich lächelte ihr beruhigend zu. »Schau, dass du die Engländerinnen rauskriegst«, sagte ich.

Die beiden Frauen saßen auf den einzigen zwei Stühlen unserer Bar. Schon allein daran erkannte man, dass sie Touristinnen waren. Der Italiener trinkt seinen Kaffee am *banco*, an der Theke. Als meine Freundin den beiden in gebrochenem Englisch erklärte, dass sie den Platz räumen mussten, standen sie anstandslos auf und verließen das Lokal.

»Ich verdrück mich«, sagte Liliana. »Du schaffst das, Meister.«

Damit war sie weg. Mir war es recht. Ich ordnete die Cupping-Bowls und die Spucknäpfchen auf der Theke an. Alle mit demselben Abstand, alle mit einem Cupping-Löffel daneben – bis auf eine, die blieb ohne. Zigone verwendete keinen anderen Löffel als seinen eigenen, den er an einem lächerlichen Stoffband um den Hals trug. Daher stand fest, welche Tasse er verwenden würde, und darauf baute mein mörderischer Plan auf.

»Schwiegermuttergift«, so nannte Lilianas Lieblingsautor das Gift der Wahl, Rizin, das ich mir über Umwege besorgt hatte. Es wirkte langsam, erst nach sechs bis zwölf Stunden, und war im Körper nicht nachweisbar – das ideale Gift, um Gargamel den Valentinstag zu verhageln. Ich ließ einen Tropfen in die Tasse fallen, verteilte ihn und stellte die Bowl wieder an Zigones bevorzugten Platz.

Dann setzte ich den Wasserkocher in Betrieb, bei dem man die Wassertemperatur präzise einstellen konnte – auch das eine Spezialanschaffung eigens für die Cupper –, und holte den Kaffee aus dem Lager. Reiner Arabica von einer unbekannten Kaffeefarm in Costa Rica mit einer SCA-Bewertung von neunundachtzig Komma fünf, einen halben Punkt von der Perfektion entfernt. »Ein absoluter Insidertipp«, hatte mir Konstantin versichert. »Diesmal kriegst du ihn.«

Wie zu erwarten war Gianluca Zigone der Erste. Seine leicht hervorquellenden Augen wanderten abfällig über die Einrichtung der Bar. »Wann baust du endlich um?«, fragte er.

»Wenn ich es mir leisten kann«, war meine Antwort.

Weitere Rechtfertigungen blieben mir erspart, denn Lorenzo Ugolino betrat die Bar. Er war der größte Konkurrent meines Vermieters, wie er ein Experte auf dem Gebiet der Kaffeeverkostung und mindestens genauso von sich eingenommen.

»Buon giorno, Luca«, grüßte er. Wie Zigone duzte er mich. Ich war ja nur der Barista, Fußvolk, am Leben, um ihnen zu dienen. »Womit überraschst du uns diesmal?«

Jedes Mal dasselbe Spiel. »Es wäre ja keine Überraschung, wenn ich das jetzt schon verraten würde«, sagte ich und grüßte die restlichen drei Cupper, die nun die Bar betraten. Einer fehlte. Ich sah fragend zu Zigone.

»Berrera kommt nicht. Wir fangen an.«

Ich wollte Berreras Cupping-Bowl wegräumen, doch er hielt mich zurück. »Du springst für ihn ein.«

Keine Frage. Ein Befehl. Sein letzter. Ich lächelte fein. Dann setzte ich die Kaffeemühle in Gang, befüllte die Tassen mit der vorgeschriebenen Menge Kaffeepulver und nickte Zigone zu. Die Sommeliers versenkten ihre Nase in den Bowls. Das war der erste Schritt. Die Bewertung des trockenen Aromas.

»Lebkuchen«, sagte Zanatta, ein kleiner, dickbäuchiger Kerl mit einer Knollennase. »Lebkuchen und ein Hauch von ... Vanille.«

Er erntete einen vernichtenden Blick von Zigone. »Luca?«

Ich schnupperte an Berreras Tasse. »Kaffee«, gab ich meine Expertenmeinung zum Besten. »Eindeutig Kaffee.«

Zigone quittierte den Versuch, diese todernste Angelegenheit mit einem Scherz aufzulockern, mit einem verächtlichen Schnauben. »Ugolino?«

Der steckte die Nase erneut in seine Schüssel und atmete tief ein. »Zimt, leicht floral mit einem Hauch Vanille?«

Die anderen versenkten ebenfalls ihre Nasen in den Cupping-Bowls. Nickten eifrig. Ich schnupperte ebenfalls noch einmal. Tatsächlich: Unter all dem Kaffeegeruch nahm ich einen leichten Zimtgeruch wahr. Oder bildete es mir zumindest ein.

Zigone unterbrach meine Bemühungen: »Bitte.«

Der Wasserkocher hatte die vorgeschriebene Temperatur von vierundneunzig Grad Celsius inzwischen erreicht. Ich füllte genau die richtige Menge Wasser in die Tassen, die vor den Freaks standen. Dann lehnte ich mich an das Waschbecken und beobachtete sie. Auch sie traten vom *banco* zurück, um die Krustenbildung nicht durch Erschütterungen zu beeinträchtigen. Vier Minuten lang würden sie jetzt über Belanglosigkeiten plänkeln.

Der Kleine hatte einen Gourmetkaffee ersteigert. Fünftausend Dollar das Kilo.

Ugolino konterte mit einem Kaffee, der achttausend Dollar wert war. Er halte das für die nachhaltigste Form der Entwicklungshilfe. Die Bauern in diesen Ländern würden dazu angeregt, Qualität zu produzieren. Und um Qualität solle es im Kaffeegeschäft gehen.

Das war das Stichwort. Ich wappnete mich.

Zigone sah sich um. »Du verkaufst immer noch Robusta-Kaffee?« Er deutete auf das Werbeschild einer bekannten italienischen Kaffeemarke, das über der Kaffeemaschine hing.

Ich spulte meine Standardantwort herunter: »Das ist, was die Leute wollen.«

»Die Leute wollen auch fettes Essen. Aber tut es ihnen gut?«

»Das müssen sie selbst wissen.«

Ugolino zischte verächtlich: »Wir sollten uns eine andere Bar suchen.«

Zigone sah mich an. Da siehst du, sagte sein Blick.

Ich lächelte. Nichts wäre mir lieber gewesen. Die Bar auch am Samstag offen zu halten für Kunden, die ihren Kaffee tatsächlich bezahlten, sich mit dem Robusta begnügten und ihn noch dazu gut fanden, solange ich ihnen mit dem Milchschaum ein Herz darauf zeichnete? Ich würde mich glücklich schätzen. Aber ich machte mir keine Hoffnungen. Wo sollten die Freaks hin? Überall sonst hatten sie mit ihrem Nörgeln den Bogen überspannt, die Baristas vergrätzt, Hausverbot bekommen.

»Die Zeit ist um«, erinnerte ich sie.

Wie auf Kommando traten sie an ihre Kaffeetassen. Zigone zog seinen Cupping-Löffel hervor und brach die Kruste, die Nase dicht über der Oberfläche. Die anderen folgten seinem Beispiel.

»Jetzt rieche ich die Vanille auch«, sagte Zanatta begeistert und wurde von Ugolino mit einem herablassenden Blick bedacht.

Ich beeilte mich, es ihnen gleichzutun, schnupperte an der Brühe herum, die ich mit zwei Löffeln von der Crema befreit hatte. »Vanille«, bestätigte ich, auch wenn meine Nase diese Feinheiten nicht riechen konnte.

»Sehr intensives Aroma«, sagte Zigone zufrieden. »Drei Minuten?«

Ugolino nickte. »Drei Minuten.«

Gespannte Stille breitete sich in der Bar aus. Hin und wieder hängte einer der Herren sein Riechorgan über die Kaffeetassen und sog genießerisch den Duft des Kaffees ein. Mein Herzschlag beschleunigte sich.

Drei Minuten.

Dann war es endlich so weit.

»Jetzt.« Zigone tauchte seinen Löffel in die schwarze Brühe, schlürfte und spuckte sie in das dafür vorgesehene Schälchen. Ein allgemeines Schlürfen und Schmatzen begann. Gargamel schlabberte das Gesöff wie ein Hund – schnell und stoßweise, Zanattas Schlürfen klang wie das Zwitschern eines Vögelchens, während Ugolino den Kaffee eher lang anhaltend aufnahm wie ein Staubsauger. Überall sonst wären sie wegen ihrer Tischmanieren geächtet worden.

»Herkunftsland?«, riss mich Zigone aus meinen Gedanken.

»Äthiopien?«, schlug Zanatta verhalten vor. Er tauchte seinen Löffel wieder in die Cupping-Bowl, schlürfte. »Kenia?«

Ich schloss die Augen. Der Kleine mit der Knollennase hatte mit dieser Vermutung sein eigenes Todesurteil gesprochen.

Zigones Reaktion ließ nicht auf sich warten. »Ich frage mich schon lang, was du bei uns verloren hast.« Er betrachtete Zanatta wie ein ekliges Insekt.

Der Kleine schrumpfte, schlürfte erneut. »Südamerika?«, fragte er völlig verunsichert.

Ugolino erlöste ihn von seiner Qual. »Zu wenig Säure für einen afrikanischen Kaffee. Auf jeden Fall Zentralamerika. Ich würde sagen Costa Rica.«

Ich bestätigte seine Vermutung. Zigone freute sich nicht darüber, dass Ugolino das Herkunftsland erraten hatte, das sah ich ihm an. Dann erschien ein triumphierendes Lächeln auf seinem Gesicht. »Region?«

Emsiges Schlürfen. Ich war nicht überrascht, als die Sommeliers einer nach dem anderen aufgaben und ratlos in ihre

Tassen starrten. Ich grinste in mich hinein. Es war wie in der Schule, wenn der Lehrer sein Register durchforstete, begleitet von der Frage: »Wen prüfen wir denn heute?« Unbeteiligt dreinschauen, nur keinen Blickkontakt mit dem Pädagogen. Ich jubilierte innerlich. Diesmal würde keiner von ihnen den genauen Herkunftsort bestimmen können, auch Zigone nicht. Der ließ seinen Blick über seine Jünger wandern. »Viconte?«, sagte er endlich. »Was meinst du?«

Der Angesprochene, ein mittelgroßer Mann, dessen graue Schläfen ihm ein distinguiertes Aussehen verliehen, fuhr vor Schreck kaum merkbar zusammen. Er versuchte, durch neuerliches Schlürfen Zeit zu gewinnen, wusste aber, dass von ihm eine Antwort erwartet wurde, und äußerte schließlich: »Puriscal? Oder San Jodé?«

»Tarrazú«, entgegnete Zigone kühl, und obwohl es mir hätte egal sein können, fühlte ich Enttäuschung in mir hochsteigen. Er kannte die Farm. »Eine Finca in Tarrazú. Ich kenne den Hersteller gut. Er ist noch unverbraucht. Experimentiert gern.«

Es folgte ein Vortrag über den Kaffeefarmer und seine Vorliebe für Experimente während der Fermentierung. Die anderen nickten ehrfürchtig. Ich nicht. Ich überlegte, woher Zigone diese Information hatte. Misstrauisch musterte ich ihn.

Er beachtete mich nicht. Schlürfte erneut. »Leichter Körper und ein Hauch von … Haselnuss«, sagte er. Dann zog er ein Formular in sechsfacher Ausfertigung heraus und verteilte es an die Cupper. Ich kannte das Ding von ihren früheren Besuchen. Darauf hielten sie ihre Ergebnisse fest. Es war wie beim Bowling. Zigone würde wie üblich der SCA-Bewertung am nächsten kommen, dicht gefolgt von Ugolino. Das Schlusslicht würde Zanatta bilden. Alles wie gehabt.

Zigone sah von seinem Blatt hoch. »Wieso trinkst du nicht?«, fragte er mich. »Ist gut.« Er selbst nahm einen großen Schluck aus der Schale, schwenkte den Kaffee im Mund, sog geräuschvoll die Luft ein. »Ist wirklich gut.«

Das war meine letzte Chance gewesen, Gargamel in unserem

Wettkampf zu schlagen. Beinahe tat es mir leid. Aber nur beinahe. Ich hob Berreras Cupping-Bowl und nippte daran. Zigone hatte recht. Er war tatsächlich hervorragend, dieser Kaffee. Während die Cupper das Formular ausfüllten, trank ich in kleinen Schlucken den Kaffee. Der Geschmack von Zimt und Nelken schwebte darin mit einem Hauch von Vanille und Jasmin und – tatsächlich, jetzt schmeckte ich ihn auch – einem leichten Haselnussston.

Als Gargamel und seine Schlümpfe weg waren, öffnete ich die Eingangstür der Bar. »Luft«, seufzte ich und schloss die Augen. Die Sonne kitzelte meine Lider. Es war vorbei. Die monatelange Unterdrückung durch unseren Vermieter, seine Demütigungen, seine Häme. Vorüber. Heute Nachmittag, spätestens am Abend würde das Rizin wirken, würde Zigone sich krümmen vor Schmerzen. Und ich? Ich würde mit Liliana zusammen das Valentinswochenende genießen. Eine Pizza vom Lieferservice, Kuscheln vor dem Fernseher und morgen Frühstück am Bett und –

»Du bist heute ja gar nicht grantig«, erklang da Lilianas Stimme neben mir, und ihre Arme schlangen sich um meinen Körper.

»Bin ich nicht«, bestätigte ich lächelnd. »Nie mehr.«

Am Abend sahen wir uns »Verlobung auf Umwegen« an, den absoluten Lieblingsfilm von Liliana. Wir saßen zusammengekuschelt auf dem Sofa, aber ich fand keine Sitzposition. Die Pizza, die wir uns zuvor geteilt hatten, lag mir schwer auf dem Magen.

»Was ist denn, Schatz?«, fragte Liliana.

»Ich glaube, die Pizza war schlecht«, sagte ich und stöhnte, als mich ein krampfartiger Schmerz aus dem Nichts überfiel.

»Dann müsste mir auch übel sein.«

»Vielleicht hab ich mir was eingefangen. Die Valentins-Grippe oder so.« Ich versuchte ein Grinsen, das mir aber missglückte. Übelkeit übermannte mich. Ich stöhnte wieder.

»Willst du dich hinlegen, Schatz?«

Ich wehrte ab. »Alles gut. Wir genießen unser Valentinswochenende. Wie du es dir gewünscht hast.« Erneut entfuhr mir ein Stöhnen, und dann schoss mein Mageninhalt schwallartig aus mir heraus. Ich erbrach mich über die Kuscheldecke, den Teppich, den wir erst gekauft hatten, das Sofa. »Ich …«, machte ich einen erneuten Versuch, aber mein Magen verkrampfte sich wieder. Fluchtartig rannte ich in die Toilette.

Liliana wartete vor der Tür. »Geht's, Schatz?«

Ich stöhnte.

»Va pensiero« erklang im Flur, wo mein Handy lag. Ich hatte den Chor aus der Oper »Nabucco« als Klingelton eingestellt, die heimliche Nationalhymne der Italiener.

»Zigone ruft an.« Liliana öffnete die Tür, lugte herein. »Soll ich für dich rangehen?«

»Nein, lass nur«, wehrte ich ab, streckte die Hand nach dem Mobiltelefon aus und nahm den Anruf entgegen. »Pronto?«

»Hallo, Luca«, tönte Zigones knarzige Stimme aus dem Lautsprecher. »Ich hab was für dich.«

Er unterbrach das Gespräch. Ein »Bing« zeigte mir, dass eine Nachricht eingegangen war. Ein Video. Aufgenommen von der Überwachungskamera, die in unserer Bar installiert war. Ich sah mir selbst beim Vorbereiten der Cupping-Bowls zu – und dabei, wie ich Zigones Schale präparierte. Schnitt. Ich trete an die Kaffeemühle. Gargamel vertauscht die beiden Tassen, zwinkert in die Kamera. Schnitt. Ich führe die Schale mit dem Rizin an den Mund.

Übelkeit schwappte wie eine mächtige Welle über mir zusammen. Ich war in meine eigene Falle getappt.

»Bing!« Eine weitere Nachricht von Zigone erschien auf dem Display. *Ich habe dein Geschenk erhalten. Aber ich nehme keine Geschenke an und habe es retourniert. Ich hoffe doch, es ist angekommen.*

Mir wurde schwarz vor Augen.

Die Autorinnen und Autoren

Sina Beerwald,
in Stuttgart geboren, hat ihr Herz an die Nordfriesischen Inseln verloren. Vor mehr als zehn Jahren wanderte sie mit zwei Koffern und vielen Ideen im Gepäck auf die Insel Sylt aus, lebt dort seither als freie Autorin und macht am liebsten Urlaub auf Föhr. Zahlreiche erfolgreiche Romane und Erlebnisführer sind bereits von ihr erschienen. Sie ist Preisträgerin des NordMordAward und des Samiel Award.
www.sina-beerwald.de

Ulrike Bliefert
studierte Germanistik, Anglistik, Theaterwissenschaft und Schauspiel. Sie arbeitet als Schauspielerin, Sprecherin, Drehbuch- und Romanautorin und lebt mit zwei Hunden, vier Katzen und einem Ehemann in der Mecklenburger Pampa. Bekannt wurde sie durch die Rolle der »Maximiliane« in den Literaturverfilmungen von »Jauche und Levkojen« und »Nirgendwo ist Poenichen« sowie durch TV-Sendungen wie »Der Bulle und das Landei«, diverse »Tatorte«, »Morden im Norden«, »Das Amt« und viele mehr. Sie spielte an der Seite von Mario Adorf, Manfred Krug, Heinz Rühmann, Ulrike Folkerts und anderen bekannten Kollegen und Kolleginnen. Ulrike Bliefert schreibt seit mehreren Jahren Bücher für namhafte Verlage. Näheres unter www.augustekrimi.de

Oliver Buslau
studierte Musikwissenschaft und Germanistik in Köln und Wien. Neben seiner Tätigkeit als Autor vieler journalistischer Texte über klassische Musik begann er Ende der neunziger Jahre mit dem Krimischreiben. Oft spielt in seinen Romanen auch die Musik eine Rolle – etwa in »Feuer im Elysium«, einem historischen Krimi rund um die Uraufführung von Beethovens neunter

Sinfonie. Darüber hinaus schrieb Buslau mehrere erfolgreiche Sachbücher (»111 Werke der klassischen Musik, die man kennen muss«, »111 Opernhighlights, die man kennen muss«). www.oliverbuslau.de

Jürgen Ehlers

ist Kaffeetrinker, Geowissenschaftler und Krimiautor. Für seine Story »Weltspartag in Hamminkeln« wurde er einst mit dem Friedrich-Glauser-Preis ausgezeichnet. Sein Spezialgebiet sind historische Kriminalromane und Thriller. Zuletzt erschien »Im Haus der Lügen« (KBV, 2019), der siebte Band der Kommissar-Berger-Serie. Der achte Band folgt noch in diesem Jahr. www.juergen-ehlers-krimi.de

Christiane Franke

lebt an der Nordsee, wo ihre bislang zwanzig Romane und ein Teil ihrer kriminellen Kurzgeschichten spielen. Franke war 2003 für den Deutschen Kurzkrimipreis nominiert und erhielt 2011 das Stipendium der Insel Juist »Tatort Töwerland«. Neben ihrer Wilhelmshavener Krimiserie, die im Emons Verlag erscheint, schreibt sie gemeinsam mit Cornelia Kuhnert für den Rowohlt Verlag eine humorige Krimireihe. www.christianefranke.de

Frank Friedrichs'

Großmutter stammte – wie es sich für einen richtigen Hamburger gehört – aus Mecklenburg. Kein Wunder, dass seine Cozy-Crime-Reihe »Die Toten von Vertikow« in diesem idyllischen Landstrich spielt. Und mehr noch: Auch er selbst lebt mit Ehemann und zwei Hunden dort, wo andere Urlaub machen – oder eben sterben …

Petra K. Gungl

schreibt in ihrer Geburtsstadt Wien, was sie gern in einem der fast tausend Kaffeehäuser tut, die seit 2011 zum UNESCO-Kulturerbe zählen. Die Juristin arbeitete u. a. am Wiener Straflan-

desgericht – kein Wunder also, dass ihre Romane »Diabolische List«, »Diabolisches Spiel« und »Tannenglühen« mörderisch spannend sind. Doch im Repertoire der kampfsporterprobten Autorin findet sich unter dem Pseudonym Petra Liebkind auch die romantische Komödie »Kung Fu Mama«.
www.petrakgungl.com

Carsten Sebastian Henn

ist Spiegel-Bestsellerautor und einer der einflussreichsten Weinjournalisten Deutschlands. Er schreibt mit den Julius-Eichendorff-Romanen die erfolgreichste Weinkrimiserie im deutschsprachigen Raum, die auch von Jürgen von der Lippe gelesen als Hörbücher vorliegt. Schon mit achtzehn Jahren und seinem ersten Auto reiste er in die deutschen Weinbaugebiete, später studierte er Weinbau und erwarb einen alten Riesling-Weinberg an der Mosel.
www.carstensebastianhenn.de

Regine Kölpin,

geboren in Oberhausen (NRW), lebt seit ihrer Kindheit an der Nordsee. Sie schreibt Romane unterschiedlicher Genres, Geschenkbücher, Kurztexte und Jugendbücher. Ihre Arbeiten wurden mehrfach ausgezeichnet, u. a. mit dem Krimistipendium »Tatort Töwerland« 2010 und dem Bronzenen Homer 2020 (mit Gitta Edelmann). Regine Kölpin liebt Kaffee in allen Geschmacksrichtungen und Röstungen, und ihr Automat läuft ständig.
www.regine-koelpin.de

Beate Maly

ist eine österreichische Autorin, die in Wien geboren wurde, dort aufwuchs und arbeitet. Sie schreibt seit 2009 historische Romane (Ullstein, Blanvalet, Piper) und Krimis (Emons), neuerdings auch unter dem Pseudonym Laura Baldini. Der Roman »Lehrerin einer neuen Zeit« hält sich seit vielen Wochen auf der Spiegel-Bestsellerliste. Bei Emons veröffentlicht sie die

historische Krimireihe rund um den Apotheker Anton Böck und die pensionierte Lateinlehrerin Ernestine Kirsch. Zuletzt erschien ihr historischer Roman »Fräulein Mozart und der Klang der Liebe« (Ullstein).
www.beatemaly.com

Anja Marschall
ist gebürtige Hamburgerin. Sie lebt als Autorin und Publizistin mit ihrer Familie in Schleswig-Holstein. In ihrer erfolgreichen, im Emons Verlag erschienenen historischen Krimireihe um den schweigsamen Kommissar Hauke Sötje lässt sie ihren Protagonisten seit Jahren an wechselnden Schauplätzen im Norden ermitteln. Vor ihrer schriftstellerischen Tätigkeit arbeitete sie als Erzieherin, Pressereferentin in der Politik, Journalistin sowie in der internationalen Arbeits- und Sozialforschung der Universität Hamburg, war Apfelpflückerin in Israel, Zimmermädchen in einem Londoner Luxushotel, Kioskverkäuferin am Hamburger Hafen sowie Verlegerin. Sie gründete den ersten Krimipreis für Schleswig-Holstein, den NordMordAward, und schreibt seit 2012 vornehmlich Krimis und historische Romane.
www.anja-marschall.de

Hannes Nygaard
lebt und arbeitet direkt hinterm Deich auf Nordstrand, mitten im Weltnaturerbe Wattenmeer. Nach einem Studium der Betriebswirtschaft hat er lange als Unternehmensberater für große Industrieunternehmen und Banken gearbeitet. Seit 2004 widmet er sich ganz dem Schreiben von Kriminalromanen. Es sind zahlreiche Bücher um KHK Große Jäger, den Husumer Kultkommissar, und den Kieler Kriminalrat Dr. Lüder Lüders im Emons Verlag erschienen.

Kirsten Püttjer & Volker Bleeck
Die gebürtige Hamburgerin Kirsten Püttjer und der Niederrheiner Volker Bleeck sind nicht nur verheiratet, sie schreiben

seit mehr als zehn Jahren gemeinsam und auch mal getrennt Krimis und andere Geschichten. Wie man in einen Kaffeesack sticht, lernte Kirsten Püttjer bei einem Havariekommissar, für den sie einige Jahre arbeitete. Nicht nur beruflich ist ihnen der Hafen vertraut, auch privat sind sie ihm ganz nah. Mittlerweile leben sie schon erstaunlich lange mitten auf St. Pauli. Die Anschaffung einer elektrischen Kaffeemühle hat ihr Kaffeetrinkverhalten entscheidend verändert.

Heidi Ramlow
lebt seit 2003 in Berlin. Geboren in Hinterpommern, lernte sie Schauspiel in Hamburg und arbeitete als Regisseurin sowie Drehbuchautorin für das ZDF in München und Berlin. 2004 fing sie an, literarisch zu schreiben. Sie veröffentlicht in vielen Anthologien, vornehmlich Kurzkrimis. Ihre Kriminalkomödie »Der Stalker« wurde 2019 im Berliner Kriminaltheater uraufgeführt und bis März 2020 gespielt. Sie ist Mitglied im Syndikat, bei den Mörderischen Schwestern und im VS sowie LKB und GNL.

Regina Schleheck
wurden mit dem Friedrich-Glauser-Preis für einen Kurzkrimi und dem Deutschen Phantastik Preis für ein SciFi-Hörspiel die begehrtesten Auszeichnungen beider Genres zugesprochen – neben vielen anderen. Die hauptberufliche Lehrerin, nebenberufliche Autorin, Herausgeberin, Lektorin und fünffache Mutter lebt und lehrt in Leverkusen. Sie veröffentlicht seit 2002.
www.regina-schleheck.de

Heidi Troi
lebt und schreibt in Südtirol. Seit ihrer Kindheit ist sie fasziniert von Geschichten jedweder Form. Krimis, Kinderbücher und Kurzgeschichten sind ihre drei Lieblingsgenres. Ohne das vierte K – den Kaffee – geht bei ihr aber gar nichts, daher waren die Mitarbeit an dieser Anthologie und die Recherche dafür

für sie ein besonderer Genuss. Wenn sie nicht schreibt, macht
sie Theater oder Krimidinner mit Kindern und Jugendlichen
oder durchstreift mit ihrem Mann zu Fuß oder mit dem Rad
die Südtiroler Berge.
www.heiditroi.me

Jürgen Vogler
wurde in der Holsteinischen Schweiz geboren und arbeitet
nach seiner Tätigkeit als Pressesprecher bei der Bundespolizei
seit 1988 als freier Journalist und Autor in Klingberg nahe der
Ostseeküste. Neben Kurzkrimis und Kriminalromanen widmet er sich in seinen Büchern vor allem historischen Themen.
www.juergenvogler.de

Fenna Williams
schreibt Romane, Kurzgeschichten und Reiseessays. Als Auerbach & Auerbach verfasst sie die bekannte Krimiserie um die
Haushüterin Pippa Bolle, die in jedem Band in einem anderen Teil Europas ermittelt. Williams liebt einsame Inseln aller
Längen- und Breitengrade, auf denen und über die sie schreibt.
Zudem pflegt sie vier Passionen: Schreiben, Shakespeare, Single
Malt Whisky und den Wunsch, diese Dinge immer wieder neu
zu verbinden.
www.Fenna-Williams.com

Klaudia Zotzmann-Koch
ist Autorin, Podcasterin und Datenschutzexpertin. Seit 2016 ist
sie aktivistisch im Datenschutz tätig. Sie schreibt Sachbücher
über die Themen Datenschutz, kreatives Schreiben, Podcasten
und mehr, außerdem Krimis und SciFi.
www.zotzmann-koch.com

Carsten Sebastian Henn
MORDSHÄPPCHEN
Kulinarische Kurzkrimis
Broschur, 272 Seiten
ISBN 978-3-7408-1321-5

Ob die Eifler Kuchenspezialität Birrebunnes, die seltene Rebsorte Blauer Wildbacher oder die Aachener Printe – keine kulinarische Spezialität ist vor Carsten Sebastian Henn sicher. Beobachten Sie einen exzentrischen Maler auf Sylt, der nur Roséwein trinkt. Erfahren Sie, wie schrecklich schief ein winterliches Grillen am Rursee verlaufen kann. Und werden Sie als Krönung Zeuge von mysteriös-blutigen Geschehnissen im Restaurant von Carsten Sebastian Henns berühmtem Serienhelden Julius Eichendorff. Der besondere Clou: Zu jeder Geschichte gibt es die passende Weinempfehlung vom Meister persönlich.

www.emons-verlag.de